THE QUEEN OF CRIME
繁體中文版
20週年
紀念珍藏

死亡暗道

著——阿嘉莎・克莉絲蒂

譯——姚虹

Postern of Fate

Agatha Christie

通俗是一種功力

吳念真（導演、作家）

通俗是一種功力。絕對自覺的通俗更是一種絕對的功力。

這樣的話從我這種俗氣的人的嘴巴說出來，大概很多人要笑破褲底了。不過，笑完之後請容我稍稍申訴。這申訴說得或許會比較長一點，以及，通俗一點。

小時候身材很爛，各種遊戲競爭完全任人宰割，唯一隱遁逃避的方法是躲起來看書或聽大人瞎掰。那年頭窮鄉僻壤的小孩能看的書不多，小學二年級時最喜歡的是超大本的《文壇》，老師借的。看著看著，某天老師發現我的造句竟出現：「捧著：朝陽捧著一臉笑顏為群山剪綵」這樣亂七八糟的文字，就拒絕再讓我看那些超齡的東西了。

老師的書不給看，我開始抓大人的書看。一種是厚得跟磚塊一樣的日文書，對我來說那完全是天書，但插圖好看，經常有限制級的素描。另一種書是比較薄的，通常藏得很嚴密，只是裡面有太多專有名詞、重複的單字和毫無限制的標點，比如「啊啊啊」、「……！！！」

老讓我百思不解。有一天，充滿求知欲地詢問大人竟然換來一巴掌後，那種閱讀的機會和樂趣也隨著消失了。

所幸這些閱讀的失落感，很快從大人的龍門陣中重新得到養分。講到這裡，我似乎先得跟一個村中長輩游條春先生致敬，並願他在天之靈安息。

我所成長的礦區，幾乎全是為著黃金而從四面八方擁至的冒險型人物，每人幾乎都有一段異於常人的傳奇故事。這些故事當事人說來未必精采，但一透過游條春先生的嘴巴重現，有時連當事人都聽得忘我，甚至涕泗縱橫，彷彿聽的是別人的故事。

條春伯沒當過日本兵，可是他可以綜合一堆台籍日本兵的遭遇，一如連續劇般從入伍、受訓、逃亡荒島，面對同鄉同袍的死亡，並取下他們的骨骸寄望帶回故鄉，乃至骨骸過多搞不清哪是誰的等等，讓聽的人完全隨他的敘述或悲或笑，彷彿跟他一起打了一場太平洋戰爭。此外他也可以把新聞事件說得讓一個三、四年級的小孩，到現在仍記得當時腦中被觸動的畫面。例如當年瑠公圳分屍案的凶手做案之後帶著小孩到安東街吃麵（這讓我一直以為台北的安東街是條專門賣麵的街道），還有甘迺迪總統被暗殺、賈桂琳抱住她先生、安全人員跳上飛快的車子保護賈桂琳……當然，這記憶全來自條春伯的嘴巴而不是報紙。我的記憶全是畫面，有畫面，是因為條春伯說得精采，說得有如親臨他至死都還搞不清地理位置的達拉斯命案現場。

於是這小孩長大後無條件地相信：通俗是一種功力，絕對自覺的通俗更是一種絕對的功力。透過那樣自覺的通俗傳播，即使連大字都不識一個的人，都能得到和高階閱讀者一樣的感動、快樂、共鳴，和所謂的知識、文化自然順暢的接軌。也許就是因為這些活生生的例子，俗氣的自己始終相信：講理念容易講故事難，講人人皆懂、皆能入迷的故事更難，而能隨時把這樣的故事講個不停的人，絕對值得立碑立傳。

條春伯嚴格地說是有自覺的轉述者，至於創作者，我的心目中有兩個。一個是日本導演山田洋次，一個是推理小說家阿嘉莎．克莉絲蒂。

山田洋次創造了寅次郎這個集合所有男人優點跟缺點的角色，在以《男人真命苦》為名的系列下，總共完成百部左右的電影。它們的敘述風格、開頭、結尾的方法不變，唯一改變的是故事，是時代，是遍歷日本小鄉小鎮的場景。數十年來，看《男人真命苦》幾已成為日本人每年的一種儀式，一如新春的神社參拜。

數十年前訪問過山田導演，他說，當他發現電影已然有它被期待的性格時，電影已經不是導演自己的。他說：當所有人都感動於美人魚的歌聲時，你願意為了讓她擁有跟你一樣的腳，而讓她失去人間少有的嗓音嗎？

人間少有的嗓音與動人的歌聲，都來自山田導演絕對自覺的通俗創造。

再如阿嘉莎．克莉絲蒂，如果我們光拿出她說過的故事和聽過她故事的人口數字，就足以嚇死你。五十多年的寫作生涯，她總共寫出六十六本長篇推理小說，外加一百多篇短篇小說和劇本。其中有二十六本推理小說被改編，拍了四十多部電影和電視劇集。作品被翻譯成一百零三種文字的版本，銷量超過二十億本。

夠了。你還想知道什麼？知道二十億本的意義是什麼嗎？二十億本的意義是全世界平均三個人就有一個人讀過她的書，聽過她說的故事。

說來巧合，她和山田洋次一樣，創造出個性鮮明的固定主角（當然，前前後後她弄出來好幾個），然後由他（或是她）帶引我們走進一個犯罪現場，追尋真正的罪犯。

故事就這樣？沒錯，應該說這是通常的架構。那你要我看什麼？不急，真的不急，克莉絲蒂會慢慢冒出一堆足夠讓你疑惑、驚嚇、意外，甚至滿足你的想像力、考驗你的耐心和智商的事件來。

推理小說不都是這樣嗎？你說得沒錯，大部分是這樣，不一樣的是……對了，她像條春伯，像山田洋次，她真會說，而且她用文字說。

文字的敘述可以讓全世界幾代的人「聽」得過癮、「聽」個不停，除了聖經，也許就是克莉絲蒂。她不是神，但她真的夠神。

數十年前，台灣剛剛出現她的推理系列中譯本，那時是我結婚前，常有同齡的文藝青年來我租住的地方借宿，瞄到我在看克莉絲蒂，表情詭異地說：「啊？你在看三毛促銷的這個喔？」

我只記得他抓了一本進廁所，清晨四點多，他敲開我的房門說：「幹，我實在很討厭那個白羅……再拿一本來看看，我跟你說真的，要不是你的書，我真的很想把那個矮儸壓到馬桶吃屎！」

我知道他毀了，愛吃又假客氣，撐著尊嚴騙自己。克莉絲蒂再度優雅地撕破一個高貴的知識份子的假面具，她的手法簡單，那手法叫通俗，絕對自覺的通俗，無與倫比、無法招架的功力。

昔日的文藝青年如今跟我一樣，已然老去，但不時還會看到他寫一些充滿理念和使命感極重的文章，在報紙和雜誌上出現。我知道他要說什麼，只是常常疑惑他想跟誰說；同樣，我記得他說過什麼，但轉眼間忘記他說了什麼。但請原諒我，幾十年前那個晚上，他在我家看完的那兩本克莉絲蒂的小說內容，我可還記得清清楚楚。

也許有一天再遇到他的時候，我會問他之後是否還看過克莉絲蒂其他的書，如果沒有，我會跟他說，想讀要趁早，因為你會老、會來不及。至於白羅那個矮儸，大概永遠不會消失。哦，對了，還有一個叫瑪波，你說不定會來不及認識……

歡快氣氛下的解謎樂

龍貓大王通信

一九八〇年代，美國電視觀眾最喜歡的作品類型之一，是看俊男美女在電視上「床頭吵床尾和」。一九八二年，浪漫推理劇《龍鳳妙探》（*Remington Steele*）大受歡迎，男主角皮爾斯·布洛斯南（Pierce Brendan Brosnan）高大帥氣，女主角史蒂芬妮·齊姆帕勒（Stephanie Zimbalist）嬌小可愛，他們之間不但有最萌身高差，還有最凶的吵架音量，你一嘴我一嘴地互嗆黜臭，其實偷渡的是勢均力敵的甜蜜情意。一九八六年的《雙面嬌娃》（*Moonlighting*）吵得更凶，布魯斯·威利（Bruce Willis）與西碧兒·雪柏（Cybill Shepherd）這對歡喜冤家從鏡頭前吵到鏡頭外，但觀眾只認識鏡頭前流氓與淑女的美味關係，而這已經足夠讓布魯斯·威利的星運一飛沖天。

情侶神探的公式不只讓八〇年代的觀眾買單，其實早在二〇年代就被證明很有賣點。謀殺天后阿嘉莎·克莉絲蒂的經典中，恰巧就包括一對龍鳳妙探的系列作品，他們是克莉絲蒂創作的蛋頭神探與阿嬤神探之外的唯一一組情侶神探：湯米與陶品絲。

這對情侶在一九二二年出版的《隱身魔鬼》首度登場；一九二九年出版的短篇集《鴛鴦神探》裡已經結為夫妻；一九四一年的《密碼》裡勇破二戰諜網；一九六八年已步入老年的貝里福夫妻，繼續在《顫刺的預兆》裡偵查老人療養院的死亡祕辛；最終在一九七三年的《死亡暗道》裡，老先生、老太太已經決定退休，還買了一棟退休房……聽起來他們似乎沒有繼續關心凶手與謎案的必要了，對吧？怎麼可能，陶品絲搬進新家整理環境時，在前屋主留下的書中，竟然找到一段塵封已久的祕密訊息：「瑪麗喬丹並非自然死亡，凶手是我們其中的一個。」

有誰只是整理書櫃也會突然變身偵探？湯米與陶品絲就會，這多少能證明，克莉絲蒂在這對鴛鴦神探身上放進不少玩心。也許是她為湯米與陶品絲設計的浪漫關係，令克莉絲蒂為他們而寫的故事也格外輕巧俏皮。別誤會，湯米與陶品絲出場的處女秀《隱身魔鬼》有國際陰謀、有失竊的機密文件、有神祕又奸詐的犯罪首腦「布朗先生」（這下你就懂書名《隱身魔鬼》是在說誰了）。這看來是一部暗潮洶湧的諜報小說，而確實湯米與陶品絲也穩穩地踩中大部分的可怕陷阱，但克莉絲蒂將這對男女寫得實在太過可愛……你潛意識裡早就知道，他們絕對要邊吵架邊談情地（順便推理）百年好合，不會在這個險境裡就GG（完結）。

湯米與陶品絲的情誼首先是建立在「好哥兒們」的友情之上，從《隱身魔鬼》的開場就看得出來：

「湯米，你這個老東西！」

「陶品絲，老朋友！」

兩個年輕人熱情地相互問候……那兩個「老」字頗易讓人誤解，其實兩人年齡加起來絕不超過四十五歲。

二〇年代已經不是封建時代，但男女之間還是有別。而湯米與陶品絲之間的情誼，能夠打破這種隔閡，他們首先是鐵打的好友，彼此在軍醫院認識，因此他們之間有太多戰場回憶可以閒聊，也深知對方的個性與偏好，更重要的是，他們都是一窮二白。這對日後的鴛鴦神探久別重逢，既不談情也不破案，而是討論如何賺錢。克莉絲蒂可不會那麼輕易就灑糖，但從湯米與陶品絲彼此互補的性格設定，你很快就會了解這段友情遲早要昇華成戀情。

你可以懷疑，金庸筆下的郭靖、黃蓉這對射鵰俠侶設定，是不是抄襲自湯米與陶品絲。因為郭靖和湯米一樣，是個有點遲鈍的傻大個——湯米的傻可不是我說的，是克莉絲蒂這樣寫：「湯米不太聰明……但他的慧眼絕對能一眼看穿真偽。」不只如此，克莉絲蒂還形容他「有張（看得過去）的醜臉」。到底什麼樣的長相是「醜但看得過去」？克莉絲蒂只說這種長相是「很難歸類」，而且是「綜合紳士與運動員的臉孔」。這種先踹後捧的寫法我是不會買單的，湯米擺明就是個不會被稱為男神的樸拙男性。

而陶品絲與湯米完全相反，下面這段克莉絲蒂的形容，會不會讓你腦中浮現一個二〇年代的黃蓉模樣？

陶品絲稱不上漂亮，可是那張小臉蛋上有著精靈般的線條、堅毅的下巴，還有一雙隔得很開、從平直的黑眉毛下望去迷迷濛濛的灰色大眼，在在表現出個性和魅力……她的外表散發著一股敢作敢為、精明能幹的味道。

「精靈般」、「個性魅力」、「敢作敢為精明能幹」，這是一位充滿行動力又特立獨行的女性，剛好補足了湯米謹慎緩行的保守個性。當久違重逢的湯米與陶品絲一起討論該如何賺錢，他們在排除繼承遺產（沒有任何親戚有遺產）與為錢結婚（兩人的異性緣都少得可憐）兩個途徑後，決定還是親力親為白手起家。但是誰先提出一起合夥開公司的點子呢？當然是即知即行的陶品絲！他們決定開一家「青年冒險家企業」，名稱響噹噹，事實上，他們開的是《銀魂》裡的「萬事屋」生意：有錢，什麼活我們都幹。

這種歡快的氣氛，引領湯米與陶品絲穿梭一個又一個謎團，大到《密碼》裡追捕兩名納粹間諜，小到《顫刺的預兆》裡的養老院祕密。即便他們沒有在解謎，光是看湯米與陶品絲鬥嘴聊天就很有趣，而這是有別於白羅系列或瑪波小姐系列的獨特樂趣。

這種創作上的玩心有時不是那麼容易發現，例如在《鴛鴦神探》這本短篇小說集裡，每個小短篇不但都是貝里福夫妻的探險歷程，同時也是克莉絲蒂的諧仿之作——每一篇內容都隱射推理黃金年代的名作家或名角色。例如〈女士失蹤了〉致敬了福爾摩斯的〈法蘭西斯・卡法克小姐的失蹤〉（*The Disappearance of Lady Frances Carfax*）；〈霧中人〉則諧仿了史上最厲害的「神父偵探」布朗神父……克莉絲蒂甚至諧仿自己，在《鴛鴦神探》的最後一個故事〈代號十六的人〉裡，湯米自稱是「沒長鬍鬚但智力過人」的白羅！

湯米與陶品絲系列的五本小說，自《隱身魔鬼》到最後的《死亡暗道》，克莉絲蒂創作的時間橫跨五十年，我們可以看著貝里福夫妻逐漸變老。福爾摩斯也會老，白羅也會老到糊塗，但是湯米與陶品絲卻老得很愉快。他們始終愉快，不管是年輕或蒼老，這讓閱讀五本湯米與陶品絲系列的體驗，宛如身處春風之中一樣愉快，值得推薦給長期與雨劍風刀相伴的推理粉絲。

當然，除了湯米與陶品絲系列之外，克莉絲蒂還有不少經典：《一個都不留》自然不用多提；《無辜者的試煉》是我個人特別喜愛的一本小說，我在遠流的App「謀殺天后密室」裡的「密室之聲」Podcast第十六集裡，談過這本講述家庭內情勒暴力的小說；此外還有曾與白羅合作過的雷斯上校探案《褐衣男子》與《魂縈舊恨》，以及性格沒那麼出彩的穩重蘇格蘭警場刑事主任巴鬥，他的幾本小說包括《煙囪的祕密》、《七鐘面》、《殺人不難》與《本末倒置》也包含在內，特別值得一提的是，《本末倒置》是克莉絲蒂本人最喜歡的十部作品之一。而《謎樣的鬼豔先生》中的哈利・鬼豔，是唯一獲得克莉絲蒂獻詞的偵探。

獻詞

阿嘉莎・克莉絲蒂是世界讀者最眾，也最廣受喜愛的女作家。
身為克莉絲蒂的孫兒，我相信奶奶會非常樂見這次出版，
因為她極以自己作品中的趣味與娛樂為豪。
歡迎所有喜歡本系列的台灣新讀者參與這場饗宴！

——馬修・培察（Mathew Prichard）

大馬士革城有四座大門，
命運之門，毀滅之門，災難之洞，恐怖之塞。
啊，商隊，不要從它下面穿越，也別唱著歌穿越。
你聽見了嗎？
在這片群島死域的靜默中，還有鳥鳴般的聲音？

第一部

Postern of Fate

01 關於書

「書！」陶品絲說。

她說這個字的時候，很有點火冒三丈的味道。

「你說什麼？」湯米問。

陶品絲望著房間那端的湯米。

「我說：『書！』」她說。

「我懂你的意思。」湯瑪士·貝里福說。

陶品絲面前有三個大行李箱。她已從各個箱子裡抽出不少書，但裡頭依然為數不少。

「真叫人不敢相信。」陶品絲說。

「你的意思是，書竟然占了這麼多的空間？」

「沒錯。」

「你想把這些書全部放在書架上？」

「我也不知道我想做什麼，」陶品絲說，「這就是問題所在。一個人竟然不知道自己想做什麼！老天！」她嘆了口氣。

「噢，」她的丈夫說，「我覺得這完全不像你的個性。你最大的問題就在於太清楚自己想做什麼。」

「我的意思是，」陶品絲說，「我們終於到了這個年紀，多了些年歲，也多少有點——唉，我們就面對現實吧——風溼，尤其在伸展身體的時候。你知道，就是挺直身子把書放在書架上，或是從書架上拿東西、彎腰在書架底找東西之後，會發覺再站起來有點困難。」

「沒錯，」湯米說，「這說明我們的身體都不行了。你想說的就是這個吧？」

「不，我想說的不是這個。我想說的是，我很高興我們有能力買了新家，在我們喜歡的地方找到一棟夢寐以求的房子……當然，要稍加修整才行。」

「把兩個房間打通，」湯米說，「加蓋一個你所謂的陽台、你的建築師所謂的客房。不過，我寧可稱它為露廊。」

「那一定很棒。」陶品絲熱烈附和。

「而等你完工，我一定渾然不覺！你是不是想這麼說？」

「才不是。我想說的是，當你看見它完工，你一定會很滿意地說，沒想到我有這樣一個創思獨具、聰明絕頂又有藝術美感的妻子。」

「好吧，」湯米說，「我一定會記住我該說的話。」

「你不需要記住，」陶品絲說，「你會脫口而出。」

「那跟書有什麼關係呢？」湯米說。

「噢，我們搬來的時候只帶了兩三箱書。我的意思是，我們把一些不太喜歡的書賣了，帶來的都是一些實在捨不得丟棄的書。當然，還有那些叫什麼來著——我一時想不起他們的名字了，反正就是賣房子給我們的人——他們不想帶走一大堆東西，就說如果我們出個價，就可以全部留下，包括書在內。我們就來看那些東西……」

「結果我們就出價買了一些。」湯米說。

「對。不過，我想我們買得不如他們預期的多。有些家具和裝飾品太可怕了。幸好我們不必留下那些，但當我看到這麼多的書——有些是少年讀物——放在客廳裡，裡頭好幾本是我以前喜歡的書（我的意思是，我到現在依然喜歡）。其中有一兩本我尤其鍾愛。所以我就想，如果能擁有它們，那該有多好。你知道，其中一本是《安卓克里斯和獅子》，」她說，「我記得我八歲就看過那本書，是安德魯．藍恩[1]寫的。」

「告訴我，陶品絲，你真的那麼聰明，八歲就會看書？」

「沒錯，」陶品絲說，「我五歲就開始看書了。在我小的時候，每個人都會看書，根本不需要人教。我的意思是，有人會朗讀故事給你聽，如果你很喜歡那些故事，你就會記住那本書放在書架的什麼地方，隨時可以拿下來讀，所以就算沒人費神教你拼字等等，你也不知不覺就會看書了。不過，這對日後來說並無益處，」她說，「因為結果我的拼寫從來就沒有好過。如果我四歲時有人教我拼寫就好了。當然，我父親教過我加法、減法和乘法，他說乘法表是一個人一生中最有用的學問。另外，我還學會了除法。」

「你爸爸一定是個非常聰明的人！」

「我不認為他特別聰明，」陶品絲說，「不過他真是一個非常、非常好的人。」

「我們是不是離題太遠了？」

「確實，」陶品絲說，「好吧，一如我所說，我想再讀一遍《安卓克里斯和獅子》，它是一本關於動物的故事書，是安德魯．藍恩寫的，啊，我好喜歡那個故事。還有一本伊頓公學學生寫的《我在伊頓公學的一日》。我不知道自己為什麼想看那本書，但我確實想看，那是我最喜歡的書之一。此外還有一些取材自經典作品的故事，和摩斯沃思夫人所寫的《布穀鳥咕咕鐘》、《四季風農場》……」

「好了，可以了，」湯米說，「你不必把你小時候的文學成就一一說給我聽。」

「我的意思是，」陶品絲說，「如今你再也讀不到那些書了。有時候你可以買到修訂本，可是往往文字變了，插圖也不同了。真的，有一天我看到《愛麗絲夢遊仙境》，竟然認

1 安德魯．藍恩（Andrew Lang, 1844-1912），生於蘇格蘭的民俗學者、詩人及文學家。

不出來，書裡的一切看著都怪怪的。有的書現在還買得到。摩斯沃思夫人有一兩本老故事書，例如《粉紅、藍色和黃色》，現在市面上還找得到。當然，後來的作家有許多作品我也喜歡，例如史坦利．韋曼[2]等等。屋主留下來的書裡就有不少。」

「所以，」湯米說，「你大受誘惑，就買下了那些書。你覺得這是一樁好買賣。」

「是的，不過你說『掰掰』是什麼意思？」

「我是說『買賣』。」湯米說。

「噢，我還以為你要離開這個房間，對我說『掰掰』呢。」

「才不是咧，」湯米說，「我對你說的話感興趣得很。不管怎麼說，那確實是一樁好買賣。」

「我告訴你，我買得真的很便宜。而且……而且那些書就和我們自己的書和雜物都放在一起。只是我們現在書太多了，我想我們做的書架一定擺不下。你的書房怎麼樣？還能多放點書嗎？」

「不行不行，」湯米說，「連我自己的書都放不完了。」

「噢，老天，這怎麼辦呢？」陶品絲說，「這還真像我們的作風。我們也許得多蓋一個房間，你認為呢？」

「不行，」湯米說，「我們得節省點。我們前天說好的，你不記得了嗎？」

「那是前天，」陶品絲說，「現在情況不一樣了。我現在只想把所有我捨不得扔掉的書都放到書架上。然後……然後我們可以看看其他地方，呃，說不定有什麼兒童醫院之類的地方歡迎贈書。」

「或者我們可以把書賣掉。」湯米說。

「我想那些書不是大家想買的那種。我不認為它們具備什麼珍貴價值，也不是什麼珍奇善本。」

「你永遠不會知道自己的運氣如何，」湯米說，「我們不妨禱告讓這裡有幾本絕版書，可以滿足某些書商長久以來的渴望。」

「而在我們等待的同時，」陶品絲說，「我們得把它們放上書架。當然，每次放進去的時候，要順便看看是不是有我真正需要和記得的書。我想把它們粗略整理一下，你知道，就是略微分類：冒險故事、童話故事、兒童讀物和米德寫的那些學校故事……那些學校裡的孩子永遠很有錢。有些書我們在黛博拉小時候常常讀給她聽。我們都好喜歡《小熊維尼》，還有一本《小小灰母雞》，不過我不太喜歡那本書。」

「我看你已經累了，」湯米說，「我想你應該停下手邊的事。」

「噢，我會的，」陶品絲說，「但我想只要我能收拾完房間這邊，只要把書放完……」

2 史坦利・韋曼（Stanley John Weyman, 1855-1928），英國小說家。

「好吧，我來幫你。」湯米說。

他走過來，把箱子一傾，裡頭的書全倒了出來，接著他一把抱起一落書走到書架前，把書塞了進去。

「我把同樣大小的書放在一起，這樣看起來整齊些。」他說。

「喂，這不叫分類。」陶品絲說。

「這樣分類已經夠好了，以後再細分吧。你看，一切都顯得好看多了。等哪天下雨，我們沒有其他事情好做的時候再來分類。」

「問題是，我們總會想到其他的事情好做。」

「噢，這裡還有七本書。只剩下最上層的角落了，請把那邊的木椅拿給我好嗎？椅腳還結實吧？我想站上去，把這幾本書放到書架頂層。」

他小心翼翼地爬上椅子，陶品絲把一落書遞給他。他仔細地把書放到書架頂層，只是最後三本不幸掉落下來，差點砸到了陶品絲。

「噢，」陶品絲說，「好可怕！」

「我也沒辦法。你一下子遞給我太多。」

「噢，這樣看起來確實好多了，」陶品絲後退一步，口中說道，「現在，如果你把這些書放到書架倒數第二層的那個空隙裡，這箱書就放完了。這些書也很不錯。我今天早上整理的書其實不是我們的，是我們買來的。說不定我們可以找到一些寶物。」

「有可能。」湯米說。

「我想我們會找到的。我想我一定能找到什麼，說不定值很多錢。」

「如果我們真的發現寶物了呢？要賣掉它？」

「是的，我想我們只有賣掉它，」陶品絲說，「當然，我們也可以把它珍藏起來，秀給大家看。你知道，這不是炫耀，只是說：『啊，你瞧，我們發現了幾件有意思的東西。』我真的認為我們會發現一些有意思的東西。」

「例如什麼？一本你過去很喜歡但已經遺忘的書？」

「其實也不是。我是指一些出人意表、令人驚喜、說不定會完全改變我們生活的東西。」

「啊，陶品絲，」湯米說，「你可真會異想天開。我倒覺得我們更有可能發現一些會帶來致命災難的東西。」

「胡說八道，」陶品絲說，「人必須有希望，一個人一生中最重要的就是抱持希望。希望！記住了嗎？我一向是滿懷希望。」

「我知道你滿懷希望，」湯米嘆了口氣。「而我常常為此嘆息。」

02 烏箭

湯瑪士．貝里福太太把摩斯沃思夫人寫的《布穀鳥咕咕鐘》移到書架倒數第三層的一個空位中，摩斯沃思夫人的作品都集中在這裡。陶品絲取出《織錦房間》，拿在手上若有所思。或許她該換一本《四季風農場》來讀，她對《四季風農場》的記憶不如對《布穀鳥咕咕鐘》和《織錦房間》那麼清楚。她的手指不停翻動著書頁。湯米就要回來了。

她有進展。沒錯，她確實有進展。要是她能不斷地取下這些她深愛的舊書盡情閱讀就好了。這的確是樂事一樁，但也太費時間。湯米晚上回來問她進展如何，她會說：「噢，非常好。」可是她不得不運用各種手腕，不讓湯米上樓去看書架到底進展如何。一切都耗時得很。搬個新家總得花很多時間，比想像的更多。還有，令人心煩的人也多。就拿水電工來說，每回他們來，似乎都對上回的工作不滿意，於是在地板上占據了更大空間，還開開心心地造了更多陷阱。這位粗心的主婦常常差點一腳踩空，千鈞一髮之際，幸好都被在地板下摸索、看不見人影的水電工救起。

「有時候，」陶品絲說，「我真希望我們沒有離開巴頓畝園。」

「想想飯廳的屋頂，」湯米說，「想想那些閣樓，再想想那個車庫。車子差點就毀了，這你也知道。」

「我想我們可以請人把它修補好。」陶品絲說。

「不可能，」湯米說，「那棟破屋子我們只能重建，要不就得搬走。這棟房子總有一天會整理得稱心如意，這一點我深信不疑。無論如何，它會有足夠的空間讓我們做想做的事。」

「你說我們想做的事，」陶品絲說，「是指我們會找到地方存放那些東西？」

「我知道，」湯米說，「人總是保留太多東西。你這句話我再同意不過了。」

這時候陶品絲突然想到，他們對這棟房子是不是還得做些什麼？換句話說，除了住進去之外，他們還有什麼事需要處理？這問題聽來容易，其實頗為複雜。當然，一部分的原因就是這些書。

「如果我是個現代的普通小孩，」陶品絲說，「我不可能那麼小就輕輕鬆鬆學會看書。現在的小孩到了四、五、六歲甚至到了十、十一歲好像都還不會看書。我不知道看書對我們來說為什麼那麼容易。想當年，我們都會看書；我、隔壁的馬丁、住在街尾的珍妮佛、西瑞兒、薇妮佛，每個人都會看書。我不是說我們都能拼寫，但只要是我們想看的書都看得懂。我不知道我們是怎麼學的。我想，大概是東問西問問來的。像招牌、卡特魚肝油之類的東西，每當火車開進倫敦，我們就在田野間把那些字句逐一唸出來。那真令人興奮。我總是好奇，想知道那些是什麼廣告。噢，老天，我得想想我手邊的事。」

她又拿下幾本書，全神貫注讀起《鏡中奇遇》，接著是夏洛蒂・楊的《未知的歷史》，四十五分鐘就這樣溜走了。她的手流連在那本又厚又破的《雛菊的花環》上。

「噢，這本書我一定要再讀一遍，」陶品絲說，「想想看，離我初讀這本書的時候已經過了這麼多年。老天，多令人興奮，不知道諾曼會不會獲准接受堅信禮？還有伊瑟和……那地方叫什麼來著？科克斯威爾之類的。還有芙羅拉，她是多麼世故。我不知道那個年代為什麼人人都那麼『世故』，也不知道被視為世故是多麼可悲。我不知道我們現在算什麼。你認為我們都算世故嗎？」

「對不起，夫人，您說什麼？」

「噢，沒什麼。」陶品絲一面說，一面轉頭望向出現在門邊的忠僕艾柏。

「我以為您有事找我，夫人。您按了鈴，對吧？」

「其實沒有，」陶品絲說，「我只是爬上椅子拿書的時候碰到了鈴。」

「有東西要我替您拿下來嗎？」

「噢，那太好了，」陶品絲說，「我快從椅子上跌下來了。有些椅腳搖搖晃晃，有些還滑得很。」

「要拿哪一本？」

「噢，頂上第三層我還沒好好看過。你知道，就是從頂層往下數兩層。我不知道那些是什麼書。」

艾柏爬上椅子，依序把每本書上的灰塵撢掉，這才遞下書來。陶品絲一面接著書，滿臉興奮得發亮。

「噢，不可思議！每一本都好棒。我真的把這麼多書給忘了。噢，這本是《護身符》，這是《薩瑪雅德》，這是《新尋寶記》。啊，都是我好愛的書。不，艾柏，暫時別把它們放上書架，我想我得先讀一讀。噢，我的意思是或許先讀一兩本。啊，這本是什麼？讓我看看。是《紅色的帽章》。沒錯，是一本歷史讀物，非常刺激。還有《紅色長袍下》。史坦利．韋曼的書不少，真是不少。當然，這些都是我十、十一歲的時候常讀的書。如果我沒找到《贊達的囚徒》，我不會感到意外，」她一面回憶往事，一面無限滿足地讚嘆。「《贊達的囚徒》其實是浪漫小說的啟蒙書。馥拉維亞公主的羅曼史，魯利塔尼亞的國王。魯道夫．拉森迪爾，這種名字會讓人一上床就夢見他。」

艾柏又遞來一本選集。

「啊，沒錯，」陶品絲說，「這本更好，真的，而且年代更久遠。我得把這些早年的舊書放在一起。我得看看這裡有些什麼書。《金銀島》，不錯，這也是一本很好的書，但我已經讀過了，還看過兩部改編的電影。我不喜歡看改編後的電影，總覺得味道不對。噢，這本是《綁架》。沒錯，我一向很喜歡這本書。」

艾柏伸直手臂，他一次抱得太多，《卡翠歐娜》掉下來，幾乎把陶品絲砸了個正著。

「噢，對不起，夫人，真對不起。」

「沒關係，」陶品絲說，「不要緊。《卡翠歐娜》，沒錯。還有其他史蒂文森的書嗎？」

艾柏把書遞下來，這回小心多了。陶品絲喜出望外，不禁大叫。

「這是《烏箭》！《烏箭》！對，是我最早收藏的一本書。我想你不曾讀過，艾柏。我的意思是，那時候你還沒出生呢，對吧？讓我想想，讓我想想。《烏箭》。對了，是掛在牆上、有一對眼睛的畫像……是真的眼睛，透過畫中的眼睛往外看。棒極了，也很嚇人。噢，《烏箭》。那是什麼？那本是……噢，是那隻貓和那隻狗吧？不是。是《貓、鼠和一隻叫作洛威爾的狗，全英國都在豬的統治下》。就是這樣。那隻豬當然是指理查三世。雖然現在每本書都說他其實很了不起，根本不是壞人，可是我不信。莎士比亞也不信。他在他的劇本一開頭就讓理查說：『我下定決心要做個惡棍。』啊，沒錯，就是《烏箭》。」

「還要嗎，夫人？」

「不用了，謝謝你，艾柏。我想我已經累了，不能再看了。」

「那好。對了，主人打電話來，說他要晚半個小時回來。」

「沒關係。」陶品絲說。

她在椅子上坐定，拿起《烏箭》，一翻開書便忘神地讀了起來。

「噢，老天，」她說，「多好。我真的忘光了，正好能享受重讀的樂趣。真令人興奮。」

周遭一片寂靜，艾柏已經回到廚房。陶品絲斜倚在椅背上，時間慢慢流逝。蜷曲在破舊的扶手椅裡，湯瑪士·貝里福太太追尋著往日的歡樂，細細讀著羅伯特·路易斯·史蒂文森[3]的《烏箭》。

在廚房裡，時間也慢慢流逝。艾柏在火爐旁忙著。一輛汽車開進來，艾柏走到側門邊。

「主人，要不要我把車開到車庫去？」

「不用，」湯米說。「我來就好，我想你正忙著晚餐吧。我回來得很晚嗎？」

「其實不算晚，大約就是您電話中說的時間。事實上，您還早了點。」

「啊，」湯米停好車，一邊搓手一邊走進廚房。「外面好冷。陶品絲呢？」

「噢，夫人在樓上整理書。」

「什麼？還在弄那些煩人的書？」

「是的。她今天收拾了不少，不過大部分的時間都在看書。」

「老天，」湯米說，「算了。艾柏，我們今天吃什麼？」

「檸檬肉片。不久就可以上桌了。」

「好。噢，過十五分鐘再開飯吧。我先去梳洗一下。」

3 羅伯特·路易斯·史蒂文森（Robert Louis Stevenson, 1850-1894），蘇格蘭詩人及小說家。

樓上，陶品絲依然坐在破舊的扶手椅裡，專心讀著那本《烏箭》。她微蹙著眉頭。她碰到了一個奇怪的現象，對她來說，那似乎只能稱為干擾。她看到某一頁……她瞄了一眼，是第六十四還是六十五頁？她看不清楚。不管是第幾頁，有人顯然在那頁的一些字句下頭畫了線。陶品絲已經對這個現象研究了十五分鐘。她不懂那些字句下面為什麼要畫線。這些字句既不相關，也不是書中引語，似乎是隨意挑出一些字母，然後用紅墨水在下頭畫線。她低聲讀道：「『馬查姆不能壓抑地發出一聲叫喊。迪克嚇了一跳，手中的窗掉了下來。他們站起身，鬆開鞘中的劍和匕首。艾利斯舉起手，雙眼放出白光。啊，好大的……』」

陶品絲搖搖頭。這沒有道理。一點道理也沒有。

她走到寫字桌旁，拿出幾張便條紙。那些紙張是一家信紙印刷公司最近寄到貝里福府上的，好讓他們選擇印上新居地址：「月桂園」。

「好蠢的名字，」陶品絲說，「如果你老改名字，信件全部會寄丟的。」

她把那些字句照抄了一遍。這回她得到了一些先前不曾察覺的新發現。

「這就完全不同了。」陶品絲說。她在那頁紙上循著畫線找字。

「原來你在這裡，」湯米的聲音出現得很突然。「就要吃晚飯了。書進行得怎麼樣了？」

「這本書實在令人不解，」陶品絲說，「簡直令人一頭霧水。」

「什麼讓你一頭霧水？」

「噢，這是史蒂文森的《烏箭》，我想再讀一遍，就拿起來看。本來都好好的，可是突然每一頁都有點怪異，我的意思是，許多字句下面都被人用紅墨水畫了線。」

「噢，有人就喜歡畫線，」湯米說，「我是說未必都用紅墨水，不過有人總愛在書上畫線。你知道，就在你想記住的地方或某些引語下面。噢，你知道我的意思。」

「我知道你的意思，」陶品絲說，「不過這和你說的不一樣。而且它上頭畫的是字母。你看。」

「你說字母是什麼意思？」

「你過來。」陶品絲說。

湯米走過來坐在椅子扶手上，口中唸道：「『馬查姆不能壓抑地發出一聲叫喊，連死掉的發號司令也嚇了一跳，手中的窗子掉了下來。兩個巨漢……落到』，什麼東西，我看不懂。『貝殼是預定的信號。他們一起站起身，勒緊鬆掉的劍和匕首。』簡直莫名其妙。」他說。

「確實，」陶品絲說，「我一開始也是這麼想，簡直莫名其妙。可是它並不莫名其妙，湯米。」

樓下響起一陣鈴聲。

「晚餐上桌了。」

「別管它，」陶品絲說，「我得先告訴你這件事。我們是可以飯後再認真討論這件事，可是它實在太不尋常了。我得馬上告訴你。」

「噢，好吧。你是不是有什麼天馬行空的發現？」

「不是，我沒什麼天馬行空的發現。我只是排出一些字來，你看，這一頁，馬查姆（Matcham）的頭一個字母M下面畫了線，A和後面的三個，啊，不，是三、四個字都畫了線。這些字母在書中並非連貫的語句，只是隨意被挑出來畫了線，而且是其中某些字母被畫線，是刻意挑選過的。下一個，你看，『壓抑』（restraint）的R上畫了線，接著是『叫喊』（Cry）的Y、『傑克』（Jack）的J、『射擊』（shot）的O、『毀滅』（ruin）的R、『死亡』（death）的D，接著又是『瘟疫』（murrain）的N……」

「看在老天的份上，」湯米說，「別再說了。」

「等等，」陶品絲說，「我非找到答案不可。現在，看我抄下的這些字母，你看這是什麼？我的意思是，如果你把這些字母在紙上按照順序寫出來，你看到我寫出了什麼？M-A-R-Y，這四個字母下面都畫了線。」

「所以呢？」

「這些字母就變成了『瑪麗』。」

「對，」湯米說，「變成了『瑪麗』。有人就叫瑪麗。我想這是某個很有創意的小孩，想證明這是她的書。人總會在書上或什麼東西上寫下自己的名字。」

「不錯，是瑪麗，」陶品絲說，「而下一組畫線的字母組成了J-o-r-d-a-n。」

「你看吧？是瑪麗．喬丹，」湯米說，「這很自然。這樣你就知道她的全名了。她叫瑪麗．喬丹。」

「可是，這本書並不是她的。這本書的開頭有個歪歪斜斜、孩子氣的字跡寫著『亞歷山大』，我想是亞歷山大．帕金森。」

「噢，這真有那麼重要嗎？」

「當然重要。」陶品絲說。

「走吧，我餓了。」湯米說。

「忍耐一下，」陶品絲說，「我只要你聽聽下面一小段就好，直到畫線停止的地方……再四頁就結束了。這些字母是從不同頁數上的不同段落挑出來的，沒有任何連貫次序；那些字句並不重要，只有字母重要。現在，我們已經有了 M-a-r-y J-o-r-d-a-n，對不對？你知道下四個字面是什麼嗎？Did n-o-t d-i-e n-a-t-u-r-a-l-y，最後一個字應該是 naturally，不過他們不知道這個字應該有兩個『l』。所以，這是什麼意思呢？是『瑪麗．喬丹並非自然死亡』。懂了吧？」陶品絲說，「接下來的句子拼起來是：『兇手是我們當中的一個，我想我知道是誰。』就這麼多，沒別的了。可是這已經夠刺激了，對吧？」

「喂，陶品絲，」湯米說，「你該不會想無中生有吧？」

「你是什麼意思，無中生有？」

「噢，我的意思是憑空造出一個謎案來。」

「沒錯，這對我來說就是一個謎案，」陶品絲說，「『瑪麗．喬丹並非自然死亡。兇手是我們當中的一個，我想我知道是誰。』噢，湯米，你得承認這段話非常耐人尋味。」

03 尋訪墓地

「陶品絲！」湯米一面走進屋內一面喊。

沒人回答。他帶著幾分惱怒跑上樓梯，沿著二樓走道快步前行。他走得匆匆忙忙，一腳差點踩到一個開著口的洞裡。他立即開罵：「是哪個該死的粗心水電工！」

前幾天，他已經遇見同樣的麻煩。這些工人上工之初，都懷著善意的樂觀和效率。「進展順利，沒多少事了，」他們說，「我們下午再來。」可是那天下午他們並沒有來。湯米一點也不驚訝。他已經習慣了建築業、電氣業、煤氣業種種行業的工作方式。他們會出現，會表現出效率、說些樂觀的話，然後就離去拿東西，就此不再回來。你打電話去催，多半是號碼不對，就算號碼對了，那人也不在這家公司的任何部門。你只能小心翼翼，別扭到腳踝、掉進洞裡或是避免這樣那樣的傷害。他擔心陶品絲更甚於擔心自己。他的經驗比陶品絲來得多。他認為，陶品絲被水壺燙傷或被火爐灼傷的機會更大。而現在，陶品絲哪裡去了？他又叫喊起來。

「陶品絲！陶品絲！」

他為陶品絲擔心。陶品絲是那種你不得不為她擔心的人。臨出門時，他還給了她頗為明智的忠告，而她也再三保證會遵守諾言：除了去買半磅牛油，她絕不會踏出門外半步。你總不能說這也是危險吧？

「可是，你就算出去買半磅牛油也可能有危險。」湯米說。

「噢，」陶品絲說，「別傻了。」

「我不傻，」湯米說，「我只是一個聰明而細心的丈夫，關心自己擁有的一件珍寶。我不知道為什麼會……」

「因為，」陶品絲說，「我很有魅力、很漂亮，又是一個好伴侶，更何況，我把你照顧得無微不至。」

「你說的或許沒錯，」湯米說，「不過我可以列出另一張清單來。」

「我想我不會喜歡那張清單，」陶品絲說，「不，我想我不會。我認為你心頭壓著不少牢騷和抱怨。不過別擔心，一切都會平平安安。你只要回家進門的時候大聲叫我就行了。」

而現在，陶品絲在哪裡？

「這個小惡魔，」湯米說，「她又跑出去了。」

他往樓上的房間走去，上回他就是在那裡找到她的。他想，她大概又在讀另一本兒童故事書，又在為某個傻孩子用紅墨水畫出的一些莫名其妙的字母興奮不已，還在努力尋找不知是何許人的瑪麗．喬丹的線索。瑪麗．喬丹並非自然死亡。他忍不住納悶起來。這棟房子的前屋主，也就是把房子賣給他們的那家人姓瓊斯，住在這裡的時間並不長，只有三、四年左右。沒錯，那位擁有史蒂文森故事書的孩子住在這裡是更早的事了。不管怎麼說，這一回陶品絲不在書房。書並沒有散置一地，似乎沒有她興致勃勃翻看過的跡象。

「噢，她到底去哪裡了呢？」湯米說。

他又回到樓下，喊了一兩聲，沒人回答。他去看大廳裡的掛鉤。陶品絲的橡膠雨衣不見蹤影。這麼說，她出去了。去哪裡了？還有，漢尼拔呢？湯米換了聲調，開始呼喚漢尼拔。

「漢尼拔！漢尼拔！漢尼寶貝。過來，漢尼拔！」

漢尼拔也不見蹤跡。

湯米想，噢，不管怎麼說，陶品絲帶著漢尼拔一起出門了。

他不知道陶品絲帶著漢尼拔出去是好還是壞。漢尼拔當然不會讓陶品絲受到傷害，問題是，漢尼拔會不會對別人造成傷害？帶著牠去拜訪親友時牠一向友善，但如果有人登門造訪或進入牠的家，那些人在牠心目中永遠是可疑人物。牠會蓄勢待發，只要牠認為必要，隨時準備不計一切後果大吠大咬。話說回來，他們究竟去哪裡了呢？

他沿著街道走了一小段路，並沒有看見一個穿著鮮紅橡膠雨衣的中等身材女子牽著一隻小黑狗從遠處走來。最後，他帶著怒火回到家中。

一股誘人食欲的香味撲鼻而來。他快步走到廚房，陶品絲從爐邊轉過身來，對他綻出歡迎的微笑。

「你怎麼回來這麼晚，」她說，「這是一道砂鍋菜，很香，對吧？這回我放了一些不尋常的佐料。花園裡有些可以用來做香料的草……至少我希望它們可以當作香料。」

「我想，如果那些東西不是香料，」湯米說，「就是有毒的顛茄，或是貌似其他植物、實則是毛地黃的洋地黃葉。你剛才到底跑去哪裡了？」

「我帶漢尼拔去散步了。」

這時候，漢尼拔才讓人感覺到牠在場。牠奔向湯米，瘋也似地表示歡迎，差點沒把湯米撞倒在地。漢尼拔是隻小黑狗，毛色光滑，尾巴和雙頰帶有黃褐色的有趣斑點。牠是純種的曼徹斯特小獵犬，自以為比牠碰到的其他狗兒都高貴有教養。

「噢，老天！我到處都找遍了，你們跑到哪裡去了？天氣並不好啊。」

「沒錯，天氣的確不好，霧濛濛的。噢，我也累了。」

「你到哪裡去了？只是到街上的店鋪去買東西？」

「不，商店今天關門都很早。不是的，我，我到墓地去了。」

「聽起來陰森森的，」湯米說，「你到墓地去做什麼？」

「我去看一些墳墓。」

「聽起來還是陰森森的，」湯米說，「漢尼拔玩得高興嗎？」

「噢，我得牽著漢尼拔。有個像是教堂執事的人不時走出教堂大門，我想他不大喜歡漢尼拔，因為……唉，說不定漢尼拔也不喜歡他，誰知道呢。我可不希望我們一搬來就讓別人對我們有成見。」

「你到底去墓地看什麼？」

「噢，去看看什麼樣的人埋在那裡。人可真多，我的意思是墓地排得滿滿的。這塊墓地年代頗為久遠，可以遠溯到十九世紀，還有一、兩座我相信更為古老，只是墓碑剝蝕得厲害，很難看清楚。」

「我還是不懂你為什麼要到墓地去。」

「我在做調查。」陶品絲說。

「調查什麼？」

「我想去看看是不是有姓喬丹的人埋在那裡。」

「老天，」湯米說，「你還在掛念那件事？你是在找……」

「你知道，瑪麗．喬丹已經死了。我們知道她已經死了，因為那本書說她並非自然死亡。可是她總該埋在什麼地方，對吧？」

「這還用說？」湯米說，「除非她被埋在這個院子裡。」

「我認為這不大可能，」陶品絲說，「因為我認為只有那個男孩或女孩……我想一定是個男孩；他當然是個男孩，因為他的名字叫亞歷山大……顯然認為自己很聰明，知道她並非自然死亡。不過，如果他是唯一對她的死有清楚認識或發現她死因的人，噢，我是說，如果別人全然不知道這件事。我的意思是，她有可能死了、被埋了，可是沒有人……」

「沒有人說那是謀殺。」湯米打岔道。

「沒錯，就是這類事情；被毒殺、頭部遭擊、被推下懸崖或被車子壓死……噢，我可以想出好多種手法。」

「我相信你想的出很多種手法，」湯米說，「陶品絲，你唯一的優點是：至少你有一顆善良的心。你不會光是為了好玩就將這些手法付諸實行。」

「可是墓地裡沒有瑪麗．喬丹的墳。半個姓喬丹的人也沒有。」

「你失望了吧？」湯米說，「你做的那道菜好了沒？我餓壞了，聞起來好香。」

「正好可以吃了，」陶品絲說，「所以等你梳洗完畢，我們就吃飯。」

04 姓帕金森的人真多

「姓帕金森的人真多，」吃飯時陶品絲說，「都是很久以前的人，可是人數多得令人吃驚。年紀老的、少的，還有結了婚的，到處都是姓帕金森的。還有姓凱普、葛瑞芬、安德伍和奧弗伍的。連安德伍和奧弗伍的都有人姓，挺奇怪的，你說對吧？」

「我有個朋友就叫喬治．安德伍。」湯米說。

「是啊，我也認識幾個姓安德伍的人，但沒有姓奧弗伍的。」

「男的還是女的？」湯米說，他有點興趣了。

「是女的，我想。蘿絲．奧弗伍。」

「蘿絲．奧弗伍？」湯米仔細聽著這個名字的發音。「我認為這個名字和這個姓好像不怎麼配，」他補上一句：「吃完午飯，我得打個電話給那些水電工。陶品絲，千萬要小心，要是在樓梯過道裡一腳踩空，那可糟了。」

「那我算是自然死亡還是非自然死亡？不是其一就是其二。」

「你會是好奇心致死，」湯米說，「好奇心可以殺死貓。」

「難道你就沒有半點好奇心？」陶品絲說。

「我想不出有什麼好奇的理由。飯後點心吃什麼？」

「蜜糖餡餅。」

「噢，陶品絲，我得說這頓飯真美味。」

「真高興你喜歡。」陶品絲說。

「後門外頭那個包裹是什麼？是我們訂的酒嗎？」

「不是，」陶品絲說，「是球根。」

「噢，」湯米說，「球根。」

「是鬱金香的球根，」陶品絲說，「我要去找伊薩克老爹談談。」

「你打算把那些球根種在哪裡？」

「我想種在庭院中央小徑的兩邊。」

「可憐的老伊薩克，他好像隨時會倒地暴斃似的。」湯米說。

「才怪，」陶品絲說，「伊薩克硬朗得很。你知道，我發現園丁都是這樣。真正的好園丁好像過了八十歲才進入巔峰期。要是你碰到一個年約三十五、身強力壯、看似孔武有力的年輕人說『我一向就喜歡庭園工作』，這種人十之八九沒什麼用。他們只打算時不時抖落一些樹葉，而不管你要他們種什麼，他們總說季節不對，而既然沒人知道什麼時候才算季節對（至少我就不知道），最後你只好由他們去。伊薩克就很棒。他什麼都知道，」陶品絲又補上幾句：「應該還有些番紅花才對，大概也在包裹裡，我出去看看。今天伊薩克要來，他會告訴我。」

「好吧，」湯米說，「我待會就出來找你們。」

陶品絲和伊薩克又愉快地見了面。他們取出球根，商量種在哪裡才能讓花草顯得最美。首先是早開的鬱金香，預計在二月底就能開出賞心悅目的花朵，接著他們開始考慮花瓣上有美麗鑲邊的鸚鵡鬱金香，以及連陶品絲也知道的、被稱為「綠花」的鬱金香。這種長莖鬱金香會在五到六月初開出極為美麗的花。由於這些花都是誘人的翠綠顏色，他們同意把它們集中種在庭園裡的一個僻靜所在，以便摘下在客廳擺成有趣的花飾，要不然就種在大鐵門內通往房子的短徑旁，好讓訪客又羨慕又嫉妒。甚至在商家送來肉食和其他雜貨的時候，這些花也一定能滿足他們的藝術情感。

四點鐘，陶品絲在廚房裡用一個褐色茶壺煮了滿壺香濃的好茶，壺旁放了方糖和牛奶罐，她請伊薩克進來，要他在回家前喝杯茶提提神。接著她去找湯米。

「我猜他一定是在什麼地方睡著了。」

陶品絲一邊自忖，一邊一個個房間尋找。她看到有個人從樓梯過道地板上那個陰森的洞裡伸出頭來，不覺心頭一喜。

「夫人，沒事了，」水電工說，「你不必再小心翼翼，全弄好了。」

他又補上一句，說他明天早上再來弄屋子的另一個部分。

「我希望，」陶品絲說，「你真的會出現。」她又問：「你有沒有看到貝里福先生？」

「噢，你是說你的丈夫？有，我想他在樓上。他扔了什麼東西下來。對，還是很重的東西。我想一定是書。」

「書！」陶品絲說，「真沒想到！」

水電工又縮回他過道下面的世界去了。陶品絲上樓走到閣樓邊。現在，這裡已經變成專放兒童圖書的臨時書庫。

湯米坐在一具取物梯頂上，周圍地板上散放著好幾本書，書架上的空隙很明顯。

「原來你在這裡，」陶品絲說，「你還假裝對任何書都沒興趣。你看了很多書，對吧？你把我排得整整齊齊的書都弄亂了。」

「噢，對不起，」湯米說，「我本來只想隨意看看。」

「有沒有找到其他有紅墨水畫線的書？」

「沒有。一本也沒有。」

「真煩人。」陶品絲說。

「我想這一定是亞歷山大搞的鬼，亞歷山大．帕金森。」湯米說。

「沒錯，」陶品絲說，「一個姓帕金森的人，無數的帕金森之一。」

「噢，我想他一定是個懶惰的男生。話說回來，做那種畫線工夫一定相當費事。可是再也找不到更多關於喬丹的信息了。」湯米說。

「我問過伊薩克老爹，他認識附近很多人。他說他不記得有什麼叫喬丹的人。」

「放在前門旁邊的那個黃銅檯燈，你有何打算？」湯米邊下樓邊問。

「我要把它帶去義賣會。」陶品絲說。

「為什麼？」

「噢，因為它總是礙手礙腳。我們是從國外買回來的，對吧？」

「對啊，我想我們那時候一定是瘋了。你從來就沒喜歡過它。你說你討厭它。呃，我也有同感。而且它重得很，好重好重。」

「不過，桑德森小姐一聽我說他們可以把它拿去，倒是非常高興。她說她可以過來拿，我說我會用車子送去。我們今天就把它送去。」

「如果你願意，我送去就好。」

「不，我很想自己送去。」

「好吧，」湯米說，「我想我最好和你一起去，幫你提進門。」

「噢，我想我可以找到人替我提進門。」陶品絲說。

「好吧，隨你便。不過，別累壞了自己。」

「好。」陶品絲說。

「你想去，是不是還有別的原因？」

「噢，我只是想和大家聊聊天。」陶品絲說。

「陶品絲，我不知道你想做什麼，不過我從你的眼神裡知道，你心頭在打什麼主意。」

「你帶漢尼拔去散散步，」陶品絲說，「我不能把牠帶到義賣會去。我可不想引起狗打架。」

「好吧。漢尼拔，要去散步嗎？」

漢尼拔一如往常，立即做出肯定的答覆。牠的肯定與否定絕不可能讓人弄錯。牠扭著身子搖著尾巴，舉起一隻前腿又放下，跑過來用頭使勁擦著湯米的腿。

「沒錯，」牠顯然在說，「我親愛的奴隸，這就是你存在的目的。我們快快樂樂地到街上走走吧。希望街上有各種氣味。」

「來吧，」湯米說，「我要帶著狗鏈皮帶去。你可別像上回那樣跑到馬路中央。那種可怕的大車差點要了你的命。」

漢尼拔望著湯米，那神情彷彿在說：「我向來就是最聽話的好狗，絕對會照你的吩咐行事。」這句話並不真確，不過即使和漢尼拔最親密的人也常被牠騙倒。

湯米把那盞黃銅檯燈放進車裡，直低呼著好重。陶品絲開車離去。看到她彎過街角，湯米這才把狗鏈皮帶拴在漢尼拔的頸圈上，牽著牠往街上走。不久，他轉進通往教堂的那條小路。這條路上幾乎沒有車輛，湯米把漢尼拔頸項上的皮帶脫去。漢尼拔充分享受著這種特權，在柏油路邊的草叢中嗅來嗅去，還一面低吼著。如果牠能說人話，牠一定會說：「香極了！好香。這是隻大狗，相信牠一定是隻可惡的阿爾薩斯牧羊犬。」接著一聲低吼。「我不喜歡阿爾薩斯牧羊犬。要是我再看到上回咬我的那隻狗，我會咬死牠。啊，好香，好香！這裡有一隻非常漂亮的小母狗。沒錯沒錯，我真想見見牠。不知道牠住得遠不遠。希望牠會從這個房子裡跑出來。不知道會不會。」

「喂，不要跑進那個鐵門，快出來，」湯米說，「不要跑到別人家裡去。」

漢尼拔假裝沒聽見。

「漢尼拔！」

漢尼拔加快速度，轉了個彎就往那家人的廚房跑。

「漢尼拔！」湯米大喊，「你聽見我的話了沒？」

「聽見你的話，主人？」漢尼拔說，「你剛才有叫我嗎？噢，當然有。」

聽見廚房裡傳來一聲狂吠，漢尼拔慌忙跳出來，牠跑到湯米身邊，緊緊跟在湯米腳後。

「這才乖。」湯米說。

「我很乖，對吧？」漢尼拔像是在說，「你需要我保護的時候，我總是寸步不離。」

他們來到直通教堂墓地的側門邊。不知道為什麼，漢尼拔有種可以隨時改變自己體型的非凡技巧……不是變成那種虎背熊腰、顯得過於肥胖的狗，而是變身為一條細扁的黑線。現在，牠不費吹灰之力就從那道門的橫木間鑽了進去。

「回來，漢尼拔！」湯米大喊，「你不能進入教堂墓地。」

如果漢尼拔可以回答，牠會說：「主人，我已經進來了。」牠圍著墓地歡快地跳躍，那模樣就像進了一個特別迷人的花園。

「你這隻壞狗狗！」湯米說。

他拔開鐵門門閂走了進去，手上拿著狗鏈皮帶開始追趕漢尼拔。漢尼拔現在已經跑到墓地遠遠那端，像是努力要從微開的教堂大門擠進去。湯米及時趕來抓住牠，為牠套上皮帶。漢尼拔揚起頭，一副深知這一切一定會發生的模樣。

「你要為我繫上皮帶，是吧？」牠像在說，「對，當然，我知道這是身分的象徵。這表示我是一隻價值非凡的狗。」

牠搖搖尾巴。既然沒人反對，漢尼拔就這麼被皮帶緊緊拉著，跟著主人一塊在墓地裡散步。湯米四處遊走，似乎在確認陶品絲前一天的調查結果。

他先看了看半藏在教堂小邊門後面的一塊石碑。他想，那可能是這裡最古老的石碑之一。這一帶有好幾個這種石碑，大都刻著十九世紀的日期。不過，有塊墓碑湯米看得最久。

「奇怪，」湯米說，「真奇怪。」

漢尼拔抬頭看他，不明白主人這句話的意思。牠不覺得這塊墓碑對狗來說有任何趣味。牠坐下來，以詢問的目光看著主人。

05 義賣會

被陶品絲和湯米大為嫌惡的黃銅檯燈竟然大受歡迎，令陶品絲又驚又喜。

「真謝謝你，貝里福太太，為我們帶來這麼好的東西。好別緻，好有意思。我想這一定是你們到外國旅行時帶回來的吧。」

「是的，是我們在埃及買的。」陶品絲說。

八到十年前的事了，她已經記不得那盞燈到底是在什麼地方買的。也許是大馬士革，也可能是在巴格達或德黑蘭。不過，既然埃及是當前大家討論的新聞重點，說它是在埃及買的會有趣得多……她這麼認為。更何況，那盞銅燈看來頗有埃及風味，即使是在別的國家買的，顯然也是仿古埃及的藝術品。

「老實說，」她說，「這盞燈對我們家來說太大了，所以我想……」

「噢，我想我們應該抽籤才對。」莉陀小姐說。

莉陀小姐多多少少算是個主管。她在這一帶有個綽號，叫作「教區的唧筒」，主要是因為她對教區內發生的大小事情無所不知。她的姓氏Little很容易引起誤解；她其實是個身材粗壯的高大女人。她的教名是桃蘿西，不過大家都叫她桃蒂。

「貝里福太太，希望你會來參加義賣會，你會來吧？」

陶品絲讓她安了心，說自己一定會來。

「我等不及想買東西了。」陶品絲閒話家常似地說。

「啊，真高興你這麼想。」

「我覺得這是好事，」陶品絲說，「我的意思是，這種義賣會的主意非常好，因為它，呃，因為它非常實際，不是嗎？我的意思是，對某人來說是多餘的東西，在別人眼裡可能是珍寶。」

「啊，我們一定要把你的話轉述給牧師聽，」普賴絲．瑞德利小姐說。她是個瘦小的女人，裝了很多假牙。「我相信他聽了一定會很高興。」

「比方說，這個紙糊的桶子。」陶品絲一面說，一面提起那個特別的物件。

「噢，你真的認為會有人買它？」

「如果明天我來的時候它在拍賣，我會買下來。」陶品絲說。

「可是現在市面上有好多漂亮的塑膠洗衣桶。」

「我不太喜歡塑膠製品，」陶品絲說，「這個紙桶真的非常好，我的意思是，就算你一下子放進許多陶器，它也不會破。還有一種老式的開罐器。那種附有牛頭的東西如今已經看不到。」

「噢，可是用那種開罐器很費事。你不認為電動開罐器更方便嗎？」

這樣的對話持續片刻後，陶品絲詢問有沒有她可以效勞的地方。

「噢，親愛的貝里福太太，那就麻煩你布置古董攤位吧。我想你一定很有藝術修養。」

「我一點藝術修養也沒有，」陶品絲說，「不過我很樂意布置這個攤位。如果我弄錯了，請務必告訴我。」她又說。

「噢，有人幫忙當然是好事，我們也很高興見到你。我想你的新居快整理好了吧？」

「我原本也認為現在應該整理好了，」陶品絲說，「可是看來還得花頗長一段時間。那些水電工、木工真難纏，就會頂嘴。」

陶品絲關於水電工和煤氣公司的議論引起了她周遭若干人的小小討論。

「煤氣工最糟糕，」莉陀小姐說，語氣甚是堅定。「因為他們個個來自斯坦福南部。水電工只有來自威爾班的才好。」

牧師過來，對幫忙的人說了些鼓勵和打氣的話，話題這才有了轉變。他也表示非常高興見到貝里福太太，他教區的新姐妹。

「我們都很清楚你的事蹟，」牧師說，「啊，是真的，還有你先生。那天我聽到了兩位的故事，非常有意思。兩位的生活一定十分有趣。我敢說我是不該談論那種事，所以我就不提了。我的意思是，賢伉儷在上回大戰中的表現真是非常出色。」

「啊，牧師，你就告訴我們吧。」一個擺果醬瓶攤的女人邊離開攤位邊嚷嚷。

「我是在絕對機密的情況下獲知兩位的事蹟，」牧師說，「貝里福太太，我想我昨天看見你在墓地散步。」

「是的，」陶品絲說，「我先到教堂看了看。我看見你的教堂裡有幾扇非常漂亮的窗戶。」

「沒錯沒錯，那些窗戶要遠溯到十四世紀，我的意思是北邊走廊的那扇。不過，當然，多半都是維多利亞時代的作品。」

「在墓地散步的時候，」陶品絲說，「我發現裡頭埋著不少姓帕金森的人。」

「沒錯沒錯，確實如此。在過去，這附近住著一大群姓帕金森的人。當然，我自己一個也不記得，不過，盧普頓太太，我想你該記得吧？」

盧普頓太太是個拄著兩根手杖的老婦，一副開心的表情。

「記得記得，」她說，「我記得帕金森夫人在世的時候……你知道，帕金森老太太，就是住在『領主府邸』的帕金森夫人，真是位了不起的老太太。真了不起。」

「我還看到一些姓氏是索姆斯和查特頓的墳墓。」

「啊，我發現你對我們這一帶過去的歷史相當了解。」

「我想我還聽過一些關於喬丹這個姓氏的人……好像叫安妮還是瑪麗的，對吧？」

陶品絲帶著詢問的眼神環視眾人。喬丹這個姓氏似乎沒有引起大家特別的興趣。

「有人曾經雇用過一個姓喬丹的廚娘。我想是布萊韋爾太太。那個廚娘叫作蘇珊・喬丹。她只做了六個月就走了。她的工作很多地方都讓人不滿意。」

「是很久以前的事嗎？」

「噢，不，我想，不過是八或十年前。不會更久。」

「現在還有姓帕金森的人住在這裡嗎？」

「沒有了，他們很久以前就都搬走了。其中一個娶了他表妹，住到肯亞去了。」

「我不知道，」陶品絲開始和盧普頓太太攀交情。她知道她和當地的兒童醫院有關係。「你需不需要兒童讀物？都是些舊書。我們買下了原來屋主的家具，其中有不少童書。」

「啊，你真好，貝里福太太。當然，我們確實有些好書，你知道，都是別人捐的，全是當今專門為孩子們寫的書。我是認為讓孩子看舊書未免可憐。」

「啊，你真的這麼想？」陶品絲說，「我卻喜歡孩提時代擁有的書，有些還是我祖母小時候的書，我想我最喜歡這種書。我永遠不會忘記讀《金銀島》、摩斯沃思夫人的《四季風農場》和史坦利・韋曼一些作品時的感受。」

她以詢問的目光環顧四望，隨後看看手錶，說聲太晚了，就向大家告辭了。

回到家，陶品絲把車開進車庫，繞過屋外走到前門。門是開著的，她便走進去。艾柏從後屋出來，躬身迎接她。

「要不要喝點茶，夫人？您一定很累了。」

「不必了，」陶品絲說，「我已經喝過茶。我在協會喝過了，蛋糕很不錯，圓麵包可真難吃。」

「圓麵包很難做，幾乎和甜甜圈一樣難。唉！」艾柏嘆了口氣。「米莉過去做的甜甜圈真好吃。」

「我知道。沒有人做得像她那麼好。」陶品絲說。

米莉是艾柏的妻子，已經去世多年。依陶品絲之見，米莉做的蜜糖餡餅香酥可口，不過甜甜圈從來就不怎麼樣。

「我想甜甜圈確實很難做，」陶品絲說，「我自己向來就做不好。」

「噢，那是有訣竅的。」

「貝里福先生呢？他出去了嗎？」

「噢，沒有，主人在樓上，在那個房間裡。您知道，就是您稱為書房的那個房間。我自己還是習慣叫它閣樓。」

「他在那裡做什麼？」陶品絲說，語氣透著些許意外。

「噢，我想還在書堆裡吧。整理或收拾書本之類的。」

「我還是很意外，」陶品絲說，「他對那些書向來很不耐煩。」

「噢，」艾柏說，「男人都這樣，不是嗎？他們多半喜歡大部頭的書，對吧？那些可以讓他們廢寢忘食的科學書！」

「我要上樓去把他揪出來，」陶品絲說，「漢尼拔在哪裡？」

「我想牠和主人一起在樓上。」

可是話語甫落，漢尼拔就出現了。牠認為吠叫是優秀看門狗不可或缺的條件，所以在一陣狂吠後，立刻發現是親愛的女主人回家了，並不是有人來偷湯匙或襲擊牠的男女主人。牠伸著粉紅色舌頭，一路扭著身子從樓上跑下來，尾巴搖個不停。

「啊，」陶品絲說，「很高興見到媽媽吧？」

漢尼拔說牠確實很高興見到媽媽。牠朝她撲過去，用力之猛差點沒把她撞倒在地。

「輕點，」陶品絲說，「輕點。你可不想殺死我，對吧？」

漢尼拔清楚表達了自己的意思：牠太愛她，所以忍不住想吃掉她。

「你的主人在哪裡？爸爸呢？他在樓上嗎？」

漢尼拔明白她的意思。牠往樓梯跑上一段，轉過頭等著陶品絲趕來。

「唉，我真沒想到，」陶品絲微喘著氣。她走進書房，看見湯米正踏在取物梯上，把書拿出拿進的。「你到底在幹什麼？我還以為你會帶漢尼拔出去散步呢。」

「我們去過了，」湯米說，「我們去了教堂墓地。」

「你為什麼要帶漢尼拔到墓地去？我相信那裡的人不喜歡有狗進去。」

「牠有繫著皮帶，」湯米說，「而且不是我帶牠進去，是牠帶我進去的。牠好像很喜歡墓地。」

「希望牠還沒養成習慣，」陶品絲說，「你知道漢尼拔的個性。牠一向喜歡按照常規做事。要是牠養成每天都要去一趟教區墓地的習慣，那我們可慘了。」

「就這整個事情來說，牠確實非常聰明。」湯米說。

「你說牠聰明，其實意思是牠愛自作主張。」陶品絲說。

漢尼拔轉過頭來走向陶品絲，用鼻子摩著她的小腿肚。

「牠在告訴你，」湯米說，「牠是隻非常聰明的狗，比你或我都聰明。」

「你這是什麼意思？」陶品絲問。

「下午過得愉快嗎？」湯米問，刻意轉移話題。

「噢，說不上愉快，」陶品絲說，「不過大家都很親切，我想過不久我就不會像現在這樣把他們給搞混了。你知道，一開始真的很難認，因為大家看起來都很像，又穿著類似的衣服，簡直分不清誰是誰。我的意思是，除非某個人特別漂亮或特別醜，而這樣的人在鄉下似乎並不多，對吧？」

「我告訴你，」湯米說，「漢尼拔和我可是聰明絕頂。」

「我以為你剛說是漢尼拔很聰明？」

湯米伸手從面前的書架取出一本書。

「《綁架》，」他說道，「噢，這是史蒂文森的另一部作品。某個人一定特別喜歡史蒂文森，我想。《烏箭》、《綁架》、《卡翠歐娜》和另外兩本書，都是某個慈愛的祖母送給亞歷山大．帕金森的。還有一本是個慷慨的姨媽送的。」

「噢，」陶品絲說，「那又怎樣呢？」

「我還找到了他的墳墓。」湯米說。

「找到什麼？」

「噢，其實是漢尼拔找到的。就在教堂小門邊的角落裡。我想那是個通向聖器室或類似地方的門。墓碑磨損得厲害，維護得不好，不過確實是他的墳。他死時才十四歲，全名是亞歷山大．理查．帕金森。漢尼拔在那裡嗅來嗅去，我去牽牠，卻把墓誌看了個清楚，儘管它磨損得很厲害。」

「十四歲，」陶品絲說，「可憐的孩子。」

「是啊，」湯米說，「真可悲，而且……」

「我不知道你腦袋裡想到了什麼。」陶品絲說。

「噢，我感到納悶。陶品絲，我想你感染了我。這是你最糟糕的地方；每當你對什麼事感興趣，你不會一個人去做，總要讓別人也對它產生興趣。」

「我不懂你是什麼意思。」陶品絲說。

「我在想，這是不是一個有因果關係的案子。」

「湯米，你這話是什麼意思？」

「我覺得奇怪，為什麼亞歷山大．帕金森要費那麼大的工夫在書中製造密碼和那個祕密訊息，雖然他顯然樂在其中。『瑪麗．喬丹並非自然死亡』，如果他說的是真話呢？如果瑪麗．喬丹——不管她是什麼人——不是自然死亡，那麼你還不明白嗎，接著可能發生的就是亞歷山大．帕金森的死了。」

「你該不是認為……」

「噢，人總有好奇心，」湯米說，「這讓我開始思索。他才十四歲。墓碑上沒有一句提到他的死因。我想墓誌銘上也不會寫。上頭只有一句聖經原文：『你生前歡樂滿溢』，就這麼一句。可是，他可能是因為知道一些對別人構成威脅的事，所以……所以他死了。」

「你是說他是被謀殺的？這不過是你的想像。」陶品絲說。

「還不是你起的頭。想像也好，好奇也好，不都差不多，你說是不是？」

「我想，我們還會繼續好奇下去，」陶品絲說，「而我們不可能發現任何線索，因為那是好久好久以前的事了。」

他們互望一眼。

「時光彷彿回到我們過去調查珍．芬恩事件的時候。」湯米說。

他們再度互相凝望。兩人的思緒回到了從前。

06 問題

準備搬家的人在事前往往認為搬家是個宜人的運動，自己一定會樂在其中，可惜事情不見得如人所願。

你得和水電工、營造商、木工、油漆匠、壁紙工、冰箱商、煤氣行、電器供應商、室內裝潢店、窗簾製造商、窗簾懸掛工人、鋪油氈和地氈的人重新建立或調整關係。每天除了預定的事務外，通常還會有約莫四到十二個不速之客來訪。這些客人不是早就想著要來，就是你早已忘記他們會來。

不過，也有陶品絲終於可以舒口氣、如釋重負地宣布各種工作都已完成的時候。

「我真的認為這廚房接近十全十美了，」她說，「只是我還沒找到合適的麵粉箱。」

「噢，」湯米說，「這很重要嗎？」

「啊，非常重要。我的意思是：我們常買三磅裝的麵粉，可是這類容器都裝不下。麵粉箱都很漂亮。你知道，有一種上頭有朵漂亮的玫瑰花，另一種有向日葵的花樣，可是都只能裝一磅。多蠢。」

陶品絲還不時提出其他建議。

「『月桂園』，」她說，「對一棟房子來說，這名字很傻氣。我不懂為什麼它要叫『月桂園』；這裡並沒有月桂樹。叫它『法國梧桐居』不是更好。梧桐樹非常漂亮。」

「有人告訴我，這房子在叫『月桂園』之前叫作『朗．斯科田莊』。」湯米說。

「這個名字好像也沒什麼意義，」陶品絲說，「斯科田是什麼？那時候誰住在這裡？」

「我想是一家姓沃丁頓的人。」

「真令人一頭霧水，」陶品絲說，「先是沃丁頓家，接著是瓊斯家，也就是把房子賣給我們的那家人。更早是布萊摩爾家吧？而且帕金森一家也在這裡住過。姓帕金森的人真多。我老是碰到姓帕金森的人。」

「你是指哪一方面？」

「噢，就是我一直在打聽的，」陶品絲說，「要是我能找到有關帕金森家族的線索，我們就能解開我們……呃，我們的問題。」

「這年頭好像什麼事都叫作問題。你是指瑪麗．喬丹的問題，對吧？」

「噢，不止是那個。有帕金森家的問題，有瑪麗．喬丹的問題，一定還有其他許多問題。『瑪麗．喬丹並非自然死亡，』那個信息接著又說，『凶手是我們當中的一個。』這是指帕金森家的成員，還是指住在房子裡的人？如果帕金森家有兩三個人，外加上一代的長輩，再加上姓氏不同卻是帕金森家的舅媽、外甥或外甥女，我想還有女僕、侍女和廚師之類的，也許還有家庭教師，也許……啊，不會是以家教換取食宿的女孩，因為那麼久以前還沒有這樣的行業。『我們當中的一個』一定是指一家子的人，以前的『一家子』可比現在要多。瑪麗．喬丹也有可能是女僕、侍女，甚至廚娘。可是為什麼有人要置她於死地，而且不是自然死亡呢？我的意思是，一定有人希望她死，不然她應該是自然死亡才對，你說對吧？後天我要去參加另一個咖啡晨敘。」陶品絲說。

「你好像老是去參加咖啡晨敘。」

「要認識鄰居和同村的人，這是個絕佳的途徑。再怎麼說，這村子畢竟不大，大家老是談起他們的老姑媽或認識的人。我想從葛瑞芬太太開始下手，她過去顯然是這附近的重要人物。我敢說她以鐵腕控制著每一個人。她欺負牧師也欺負醫生，我想連教區護士和其他所有的人都在她的欺凌之下。」

「教區護士會不會有幫助？」

「我想不會。她已經死了。我的意思是帕金森家住在這裡時的教區護士已經死了，現在的護士才來沒多久，對這地方不感興趣。我想她連半個姓帕金森的人都不認識。」

「我真希望，」湯米絕望地說，「噢，真希望我們能把帕金森全忘掉。」

「你的意思是，這樣我們就不會有問題了？」

「噢，老天，」湯米說，「又有問題了。」

「是碧翠絲。」陶品絲說。

「碧翠絲是誰？」

「是帶來問題的人。其實是伊麗莎白——也就是我們雇用碧翠絲之前的清潔婦——帶來的，她老是跑來對我說：『噢，夫人，我能和你談談嗎？你知道，我有個問題。』後來碧翠絲每個星期四來，我猜她一定是聽見了，所以連她也『有問題』了。雖然那只是個口頭禪，不過大家都把它稱為問題。」

「好吧，」湯米說，「我們必須承認事實如此。你有問題，我有問題，我們兩個都有問題。」

湯米嘆了口氣，轉身離去。

陶品絲搖著頭，緩緩步下樓梯。漢尼拔滿懷期望地搖著尾巴，一路扭著身子向她跑來，希望多得到一些恩寵。

「不行，漢尼拔，」陶品絲說，「你已經散步過了。你早上已經散步過了。」

漢尼拔暗示她：「你弄錯了，我還沒有散步。」

「真沒見過像你這樣愛撒謊的狗，」陶品絲說，「你不是和爸爸去散步了嗎？」

漢尼拔再度嘗試。牠一心一意要讓女主人明白，並且努力以各種姿勢表明，任何一隻狗都可以再去散步一次。努力終於失敗，牠失望地走下樓梯，開始大聲狂吠，並且擺出各種姿態，彷彿就要朝一個頭髮蓬亂、正拉著吸塵器繞來繞去的女孩咬上一大口似的。牠不喜歡吸塵器，也反對陶品絲跟碧翠絲長談。

「噢，不要讓牠咬我。」碧翠絲說。

「牠不會咬你，」陶品絲說，「牠只是假裝要咬你。」

「噢，我想牠總有一天會真的咬下去，」碧翠絲說，「對了，夫人，不知道能不能和您談談？」

「噢，」陶品絲說，「你的意思是……」

「噢，夫人，是這樣的，我有個問題。」

「我想也是，」陶品絲說，「什麼樣的問題？順便問一聲，你知不知道住在這裡的家庭或是以前住在這裡的人當中，有沒有一個姓喬丹的人？」

「喬丹嗎？噢，我也不知道。曾經有戶人家姓強生，當然，還有姓，啊，對了，有個警官就姓強生。郵差裡也有一個，叫作喬治．強生。他是我的朋友。」她咯咯笑了起來。

「你從來沒聽過一個已經死了的女人叫作瑪麗．喬丹的？」

碧翠絲一臉疑惑，她搖搖頭，再次主動出擊。

「夫人，關於剛才的問題……」

「噢，對了，你的問題。」

「我希望您不介意我問這個問題，夫人，可是這問題讓我很為難，而且我不喜歡……」

「噢，你就快說吧，」陶品絲說。「我要出去參加咖啡晨敘。」

「噢，是在巴伯太太家吧？」

「沒錯，」陶品絲說，「你的問題是什麼？」

「噢，是件大衣。一件非常漂亮的大衣。西蒙服飾店賣的，我進去試了試，看起來非常合身，真的。只是它的裙襬上，呃，就在接近下襬的地方有個小斑點，不過對我來說這無所謂。不管怎麼說，它，呃……」

「所以呢？」陶品絲說，「它怎麼了？」

「我這才知道為什麼它這麼便宜，所以我把它買了下來。這一切都還好，可是回到家我才發現大衣上有個標籤，上頭寫著六英鎊而非三點七英鎊。噢，夫人，我不喜歡這麼做，但不知道怎麼辦，所以就拿著大衣回到那家店，我想我最好把大衣還回去，再向他們解釋我不是存心貪便宜把大衣拿回家的。但那個賣大衣給我的女孩——她人非常好，叫作格拉蒂，我不知道她姓什麼——非常難過。我就說：『這樣吧，我把不足的錢補給你。』可是她說：『不行，你不能這麼做，因為已經入帳了。』就這樣，您知道我的意思吧？」

「嗯，我想我知道。」陶品絲說。

「她接著又說：『噢，你不能那麼做，那會為我惹來麻煩的。』」

「為什麼那會為她惹來麻煩呢？」

「是啊，我也這麼覺得。我本來是想，既然大衣賣的價錢比標籤價格便宜，我就把它送回去吧，但不知道為什麼這樣會為她惹來麻煩。她說如果出現那樣的疏忽，沒看清楚正確的標籤價就以錯誤的價格賣給我，她可能會因此被開除。」

「噢，我想不至於吧？」陶品絲說，「我想你做得很對。除了這樣，我不知道你還能怎麼做。」

「噢，問題就在這裡。她非常難過，開始一把鼻涕一把眼淚，我只好又把大衣拿回家。現在我不知道我是不是欺騙了那家商店還是……我真不知道如何是好。」

「唉，」陶品絲說，「這年頭有關商店的事都這麼奇怪，我想我真的老了，我也不知道怎麼辦才好。價格反常，樣樣都難處理。不過如果我是你，又想把不足的錢補上，那你最好還是把錢交給那個叫什麼來著——格拉蒂——的女孩。她可以把錢放進收銀櫃之類的。」

「呃，我不知道這麼做好不好，因為她有可能把錢據為己有。我的意思是，如果她把錢放進自己的口袋……噢，這並不難，不就等於我偷了錢，而我其實沒偷。換句話說，這就等於是格拉蒂偷了錢。我對她還沒那麼信任。噢，天哪。」

「沒錯，」陶品絲說，「人生就是這麼為難，對吧？我很抱歉，碧翠絲，但我真的認為這件事你得自己拿主意。如果你不能信任自己的朋友……」

「噢，她算不上是朋友。我只是去那家店買東西。和她聊天時，她非常和善，但她不能算是朋友。她在以前工作的地方也惹過一次小麻煩，他們說她把賣東西的錢放進自己的口袋裡。」

「既然如此，」陶品絲說，語氣帶著一絲絕望。「我就無能為力了。」

她堅決的口氣使漢尼拔也加入了磋商行列。牠對碧翠絲狂吠一陣，接著撲向牠視為重要敵人的吸塵器。「我不信任這個吸塵器，」漢尼拔吠道，「我要把它咬個粉碎。」

「噢，漢尼拔，安靜！別叫了。不可以咬東西，也不可以咬人，」陶品絲說，「我要遲到了。」

她衝出門去。

「到處都是問題。」

陶品絲走下山坡，一面沿著果園路行走，口中一面喃喃自語。一路上她按照老習慣邊走邊想：不知道過去這裡所有的人家是不是都有果園？這年頭要找個有果園的房子有如癡人說夢。

巴伯太太開心地迎上前來，還奉上幾塊看起來非常可口的巧克力奶油點心。

「好漂亮，」陶品絲說，「是在貝特比買的嗎？」

貝特比是當地的糕餅店。

「啊，不是，是我姨媽做的。她很了不起，什麼都做得好。」

「巧克力奶油點心很難做，」陶品絲說，「我從來就做不好。」

「噢，你得用一種特製的麵粉。我想這是關鍵。」

女士們一面喝咖啡，一面談論做菜的種種訣竅。

「貝里福太太，前幾天博蘭小姐還談起你。」

「噢，」陶品絲說，「真的，博蘭小姐？」

「她住在牧師家隔壁。她家很早就住在這裡了。她曾經告訴我們她小時候搬來這裡的原因，當時她很盼望能住在這裡。她說，那是因為院子裡有非常可口的醋栗，還有李樹。現在你幾乎看不到真正的李樹了。有些東西雖然也叫作李子，可是味道完全不同。」

她們又談起一些味道不如從前的水果。那些水果依然留在她們童年的記憶中。

「我的叔祖家就有一棵李樹。」陶品絲說。

「噢，沒錯。就是在安奇斯特當過教堂牧師的那個吧？亨德森牧師很早以前就和他妹妹住在那裡。可憐；有一天她正吃著芝麻餅，結果一粒芝麻卡在氣管裡，她就這麼嗆住了，嗆著嗆著，最後窒息而死。噢，老天，真可悲，你說是不是？」巴伯太太說，「實在可憐，我的一個堂兄也是嗆死的，」她又說：「因為吃了一塊羊肉，這種東西很容易卡在喉嚨裡，還有人因為打嗝不止而死。他們不知道那首古老的民謠，」她加以解釋：「『打嗝打嗝，嗝到隔壁城；三嗝一杯酒，嗝兒你快走！』你唸這首民謠時一定得屏住呼吸才行。」

07 更多的問題

「夫人，我能和您談談嗎？」

「噢，老天，」陶品絲說，「該不會又有問題了吧？」

她步出書房，一面下樓一面撣去身上的灰，因為她穿著她最好的衣裙，正在考慮是否要戴上羽毛帽，準備應前幾天在義賣會上結識的一位新朋友之邀，參加一個茶會。她覺得這時候傾聽碧翠絲訴說難題的時機不對。

「呃，不是的，這不盡然是問題。只是一些我想您可能會想知道的事。」

「噢，」陶品絲口裡這麼說，心裡頭還是覺得這或許只是藉口，其實碧翠絲又有了新問題。她小心翼翼地走下樓。「我得趕去參加一個茶會。」

「呃，其實是關於您打聽過的一個人，一個名叫瑪麗．喬丹的人，對吧？不過大家都認為那人其實可能是瑪麗．強生。您知道，有個叫碧琳達．強生的人曾在郵局工作，但那是很久以前的事了。」

「沒錯，」陶品絲說，「還有人告訴我，有個警察也姓強生。」

「沒錯，呃，不管怎麼說，我這個朋友名字叫格溫達……您知道那家商店，一邊是郵局，另一邊是賣信封和卡片之類的店，聖誕節前也賣些瓷器，而且……」

「我知道，」陶品絲說，「那家店叫作嘉利生夫人之類的。」

「對，不過它現在的老闆其實不姓嘉利生，姓氏完全不同。不管怎麼說，我的朋友格溫達認為您可能有興趣知道這件事，因為她聽說很久很久以前這裡住過一個叫作瑪麗．喬丹的人。很久以前的事了，她住在這裡，也就是住在這棟房子裡。」

「啊，住在『月桂園』？」

「噢，當時不叫這個名字。格溫達聽說過她一些事情，所以格溫達覺得您可能有興趣。她有一段相當悲慘的故事，遭遇過意外之類的。總而言之，她死了。」

「你是說她死的時候住在這棟房子裡？她是這個家族的人嗎？」

「不是。我想住在這裡的人家姓帕克，好像是這個名字。當時有許多人姓帕克，帕克或帕金森之類的。我想她只是暫住在這裡。我相信葛瑞芬太太知道。您認識葛瑞芬太太嗎？」

「噢，有點認識，」陶品絲說，「事實上，我今天下午就要到她家去參加茶會。前幾天我在義賣會和她談過話，以前沒見過。」

「她年紀很大了，實際年齡比外表還老，不過我想她記性非常好。我相信帕金森家有個男孩是她的教子。」

「他的教名是什麼？」

「噢，我想是叫亞歷克，想必就是這類名字，亞歷克或是亞歷克斯。」

「後來呢？他是不是長大成人後就離開這裡，像是去當兵、跑船還是什麼的？」

「噢，沒有，他死了。對，我想他就埋在這裡，死於某種疾病。當時大家對那種病了解還不多，那種病好像是個人的名字。」

「你是說那種病是以某個人名命名的？」

「好像叫霍奇金症之類的。不對，那名字很像某個教名。我不知道，不過聽說是種血液變了顏色的病。如果是現代，我相信醫生會放血再輸入健康血液之類的，但聽說得這種病的人大都沒救。畢林斯太太——您知道，就是那家蛋糕店——她有個小女兒也得這種病死了，才七歲呢。聽說這種病常會讓小孩早夭。」

「白血症？」

「啊，原來您知道。對，就是這個名字，我敢確定。聽說這種病現在有希望治好。就像傷寒之類的病現在可以用打預防針等方法治好一樣。」

「嗯，」陶品絲說，「很有意思。可憐的小孩。」

「噢，他沒那麼小。他已經上學了，大概是十三到十四歲。」

「原來如此，」陶品絲說，「真可悲。」她頓了頓，又說道：「噢，老天，我遲到了，非走不可了。」

「我敢說葛瑞芬太太可以告訴您一些事。我不是說她記得那件事，不過她從小在這裡長大，聽過不少事，有時候她還會大談特談以前住在這裡的人和事，有些事還真不體面。你知道，搞七捻三的事。當然，那是愛德華時代或維多利亞時代的事了，我不知道究竟是哪個時代。我想應該是維多利亞時代，因為老女王當時還活著，所以一定是維多利亞時代才對。大家都把它說成是愛德華時代，或是『馬博羅[4]掌權時代』。很像是上流社會，對吧？」

「對，」陶品絲說，「沒錯，是上流社會。」

「還有搞七捻三的事。」碧翠絲的語氣頗為熱切。

「是有許多搞七捻三的事。」陶品絲說。

「年輕女孩常做一些她們不該做的事。」碧翠絲說。有趣的話題才剛起了個頭，她真不願意就這麼和女主人分手。

「不，」陶品絲說，「我相信那時候很多女孩過著非常……呃，純潔而質樸的生活，而且很早就嫁人了，不過嫁給貴族的也不少。」

「噢，」碧翠絲說，「她們真幸福！我想她們一定有許多漂亮衣服，經常去賽馬場、舞會和舞廳。」

「對，」陶品絲說，「很多的舞會。」

「噢，我認識一個人，她的祖母曾經在這樣的上流人家當女傭，見過許多客人，還見過威爾斯親王——當時是威爾斯親王，後來稱為愛德華七世，就是較早即位的那個——他也來過，人非常親切，對僕人們和藹可親，斯文有禮。所以，她離開時就把親王洗過手的肥皂帶走了，她一直保存著，我們小時候她常拿給我們看。」

「你們很興奮吧，」陶品絲說，「那種時刻一定很興奮。親王或許在月桂園小住過。」

「沒有，我沒聽說過，如果有這回事，我應該聽過。不，只有帕金森家族住過這裡。沒有伯爵夫人、侯爵夫人，也沒有貴族夫婦留宿過。我想，帕金森家族的人多半在經商，很有錢，不過經商可沒什麼令人興奮的事，您說是不是？」

「那要視情況而定，」陶品絲說。她又加上一句：「我想我該……」

「是的，夫人，您最好趕緊出門。」

「沒錯。好了，謝謝你了。我真不該戴帽子，頭髮弄得亂糟糟的。」

「噢，您剛才把頭伸進有蜘蛛網的角落去了。我會把蜘蛛網掃掉，免得您又伸頭進去。」

陶品絲奔下樓梯。

「亞歷山大也是從這裡跑下去的，」她說，「我相信他跑過無數次。他還知道凶手是『我們當中的一個』，我現在是愈來愈好奇了。」

4 馬博羅（Marlborough, 1650-1722），英國將軍及政治家。

08／葛瑞芬太太

「你們夫婦能搬到這裡來住我真高興，貝里福太太，」葛瑞芬太太一面倒茶一面說，「加糖還是加牛奶？」

她遞來一盤三明治，陶品絲隨意拿了一塊。

「你知道，在鄉下能找到可以溝通的好鄰居有多難。你以前就知道這個地方嗎？」

「不知道，」陶品絲說，「完全不知道。我們看過各式各樣的房子。仲介商把各種房子的介紹都寄了來。當然，大都很可怕。其中還有一棟叫『充滿舊世界魅力』。」

「我了解，」葛瑞芬太太說，「我非常了解。所謂『充滿舊世界魅力』，往往是指屋頂必須重修，要不就是溼氣很重。而『完全現代化』，噢，誰都懂它的意思；一大堆不必要的小裝飾，從窗戶往外看視野欠佳，住著實在嚇人。『月桂園』這棟房子非常迷人。不過，我想你得好好修修。住戶常常換來換去。」

「我想，曾有不少人在那裡住過。」陶品絲說。

「噢，沒錯。這年頭好像沒人願意在一個地方久住，你說是不是？卡伯森家族在那裡住過，雷德蘭家族也住過。雷德蘭家之前是姓西蒙的，之後是瓊斯家。」

「我們有點納悶，為什麼它叫『月桂園』？」陶品絲說。

「啊，誰都喜歡為自己的房子取個這樣的名字。當然，很久以前，約莫是帕金森家的年代，我想那裡確實種了月桂。你知道，蜿蜒的車道邊種了不少月桂樹，有些品種上頭還有斑點。我從來就不喜歡有斑點的月桂樹。」

「確實，我有同感，我也不喜歡。以前這裡好像有很多姓帕金森的人。」

「噢，沒錯。我想帕金森家在『月桂園』住得最久。」

「現在好像沒人記得起他們的事了。」

「啊，親愛的，你知道，那是很久以前了。而且在那之後，呃，我想是在那……那樁麻煩事之後，難免令人覺得毛毛的，也難怪帕金森家要把房子賣掉。」

「是風水不好，對吧？」陶品絲追問，「有人認為那棟房子不乾淨，是不是？」

「噢，不是，不是房子，其實是人。當然，那是第一次大戰的事了，就某個角度來看不是什麼光彩的事。沒人會相信這種事。我祖母過去常談起，她說那件事和海軍機密有關，是關於一種新型潛水艇的機密。聽說有個住在帕金森家的女孩涉入其中。」

「是不是瑪麗．喬丹？」陶品絲說。

「對，對，就是這個名字。事後有人懷疑這並不是她的真名。我想很早就有人懷疑她了，就是那個叫作亞歷山大的男孩。他是個好孩子，腦子也靈光。」

第二部

Postern of Fate

09 很久以前

陶品絲正在選生日卡。這是個雨天午後，郵局裡人影稀疏，幾乎空空蕩蕩。有人把信投進外面的郵筒，偶爾也有人匆匆忙忙進來買了郵票就走。他們都希望盡快趕回家。這天下午生意並不興隆。事實上，陶品絲覺得自己選對了日子。

根據碧翠絲的描述，陶品絲輕易就認出了格溫達。格溫達非常樂意幫忙。格溫達照管郵局販賣家庭用品的櫃檯，皇家郵政的業務則由一位灰髮老婦負責。格溫達是個愛說話的女孩，對新搬進村裡的人總有著濃厚的興趣。埋首於聖誕卡、情人卡、生日卡、漫畫明信片、便條、文具、各種巧克力和各種家用陶瓷品當中的她顯得很快樂，和陶品絲說起話來就像是朋友。

「真高興那棟房子又有人住了。我是指那家『親王居』。」

「我還以為它一直叫『月桂園』。」

「噢，不是的。它不是一直用那個名字。這裡的房子名字常常變。你知道，大家都喜歡替住屋取新名字。」

「沒錯，似乎真是這樣，」陶品絲若有所思地說，「連我們都考慮過一兩個名字。對了，碧翠絲說你知道過去住在這裡的一個人，叫作瑪麗．喬丹。」

「我不認識她，但我聽人提起過她。那是大戰時期，而且不是最近的這次大戰；是很久以前齊柏林飛船還流行的時代。」

「我聽過齊柏林飛船。」陶品絲說。

「一九一五或一六年吧，它們曾經襲擊倫敦。」

「我記得有天我跟我的姨婆到海陸軍福利中心去，結果空襲警報響了。」

「那些飛船有時候會在晚上飛過來，對吧？我敢說一定很可怕。」

「噢，其實沒那麼可怕，」陶品絲說，「大家反而覺得刺激呢。它不比這次大戰中的飛彈可怕。飛彈常會讓你感覺它一直追著你跑，還會把你趕到大街上去。」

「那時候你們常在地鐵站裡過夜，對吧？我在倫敦有個朋友，她常常整個晚上都待在地鐵車站裡。我想是在沃倫街車站。每個人都有自己常去的車站。」

「上回大戰我不在倫敦，」陶品絲說，「我想我不喜歡整夜待在地鐵站的感覺。」

「可是，我那個朋友（她的名字叫珍妮）倒很喜歡地鐵站。她說那裡好玩極了。你知道，車站裡你有自己固定的台階，永遠為你保留著，你在那裡睡覺、吃三明治，和大夥兒一塊嬉戲聊天，整個晚上就這樣度過，多棒啊！火車一直開到清晨。她告訴我，戰爭結束後她簡直無法忍受回家，覺得無聊得很。」

「總而言之，」陶品絲說，「一九一四年還沒有飛彈，只有齊柏林飛船。」

格溫達顯然對齊柏林飛船失去了興趣。

「我想打聽一個叫瑪麗．喬丹的人，」陶品絲說，「碧翠絲說你知道她。」

「其實也不算知道；我只聽過她的名字一兩次，而且是很久以前。我祖母說，她有一頭漂亮的金髮。她是德國人，當時大家都叫她們德國妞。她負責照顧小孩，可以說是保母吧。她本來是和一個海軍家庭住在別的地方，我想是在蘇格蘭。後來她來到這裡，住在一個姓帕克還是帕金斯的人家。她每個星期休息一天，就到倫敦去拿那些東西。」

「什麼東西？」陶品絲問。

「我不知道，大家都不太清楚。我想應該是她偷來的東西。」

「有人發現她偷東西？」

「噢，沒有，我想沒人發現過。大家才開始起疑，她就生病死了。」

「她是怎麼死的？死在這裡嗎？我猜她去過醫院。」

「沒有。我想當時這裡沒有醫院；那年頭還沒有福利制度呢。有人告訴我是廚師犯了一個大錯。他把毛地黃的葉子當成菠菜或萵苣帶進了廚房。不對，我想是別的東西。有人告訴我他帶進去的是會致命的龍葵，我壓根兒就不相信，因為誰都知道龍葵是什麼，更何況龍葵是一種漿果。噢，我想應該是從院子裡誤摘的毛地黃葉。毛地黃是洋地黃或某種發音類似指頭的東西，裡頭含有足以致命的劇毒。醫生也曾盡力挽救，不過我想是太遲了。」

「事故發生的時候，那棟房子裡住著很多人？」

「噢，我想一定有很多人，沒錯，我聽說那裡常有客人留宿，還有小孩、來度週末的訪客、保母、家庭教師，而且常常有宴會。不過我自己對這些事並不了解，都是從祖母那裡聽來的。波立科老爹時不時也會談起。你知道，就是那個常在這一帶打零工的園丁。他當時正好在那戶人家做園丁，起初他們怪他摘錯了葉子，其實錯不在他。聽說是某個人從屋裡出來幫忙摘園中的蔬菜，送到廚師那裡去。你知道，就是菠菜、萵苣之類的東西，呃，我猜那些人不大懂蔬菜，才會誤摘。事後的死因調查庭中，他們說這是誰都可能犯的錯誤，因為菠菜和酸模屬植物的葉子長得都很像那個發音像指頭的東西，所以我猜他們是摘了許多這兩種植物的葉子而混成了一堆。不管怎麼說，這件事還是夠悲慘的，因為祖母說，她是個非常漂亮的金髮女孩。」

「她每個星期都到倫敦去？當然，她每個星期都休一天假。」

「是的，她說她在倫敦有朋友。她是外國人……祖母說，有人認為她是德國間諜。」

「她是嗎？」

「我想不是。男生顯然都喜歡她。你知道，連海軍軍官和謝爾頓陸軍部隊的士兵也喜歡她。瑪麗在陸軍部隊有一兩個朋友。」

「她真的是間諜嗎？」

「我不認為。我是說，祖母說那是謠傳。這不是二次大戰的事，是在那之前的事。」

「奇怪，」陶品絲說，「大家對於戰爭很容易搞混。我認識一個老先生，他有個朋友參加過滑鐵盧戰役。」

「啊，不可思議。一九一四年之前，大家常常雇用外國保母，不是法國女孩就是德國女孩。祖母說她對小孩很好，大家都喜歡她、歡迎她。」

「那是她住在『月桂園』的時候嗎？」

「那時候不叫這個名字，至少我認為不是。她當時是和一戶姓帕金森還是珀金斯的人家住在一起，」格溫達說，「她就是我們現在所謂以工作換取膳宿的女孩。她來自小圓餡餅的發源地，你知道，就是梅特南姆和梅森留作宴會用的那種很貴的小圓餡餅。聽說那地方一半屬於德國，一半屬於法國。」

「是斯特拉斯堡嗎？」

「對，就是這個名字。她還會畫畫，我姑婆就請她繪過像。范妮姑婆常說，瑪麗把她畫老了。她也為帕金森家的孩子繪過像。葛瑞芬老太太到現在還保留著那幅畫。我想帕金森家的這個孩子知道瑪麗的事情，我是指她繪像的那個孩子。我想，他是葛瑞芬太太的教子。」

「是亞歷山大．帕金森嗎？」

「對，就是那個孩子。就是那個葬在教堂附近的孩子。」

10

馬蒂德、愛人和KK登場

隔天早上，陶品絲去拜訪村裡一位無人不知的人物，一般人稱他為伊薩克老爹，而如果人們記得的話，在正式場合他應該叫作波立科先生。伊薩克．波立科是當地的「名人」之一。他之所以是名人，不但是因為他的年紀（他號稱九十歲，只是相信的人不多），也因為他能夠修理許多奇巧的東西。如果你一再打電話給水電工卻毫無所獲，你就去找伊薩克．波立科。姑且不論波立科先生是否具備修理東西的資歷，他在漫長的人生中畢竟花了許多年在各種衛生設施、浴室給水設備、熱水鍋爐故障和電氣之類的疑難雜症上。他的收費比起有正式資格的水電工更能贏得人們的好感，而令人驚訝的是，他還常能把東西修好。他會木工、會開鎖、會替人掛畫（有時候掛得歪了點），還懂得修理舊安樂椅的彈簧。波立科先生最大的毛病就是喋喋不休、說個不停，雖然必須調整假牙才能讓發音清楚正確，這種習慣依舊不改。他對這一帶過去居民的回憶似乎永無止境，而大家很難確定他的回憶是否可靠。波立科先生從來不會克制自己，他老講一些過去發生的精采故事，顯然樂此不疲。幻想的飛躍一般人稱為記憶的飛躍，它往往從同一類的話題展開。

「如果我告訴你那件事的內情，你一定會大吃一驚。啊，是真的。噢，你知道，每個人都自以為對那件事知之甚詳，可是他們錯了，錯得離譜。你知道，是那個姐姐。表面上看，她真是個好女孩。線索完全來自肉鋪的那隻狗，牠跟著她回家。不過，其實那不是她自己的家。噢，關於這個，我還可以告訴你更多。還有亞特金老太太。沒有人知道她在家裡藏了一把手槍，可是我知道。我知道，是因為我曾經被叫去修理她的高腳衣櫃……那種高高的五斗櫃是這樣稱呼的吧？嗯，沒錯，高腳衣櫃。噢，她七十五歲了，而那個抽屜裡，你知道，就是要我去修理的那個抽屜——鉸鏈和鎖都不見了——有一把手槍，和一雙女人的鞋包在一起。是三號鞋，要不就是二號鞋，我無法確定。是白色的緞料，好小的腳。她說那是她曾祖母結婚時穿的鞋。或許吧。不過，有人說那是她在古董店買的，我也不知道是真是假。反正手槍和那雙鞋包在一起，絕對沒錯。聽說那把槍是她兒子帶回來的，從東非帶回來的。他去獵大象之類的，後來帶了那把手槍回家。你知道那個老太太做了什麼嗎？她兒子教她射擊，她就坐在客廳窗口往外看，不管是誰進入車道，她就舉槍朝那人左右兩側發射，可把他們嚇得要命，逃得飛快。她說，她不准任何人進來打擾鳥兒。她非常喜歡鳥。我可告訴你，她從來不射鳥。確實，她不願意射鳥。至於萊瑟比太太，也有好多故事。她已稍微收斂了些。沒錯，她會在商店裡順手牽羊。大家都說，她的手法巧妙得很。話說回來，她可是不愁衣食的有錢人。」

好不容易請來波立科先生換掉浴室的天窗後，陶品絲想把他的談話引導到過去的記憶中，希望這對湯米和她有所幫助，好解開這棟房子隱藏的祕密。不管這棟房子隱藏著什麼寶藏還是有趣的祕密，他們迄今一無所知。

來為這家新鄰居修理東西，老伊薩克．波立科可說是欣然就往。他的生活樂趣之一就是和新搬來的住家見面，愈多愈好。和尚未聽過他精采回憶和往事的人見面，是他生活中的大事。那些對他的回憶已經耳熟能詳的人，並不鼓勵他把那些故事再說一遍，可是新的聽眾就不同了。這永遠是樂事一樁：他不但能展示自己多才多藝的謀生技能，還能把自己為社區提供的各種服務連結起來。有機會滔滔不絕，令他覺得很快樂。

「喬很幸運，沒有受傷。要不然他很可能會割破臉。」

「是的，確實如此。」

「夫人，地板上還有些玻璃得收拾收拾。」

「我知道，」陶品絲說，「我們還沒時間弄。」

「噢，不過你可不能拿玻璃冒險。你該知道玻璃這玩意吧？一塊小碎片就足以讓你受重傷。要是它跑進血管裡，可會要你的命哪。我記得拉維尼婭．蕭康小姐。你不會相信……」

陶品絲對拉維尼婭．蕭康小姐的事沒興趣。她已經聽過當地其他人提起蕭康小姐的事。蕭康小姐顯然是坐七望八的年紀，耳朵聾了，眼也幾乎全瞎。

「我想，」陶品絲趕在伊薩克開始回憶拉維尼婭・蕭康之前打岔道，「你一定認識許多各式各樣的人，也知道這地方過去發生的不少怪事。」

「啊，你知道，我不年輕了。我已經年過八十五，馬上就九十了。我的記性向來不差。有些事你永遠不會忘記。不管過了多久，總有一些事情會讓你想起來，而且歷歷如繪。那些事我若說出來，你是不會相信的。」

「啊，那太好了，不是嗎？」陶品絲說，「你竟然知道許多怪人怪事。」

「啊，知人知面不知心，你說是不是？有些人和你想的截然不同，而有些事會讓你覺得匪夷所思。」

「就像間諜，」陶品絲說，「或是罪犯。」

她滿懷期待地望著他。老伊薩克彎腰撿起一塊玻璃碎片。

「你看，」他說，「要是這東西扎進你的腳跟，你會怎麼想？」

陶品絲開始覺得，修理玻璃天窗似乎無法讓伊薩克對過往撩起更多的有趣回憶。她注意到餐廳窗邊靠牆的那間所謂的小花房也需要花點錢修理，把玻璃換一換。值不值得修理呢？還是整個拆掉更好？伊薩克很樂意注意力轉移到這個新問題上。他們一同下樓來到屋外，沿著牆走到那個小花房旁。

「啊，你是說這個？」

陶品絲說，是的，她就是指這個。

「啊，ＫＫ。」伊薩克說。

陶品絲望著他，她完全不懂ＫＫ這兩個字母是什麼意思。

「你說什麼？」

「我說ＫＫ。洛蒂．瓊斯老太太還在的時候，總是這麼稱呼它。」

「噢。她為什麼稱它為ＫＫ？」

「我不知道。它是個……我想就是個名字，大家過去常給這種地方取這種名字。你知道，這花房不大。大房子都有個真正的溫室，擺放孔雀草盆景之類的。」

「沒錯。」陶品絲說。她一聽這話，立刻就聯想起那些盆景。

「你也可以把它叫作花房。不過，洛蒂．瓊斯老太太老把這塊地方叫作ＫＫ。我不知道為什麼。」

「這裡以前有孔雀草盆景嗎？」

「沒有，這花房不是用來擺那個的；多半是讓小孩子放玩具。噢，說到玩具，如果沒人扔掉，應該還在這裡。你看，這屋子已經半塌了吧？那時候他們只是隨便搭起，再添造個屋頂，我想現在不會再有人用了。以前他們常在這裡放舊玩具或是多餘的椅子等等。你瞧，裡頭就有個搖擺木馬，角落那頭還放了愛人。」

「我們可以進去嗎？」陶品絲口裡問道，眼睛一邊在窗上找一塊比較乾淨的玻璃。「裡頭一定有很多有趣的東西。」

「噢，應該有鑰匙，」伊薩克說，「我想它還掛在同樣的地方。」

「在哪裡？」

「噢，就在附近的一個儲藏室。」

他們沿著旁邊的小徑走過去。那間儲藏室很難叫作儲藏室。伊薩克踢開門，挪開殘枝爛幹，又踢掉一些爛蘋果，取下掛在牆上的舊門墊，眼前出現一根釘子，上頭掛著三、四把生鏽的鑰匙。

「這是林鐸的鑰匙，」他說，「他是這裡的最後一個園丁，曾經製造過籃子，後來也不做了。這人什麼也做不好。你要進ＫＫ裡頭去看看嗎？」

「噢，是的，」陶品絲說，語氣滿懷期盼。「我很想到ＫＫ裡頭去看看。怎麼拼？」

「什麼東西怎麼拼？」

「我是指ＫＫ。難道就只是兩個字母？」

「不，我想不是。我相信它是兩個外國字。我記得好像是K-A-I，連續兩個K-A-I。讀音是Kay-Kay，很像Kye-Kye，他們以前就是這麼唸。我想是日本字。」

「噢，」陶品絲說，「這裡有日本人住過？」

「噢，沒有。這裡沒有那種外國人。」

伊薩克手腳俐落地為生鏽的鑰匙塗上一點油，效果立刻顯現。他將鑰匙插進門鎖，嘎嘎轉動，門就這麼推了開來。陶品絲和這位嚮導走了進去。

「就這樣，」伊薩克說，顯然不以裡頭的東西為傲。「除了一堆破爛，什麼都沒有，對吧？」

「那個木馬看起來很漂亮。」陶品絲說。

「它叫馬蒂德。」伊薩克說。

「馬蒂……德？」陶品絲說，語氣頗有疑惑。

「是的，是個女人的名字。有人說是某個皇后的名字，是征服者威廉國王的妻子，不過我想他們在吹牛。這木馬是從美國運來的，是某個孩子的教父帶來送給他的。那個教父是美國人。」

「送給哪家的孩子？」

「是貝辛頓家的孩子。很久以前的事了，我也不知道。我想它現在已經全都鏽了。」

儘管馬蒂德破爛不堪，依然不失為一隻漂亮的馬。它的身長不下於現代找得到的任何馬匹，只是過去勢必非常濃密的鬃毛只剩下寥寥幾根。它耳朵掉了一隻，一度被塗成灰色，前腿向前伸得筆直，後腿也向後大張。它還有一撮尾巴。

「它的動作跟我看過的木馬都不一樣。」陶品絲說，顯然興致勃勃。

「確實不一樣，對吧？」伊薩克說，「你知道，一般木馬都是搖上搖下、前前後後地動，可是這隻木馬，你瞧，好像是往前飛躍。先是前腿一躍，接著是後腿。動作很美。乾脆我騎上去讓你看看。」

「請務必小心，」陶品絲說，「說不定……說不定你會被釘子之類的東西扎到，或是掉下來。」

「啊。我騎過馬蒂德，那一定是五、六十年前的事了，不過我還記得。這馬很結實，不會垮下來。」

他突然以意想不到的特技身手跨上了馬蒂德。木馬猛然向前跑，接著向後跑。

「它動了，對吧？」

「是的，它動了。」陶品絲說。

「噢，他們都很喜歡它。珍妮小姐以前天天騎。」

「珍妮小姐是誰？」

「噢，是他們家的老大。木馬就是她教父送給她的，愛人也是。」他補充道。

陶品絲以詢問的眼神望向伊薩克。他的話似乎和ＫＫ的內情毫無關聯。

「你知道，他們就那麼叫它，就是那個放在角落帶有小馬車的小木馬。潘梅拉小姐常常騎著它滑下山坡。她是個認真的人，非常認真。她在山坡頂上跨上馬，雙腳就放在地上，你知道，它備有踏板，可是不能動，所以她把木馬搬上坡頂，然後任它下滑，用自己的腳當煞車。事實上，她常常差點撞到智利松。」

「撞到智利松聽起來很不好玩。」陶品絲說。

「噢，她在撞到之前總會停下來。她是個認真的人，非常認真。我看過她整整玩了三、四個鐘頭。你知道，我常來修整聖誕玫瑰的花圃和銀葦草，所以常看見她從山坡上滑下來。我沒和她說話，因為她不喜歡別人和她說話。不管她做什麼事或自以為在做什麼，好像總是做個沒完。」

「自以為在做什麼？」陶品絲對潘梅拉小姐的興趣突然超過了珍妮小姐。

「噢，我不知道。有時候她會說自己是逃亡的公主，要不就是瑪麗皇后之類的……那是愛爾蘭或蘇格蘭的王室吧？」

「蘇格蘭的瑪麗皇后。」陶品絲暗示道。

「啊，沒錯。她出走了，要不就是逃亡在外。她走進城堡，鎖上什麼東西。其實不是真鎖，只是一潭水。」

「啊，我明白了。潘梅拉以為自己是正在逃避敵人的蘇格蘭瑪麗皇后，對吧？」

「對。她說她打算到英國去請求伊麗莎白女王庇護，不過我不認為伊麗莎白女王會這麼慈悲。」

「噢，」陶品絲說，語氣難掩失望。「真有意思。你說的這些人是哪個家族？」

「噢，是利斯特家族。」

「你到底知不知道瑪麗．喬丹這個人？」

「噢，我知道你指誰。我想她比我早生了幾年。你是指那個當德國間諜的女孩吧？」

「好像這裡每個人都知道她的事。」陶品絲說。

「沒錯。他們叫她德國妞什麼的。發音聽起來像鐵路。」

「確實很像。」陶品絲說。

伊薩克突然放聲大笑。

「哈哈哈，」他說，「如果是鐵路，一條鐵路路線，那她可不是一條直達路線，你說是不是？確實如此。」他又笑。

「這笑話可真好笑。」陶品絲好心附和。

伊薩克又大笑。

他說：「該是你考慮種些蔬菜的時候了，對吧？你知道，如果要適時種上青豆，你現在就該準備播種了。早生萵苣怎麼樣？種些矮小品種的？那種萵苣很漂亮的，雖然小，可是脆得很。」

「我想你在這裡做了不少園藝工作吧。我是說不只我們家，還有其他許多人家。」

「噢，是的，你知道，我做過臨時工，到過許多人家。他們雇的園丁有些根本不行，所以我常去幫忙。你知道，這裡曾經發生過一點小意外，把蔬菜搞混了。事情發生在我來之前，不過我聽人說過。」

「說是毛地黃的葉子，對吧？」陶品絲說。

「啊，沒想到你已經聽說了。那也是很久以前的事了。對，有好幾個人中了毒，有個人還因此送了命。至少我聽到的是這樣。只是道聽塗說，我也是從老朋友那裡聽來的。」

「我想是那個德國妞。」陶品絲說。

「什麼，死的是德國妞？噢，這我可從沒聽說過。」

「噢，說不定是我聽錯了，」陶品絲說，「你可不可以把愛人拿到潘梅拉那孩子常去玩的山坡上……如果那個山坡還在的話。」

「噢，那個山坡當然還在。你想做什麼？山坡上現在還是青草遍地，不過你得小心。我不知愛人鏽成了什麼樣。要不要我先把它清乾淨一點？」

「那好，」陶品絲說，「然後請你想一些我們可以種的蔬菜。」

「噢，我要提醒你，不要把毛地黃和菠菜種在一起。我可不想聽到你剛搬進新居就發生了不測。只要花點錢，你可以把這裡變成很好的住家。」

「非常謝謝你。」陶品絲說。

「我這就去看看愛人，免得你坐上去就垮了。它雖然舊，但有些舊東西有多好用，你一定會覺得驚訝。我有個堂弟，某天他拉出一輛舊自行車來。你以為它不能走了，因為將近四十年沒人騎過了。可是，才加了點油它竟然可以跑了。啊，幾滴油的效果真是神奇！」

11 早餐前六件不可思議的事

「你到底……」湯米說。

他已經習慣在回家的時候在難以想像的地方看到陶品絲，可是這一回，他的驚訝更甚於以往。

儘管外頭飄著細雨，可是家中不見她的影子。他想她可能正在花園某個角落專心幹活，於是出去看個究竟。「你到底……」就是這時候脫口而出的。

「嗨，湯米，」陶品絲說，「你比我料想中回來得更早。」

「這是什麼東西？」

「你是說愛人？」

「你說什麼？」

「我說愛人，」陶品絲說，「這是它的名字。」

「你打算騎它？它對你來說太小了。」

「噢，當然。它是孩子的玩意兒，我想比我小時候玩的仙女圈還更早。」

「它不可能還會動吧？」湯米問。

「噢，不算是會動，」陶品絲說，「不過，只要把它搬到坡頂，它就會……噢，你知道，它的輪子會自己轉動，因為你在下坡。」

「然後在山腳摔個粉碎，我想，你就是打算這麼做？」

「才不會，」陶品絲說，「你可以用腳煞車。要不要我示範給你看？」

「不必了，」湯米說，「開始下大雨了。我只想知道你為什麼，呃，為什麼要做這種事？我的意思是，這樣不會很有趣吧？」

「老實說，」陶品絲說，「這麼做還挺恐怖的。不過你知道，我只是想了解……」

「所以你就跑來問這棵樹？對了，這究竟是棵什麼樹？是智利松，對吧？」

「對，」陶品絲說，「你真聰明，竟然知道。」

「我當然知道，」湯米說，「我還知道這種樹的別名。」

「我也知道。」陶品絲說。

兩人互相凝望。

「只是我一時記不得了，」湯米說，「是不是阿提……」

「噢，很像是，」陶品絲說，「我想這就夠了，對吧？」

「你跑到這個渾身是刺的東西裡做什麼？」

「噢，因為當你抵達山腳，我是說如果你沒有以腳讓它完全停住，你就可能撞進這棵阿提什麼的（管它叫什麼名字）裡面。」

「我剛說它叫阿提什麼的嗎？會不會是阿提卡利亞（風疹）吧？不對，是蕁麻，對吧？唉，也罷，」湯米說，「每個人的娛樂都不一樣。」

「我只是在為我們最近的問題做一點調查。」

「你的問題還是我的問題？到底是誰的問題？」

「我不知道，」陶品絲說，「希望是我們倆的問題。」

「可別是碧翠絲的問題，或類似的芝麻綠豆問題。」

「噢，不是。我只是好奇，不知道這棟屋子裡還藏了些什麼，所以就去看看多年前被胡亂塞在一間怪異舊花房裡的許多玩具。在那裡我看到了這個小馬車和馬蒂德。馬蒂德是個會搖的木馬，肚子上有個洞。」

「肚子上有洞？」

「對。依我猜想，過去常有人往裡頭塞東西。小孩子出於好玩的心理，會塞進許多枯葉、髒紙、舊抹布、法蘭絨布條和用來擦拭東西的髒油布。」

「來吧，我們回屋去。」湯米說。

§

「湯米，」陶品絲一面把腳伸向她為湯米返家而在客廳裡先行點起的溫暖爐火，口中一面說道，「讓我聽聽你的新聞。你到麗緻飯店畫廊去看展覽了嗎？」

「我沒去。老實說，我根本沒時間去。」

「你是什麼意思，沒時間？你不是專程跑去看展覽的嗎？」

「噢，專程去做的事不見得都做得成。」

「你總該去了什麼地方、做了什麼事吧？」陶品絲說。

「我又發現一個可以停車的新地點。」

「那倒很有用，」陶品絲說，「在什麼地方？」

「在霍斯羅附近。」

「你到霍斯羅去做什麼？」

「噢，其實我沒有去霍斯羅。那兒有個停車場，我就在那裡搭地鐵。」

「什麼？你搭地鐵到倫敦？」

「對，搭地鐵似乎是最方便的途徑。」

「你一臉罪惡感的模樣，」陶品絲說，「你該不會告訴我，我有個情敵住在霍斯羅吧？」

「沒有，」湯米說，「你應該為我做的事感到高興才對。」

「噢。難道你買了個禮物給我？」

「不是不是，」湯米說，「恐怕沒有。老實說，我從來就不知道該送你什麼東西。」

「噢，有時候你猜得也挺準的，」陶品絲說，語氣充滿期望。「你到底做了什麼，湯米？為什麼我應該感到高興？」

「因為我也是去做調查。」湯米說。

「這年頭大家都在做調查，」陶品絲說，「你知道，每個青少年、每個侄子甥女或其他人家的兒子女兒，沒有人不做調查。我實在不知道他們在調查什麼，而不管調查什麼，事後總是不了了之。他們只是去調查，享受調查的樂趣，而且還因此志得意滿。唉，真不知道以後會變得怎麼樣。」

「我們的養女貝蒂到東非去了，」湯米說，「你有沒有收到她的信？」

「有。她熱愛那地方……她喜歡深入非洲人的家庭，寫關於他們的論文。」

「你認為那些家庭欣賞貝蒂的興趣嗎？」湯米問。

「我想不會，」陶品絲說，「我記得在我父親的教區裡，大家都很討厭教區的視察員，他們稱他們為多管閒事的人。」

「你的話有點道理，」湯米說，「你的確點出了我在做或是正準備去做的事的難處。」

「你在調查什麼？希望不是割草機。」

「我不知道你為什麼要提割草機。」

「因為你看割草機的目錄看個沒完，」陶品絲說，「你想要割草機快想瘋了。」

「我們是在這棟房子裡進行歷史性的調查，至少是六、七十年前可能發生過的犯罪事件或其他一些事情。」

「不管怎麼說，快告訴我你的調查計畫。」

「我去倫敦，」湯米說，「是想著手做一件事。」

「啊，」陶品絲說，「調查？你著手調查去了。就某個角度看，我和你做的是一樣的事，只是方法不同。而我調查的時間更為久遠。」

「你是說你真的開始對瑪麗．喬丹的問題感興趣？所以你現在要把這個問題放進日程表裡，」湯米說，「瑪麗．喬丹之謎，或者說是瑪麗．喬丹的問題，現在是不是有點眉目了？」

「這名字再尋常不過了。如果她是德國人，這不可能是她的真名，」陶品絲說，「而雖然有人說她是德國間諜，不過我想她也可能是英國人。」

「我認為德國間諜之說只是一種傳聞。」

「說下去，湯米。你什麼都沒告訴我。」

「噢，我以某種，某種……」

「別老說這兩個字，」陶品絲說，「我根本聽不懂。」

「呃，有時候事情很難解釋，」湯米說，「不過我想說的是：調查是有方法的。」

「你是說對過去的事？」

「對，就某種意義而言。我的意思是，你確實可以查出一些事情來，然後從這些事情當中得出情報，不一定要騎舊玩具、請老太太回憶往事、詢問可能錯誤百出的老園丁，或是到郵局找那些女孩述說她們曾祖母告訴她們的事，並招來其他辦事員的白眼。」

「可是這些方法都讓我得到了一些線索。」陶品絲說。

「用我的方法也會。」湯米說。

「你去看了什麼人嗎？你向誰去問問題？」

「噢，不完全是那樣。不過你應該記得，陶品絲，我以前曾和這方面的高手打過交道。你知道，只要付他們一點錢，他們就會幫你查得妥妥當當，讓你得到絕對可靠的情報。」

「什麼樣的事情？什麼樣的地方？」

「噢，有很多事情。首先，你可以找他們去調查死亡、出生和婚姻之類的事。」

「噢，我猜你是派他們去薩默塞特郡的戶政單位吧。你去那裡查了死亡和婚姻紀錄？」

「還有出生紀錄。不必親自去，只要請人代你去就行。在那裡可以查出某人的死亡時間，得知某人的遺囑內容，查到教堂婚禮紀錄或研究出生證明。這些事情都問得出來。」

「你花了不少錢吧？」陶品絲說，「我還以為我們付了搬家費以後就要厲行節約了。」

「噢，想到你對這個問題如此感興趣，我就覺得這筆錢花得很值得。」

「噢，你發現什麼了嗎？」

「沒這麼快，你得等報告送來。到時候，如果他們能替你找到答案……」

「你的意思是，有人會跑來告訴你這個名叫瑪麗．喬丹的人出生於某地，接著你就親自出馬去調查。是這樣嗎？」

「不完全是。你還會知道其他許多事情，例如人口普查結果、死亡證明和死亡原因之類的。」

「好吧，」陶品絲說，「聽起來挺有意思。總會有點收穫。」

「你還可以到報社查閱舊報紙的合訂本。」

「你是指某個事件的記載，例如謀殺或審判之類的？」

「不一定，不過一個人總會和某些人有點接觸。總有些知道事情真相的人，你可以去找這些人，問幾個問題，重溫一下舊情，就像我們在倫敦開偵探社的時候那樣。我想某些人可以提供我們一些情報，或是指點我們從哪裡著手。這要看你的人面熟不熟。」

「沒錯，」陶品絲說，「確實如此。我自己憑經驗就知道。」

「我們倆的調查方法不同，」湯米說，「不過好壞難分高下。我永遠不會忘記那天我突然造訪那間叫作聖守喜的旅館時，第一眼就看到你坐在那裡編織，還自稱是班金索夫人。」

「那完全是因為我『不適合』去調查，也沒人願意帶我去調查。」陶品絲說。

「才怪，」湯米說，「我正和客人在客廳裡談得起勁，你卻跑去隔壁房間，所以你非常清楚我會受託去什麼地方，也知道我準備去做什麼，而你設法搶先一步。竊聽，不折不扣的竊聽。真丟臉。」

「可是結果令人非常滿意。」陶品絲說。

「沒錯，」湯米說，「你好像總有成功的直覺。成功總是跟著你。」

「總有一天，我們會把這裡的一切查得水落石出。只是，那些都是很久以前的事了，我忍不住要想，有個非常重要的東西藏在這附近，可能為這裡的某個人所有，或是與這房子有關，要不就是和以前住在這裡的人有關……我就是不相信會沒有。噢，我知道我們下一步要做什麼了。」

「做什麼？」湯米說。

「當然是在早餐前想出六件不可思議的事，」陶品絲說，「現在已經十點四十五分了，我要上床了。我又累又睏，還因為玩那些滿是灰塵的舊玩具搞得渾身髒兮兮。我想那裡一定還有別的東西。對了，它為什麼叫作 Kay Kay？」

「我不知道，你知道怎麼拼嗎？」

「我不知道，我想應該是 K-a-i，不只是 K K 兩個字母。」

「因為這樣聽起來更像謎團？」

「聽起來像是日文。」陶品絲說，口氣並不確定。

「我不知道為什麼你聽起來覺得像日文，我可不覺得。有點像吃的東西，也許是米。」

「我要去睡了。我得先去痛快地洗個澡，設法把這些蜘蛛網弄掉。」陶品絲說。

「別忘了早餐前想出六件不可思議的事。」湯米說。

「我相信我在這方面會勝過你。」陶品絲說。

「有時候你真令人摸不透。」湯米說。

「可是你對的機率往往比我高，」陶品絲說，「這點有時候想來挺氣人的。噢，這些事就是用來測試我們的。過去誰常對我們說這句話來著？他常掛在口頭上。」

「別管了，」湯米說，「快去把你身上的遠古塵埃洗掉吧。伊薩克的花草技術不錯吧？」

「他自認為是能手，」陶品絲說，「我們可以試試他。」

「遺憾的是，我們自己也不懂園藝。啊，又是一個問題。」

12／騎著愛人找到牛津與劍橋

「在早餐前想出六件不可思議的事，」陶品絲說。她才喝完一杯咖啡，想起碗櫃上的盤子裡還放著一塊煎蛋，煎蛋旁配著兩塊令人食欲大開的豬腰。「早餐比想不可思議的事情還重要。湯米這人就是愛做不可能的事。調查？真是的。我想他什麼也查不到。」

她專心吃著煎蛋和豬腰。

「吃一頓異於平常的早餐，真不錯。」

長久以來，她早上只喝一杯咖啡配一杯柳橙汁或葡萄柚。這對體重問題固然是個令人滿意的對策，可是無法獲得豐盛早餐的快樂。對比之下，碗櫃上的熱食常會讓她口水直往肚子裡吞。

「我相信，」陶品絲說，「帕金森家的人早餐也在這裡吃這種東西。煎蛋或炒蛋加培根，或許還有……」她的思緒回到很久以前，憶起了舊小說中的描述。「對，碗櫃上或許還放了冷松雞肉。味道好極了！噢，沒錯，我還記得，它鮮美無比。當然，我想孩子們只能吃雞腿。雞腿也不錯，可以慢慢嚼。」

最後一塊豬腰才剛放進嘴裡，她突然頓住，停下動作。

門外有奇怪的聲音傳來。

「奇怪，」陶品絲說，「聽起來像是樂隊演奏走了調。」

她手中拿著一片烤麵包，再度停頓。艾柏走進來，她抬起頭。

「艾柏，怎麼回事？」陶品絲問，「可別告訴我是工人在彈風琴？」

「是那位來修鋼琴的先生彈的。」艾柏說。

「修鋼琴的什麼地方？」

「他是來調音的。您吩咐過，要我找個鋼琴調音師來。」

「老天，」陶品絲說，「你已經把調音師叫來了？艾柏，你真有本事。」

艾柏現出開心的表情，他同時意識到，自己常常能迅速完成陶品絲或湯米提出的特別要求，確實是很有本事。

「他說那台鋼琴得好好調一調。」艾柏說。

「我想也是。」陶品絲說。

她喝了半杯咖啡，走出房間步入客廳。一個年輕人正在修理那架已經卸開的大鋼琴。

「早安，夫人。」年輕人說。

「早安，」陶品絲說，「辛苦你了。」

「啊，它確實需要調音。」

「沒錯，」陶品絲說，「我知道。我們才剛搬來，搬進搬出對鋼琴不是好事。再說，這架鋼琴也很久沒調音了。」

「對，我一看就知道。」年輕人說。

他連續彈了四個不同的和音，兩次是歡樂的大調，兩次是悲傷的A小調。

「夫人，這樂器很不錯。」

「確實，」陶品絲說，「是伊拉德出品的。」

「這種鋼琴現在很不容易買到。」

「這架鋼琴經歷過好幾次劫難，」陶品絲說，「它遇過倫敦空襲。我們的房子被炸到，幸好我們躲開了，而鋼琴只損及外部。」

「啊，做工非常好。這年頭做工就沒那麼講究了。」

愉快的對話繼續著。年輕人彈了蕭邦序曲的前幾節，又彈奏了一節〈藍色多瑙河〉。未幾，他宣布工作完成。

「最好不要放太久都不用，」他提醒她。「過一段時間我會很樂意再來調試一次，因為你不知道什麼時候它不會……噢，我該怎麼說，有點走音。你知道，就是一些你注意不到或聽不出來的小毛病。」

兩人禮貌地道別，他們對音樂尤其對鋼琴曲目大有惺惺相惜之感，對於音樂為人生帶來的樂趣也心有戚戚焉。

「這房子好像還得費一番工夫整修。」年輕人一面說，一面環顧四望。

「對。我們搬來的時候，這房子已經很久沒人住了。」

「沒錯。這房子轉過很多手。」

「歷史悠久，對吧？」陶品絲說，「我是說以前住在這裡的人，以及過去發生的一些怪事。」

「噢，我想你是指很久以前的事。不知道是上次大戰還是前次大戰的時候。」

「聽說跟海軍機密有關。」陶品絲說，語氣帶著期盼。

「可能是吧。傳言很多，不過我自己什麼都不知道。」

「沒錯，是你出生前許久的事了。」陶品絲欣賞的眼神望著年輕人青春的臉龐。

年輕人離去後，她在鋼琴前坐下。

「我來彈一首〈屋頂上的雨〉。」陶品絲說。剛才調音師彈奏的一首序曲讓她想起了蕭邦的曲子。隨後她敲出幾個和音，開始一面伴奏一面哼曲，接著低聲唱了起來：

我的愛人在何處徜徉？

我的愛人離開我去向何方？

高高的樹梢上鳥兒在呼喚。

我的愛人何時回到我身旁？

「我相信我是彈錯了鍵，」陶品絲說，「但不管怎麼說，鋼琴現在又修好了。啊，又能彈鋼琴了，實在快樂。『我的愛人在何處徜徉？』」她哼道，「『我的愛人何時』……愛人，」她若有所思地說，「愛人？對，我想說不定這是個暗號。我最好出去看看愛人。」

她穿上厚鞋和套頭毛衣，走到院子。愛人不在原來的ＫＫ裡；它現在放在空馬槽裡。陶品絲將它拉出來，放到長滿青草的斜坡頂上，用帶來的雞毛撢子拂去上頭厚積的蜘蛛網，這才騎上它，把腳放在踏板上，任由愛人以它經歷過的歲月和傷痕所能承受的速度往前奔。

「喂，我的愛人，」她說，「我們一起下山吧，不要太快。」

她把腳從踏板上移開，放在可以隨時煞車的位置。

雖然僅憑重量就可以奔下山坡，愛人跑得並不是很快。可是隨著山坡愈來愈陡，愛人也開始快馬加鞭。陶品絲立刻用腳煞車，但她和愛人依然雙雙衝入比山腳下的智利松更令人不舒服的地方。

「好痛！」

陶品絲好不容易才鑽出來。

拔掉沾在身上的智利松刺後，陶品絲拍拍身子，環顧四望。她身在一片灌木叢中，樹林連綿到對面的山丘。這裡開滿了映山紅和八仙花。陶品絲心想，這些花在歲末花季時一定非常美麗，只是現在毫不足觀，光是一片灌木林。不過她注意到，在各種花株和灌木之間似乎有一條小徑，現在雖然長滿了樹木，仍然看得出它的方向。陶品絲折下幾根樹枝，撥開一叢樹林，開始往山丘上爬。小徑一路蜿蜒到山頂，顯然已經多年沒清掃，也沒人走過。

「不知道它通到何方，」陶品絲說，「闢一條路總該有它的理由。」

小徑忽左忽右地轉了兩個急彎，變成了「之」字形，這讓陶品絲完全領悟到《愛麗絲夢遊仙境》中所說小徑突然晃動而改變方向的意義。樹林愈走愈稀疏，可能和這塊產業名稱有關的月桂樹現在清晰可見，一條礫石遍布、難以行走的狹窄小徑橫貫過月桂樹叢，突然來到一個長滿苔蘚的四級台階前。石階通向一個過去似乎用金屬、後來改用瓶子重做的壁龕。這是一個類似神殿的地方，裡面有個台座，上面放著一個磨損得厲害的石像。是個頭頂籃子的男孩像，陶品絲覺得它很面熟。

「你可以從這種東西推斷出這地方的年代，」她說，「它很像莎拉姨媽放在院子裡的那個石像。她也有許多月桂樹。」

她的思緒飄回到莎拉姨媽身上。孩提時代，她常去拜訪莎拉姨媽。她記得自己常玩一種叫作「河之馬」的遊戲。要玩「河之馬」，你得取下裙環。當時陶品絲才六歲，她用裙環當馬，也就是有鬃毛和流水般尾巴的白馬。在陶品絲的幻想中，她騎著白馬穿越綠野和濃密的草地，繞過一個蒲葦羽隨風搖曳的花壇，步上與這條小徑相仿的小路，側身來到一個位於山毛櫸樹林間、和這壁龕相仿、也有石像和籃子的涼亭式壁龕邊。陶品絲策馬來到那兒時，總是帶著一份禮物。她把禮物放進那孩子頭頂上的籃子裡，嘴裡一面說這是獻祭、一面許願。陶品絲記得，她許的願幾乎都實現了。

「可是，」陶品絲突然往石階的最高階上一坐。「那其實是因為我作弊。我的意思是，我許的願都是一些明知一定會發生的事，這樣我就會覺得願望總是實現，彷彿它有魔力一般。自古以來，大家都會對真正的神祇做這樣的獻祭。其實它不是神，只是個矮胖模樣的小男孩。啊，真有意思。小孩子常會發明許多遊戲，深信不疑之餘還玩得樂此不疲。」

她舒口氣，又走下小徑，朝著那個神祕的ＫＫ花房走去。

ＫＫ裡頭仍然雜亂如常。馬蒂德依舊顯得孤獨絕望，不過另外兩樣東西吸引了陶品絲的注意，那是兩件瓷器：四周繪有白天鵝圖案的瓷凳，一張深藍，一張淺藍。

「當然，」陶品絲說，「我小時候見過這種東西。沒錯，通常都放在陽台上。我另一個姨媽就有。我們把它們叫作『牛津』和『劍橋』，很像。我想那是鴨子圖案……不對，繪在四周的是天鵝才對。座椅上也有一個同樣奇怪的東西……像字母Ｓ形的洞，裡頭可以放東西。對，我要請伊薩克把這兩張凳子拿出去好好洗洗，然後放在門廊上。伊薩克硬要把它叫作門廊，可是我覺得叫陽台更自然。我們可以把凳子放在那裡，天氣好的時候享用一番。」

她轉身朝門口走去，一腳卻被馬蒂德突出來的扶手絆住。

「噢，老天！」陶品絲說，「我做了什麼好事？」

她的腳絆倒了深藍色的瓷凳，凳子滾向地板，碎成兩半。

「噢，老天，」陶品絲說，「我想我把牛津給殺了，現在只好靠劍橋湊合一下了。我想牛津不可能再拼起來了。破成這個樣，要拼回去太難了。」

她嘆了口氣，心想不知道湯米現在在做什麼。

§

湯米正和幾個老朋友閒坐論往事。

「現在的世界變得真奇怪，」艾金森上校說，「我聽說你和你那位璞丹絲……啊，不，你對她有個暱稱，陶品絲，不錯……對，我聽說你們搬到鄉下去了。靠近霍洛圭的什麼地方。不知道你們為什麼要搬去那裡。有什麼特別原因嗎？」

「噢，我們發現這棟房子很便宜。」湯米說。

「嗯，那你們很幸運。屋名是什麼？你一定要告訴我你的地址。」

「噢，我想我們可以叫它『杉柏居』，因為那裡種有一棵很美的杉柏。它的原名叫『月桂園』，不過這名字很有維多利亞時代遺緒的味道，你說是不是？」

「『月桂園』，霍洛圭的『月桂園』。老天，你在做什麼？你打算做什麼？」

湯米望著那張長滿白鬍鬚的老臉。

「你有任務在身?」艾金森上校說,「你又受雇為國家服務了?」

「唉,我太老了,不行了,」湯米說,「我已經完全退休了。」

「噢,很難說。說不定這只是你的說辭。你也許是奉命這樣說的吧?再怎麼說,那件事還有很多不明不白的地方!」

「什麼事?」湯米說。

「噢,我相信你一定看過關於它的報導,要不也聽說過。所謂的卡汀頓醜聞。你知道,後來又有些事情……就叫密函吧,還有埃姆林.強森潛水艇事件。」

「噢,」湯米說,「我隱約有點印象。」

「其實潛水艇事件不是關鍵,不過大家是因為它才注意到整個事情。還有那些信,讓政治糾葛完全曝了光。沒錯,那些密函。當初要是他們掌握到那些信,情況就會大不相同。大家的目光會因此放在當時在政府內最受信任的那幾個人身上。你會訝異這些事怎麼可能發生,對吧?叛徒就在我們中間,永遠是最受信任、名望最高的人物,永遠是最後才受到懷疑的人……話說回來,其中許多內幕一直沒有曝光。」他眨眨眼。「你大概是被派到那裡去進行調查的,是不是,老弟?」

「調查什麼?」湯米說。

「噢,你那棟房子不是就叫作『月桂園』嗎?有人對『月桂園』開過一些無聊的玩笑。安全人員曾經仔細搜查過,他們認為屋裡某個地方藏有重要的證據。有人認為,在政府尚未警覺之前，證據已經被送到國外了……可能是義大利。不過也有人認為，它可能還藏在那一帶的某個地方。那種地方有地下室、大石板之類的東西。別瞞我了。湯米，我覺得你又在辦案了。」

「我向你保證，我現在不做那種事了。」

「噢，你住在別處時，大家也以為你洗手不幹了。就是上回大戰剛開始的時候，你還不是在那裡追蹤那個德國小子和那個拿著童謠書的女人？噢，幹得很漂亮。現在，說不定他們又派你去辦另一樁案子！」

「胡扯，」湯米說，「你可千萬別這麼想。我現在只是個鄉下老頭。」

「你是個老狐狸。我敢說，你比現在那些年輕小夥子還要高明。你坐在那裡裝出一副什麼都不知道的模樣，其實……噢，我想我是不該問你問題，以免洩漏國家機密，對吧？不管怎麼說，你必須留意你的夫人，她總是衝得太快，她在『N或M』[5]那次事件中真是千鈞一髮。」

「噢，」湯米說，「陶品絲只是對那地方的一些往事感興趣罷了。例如什麼人曾在那裡住過、過去在這裡住過的人的畫像，還有重整庭院。我們現在真正感興趣的就是這個，我是

5 指克莉絲蒂系列《密碼》一書中的事件。

指園林和花草目錄，如此而已。」

「要是過了一年什麼事都沒發生，我也許會相信你。可是我了解你，貝里福，我也了解我們的貝里福太太。你們倆加在一起是最佳拍檔，我敢斷言，你們一定會發掘出什麼。我告訴你，那些文件一旦公開，一定會為政界帶來極大震撼，有好幾個人會很不爽。確實如此。而那些不爽的人，在大家眼裡都是……現代正義的典範！不過有些人認為他們是危險人物。你得記住，他們都很危險，而不危險的人常常會和危險的人勾結。所以，你要小心，也叫你夫人小心。」

「真是的，」湯米說，「聽你這麼說，我開始覺得興奮了。」

「噢，你儘管繼續興奮吧，不過你得多照顧陶品絲小姐。我喜歡她。她是個好女孩，以前是，現在還是。」

「她已經不是女孩了。」湯米說。

「不許這樣說你的妻子。不要養成這種習慣。她是個百裡選一的好女孩。不過，我真為那些被她盯上的人感到遺憾。她今天可能又出門搜尋去了。」

「我想不會。很可能是跟哪個老太太一起喝茶去了。」

「噢，也好。有時候老太太會提供你有用的情報。老太太和五歲小孩，這些人有時候會說出誰都想不到的真相。我可以告訴你……」

「我相信你的話，上校。」

「啊，算了，不能洩漏祕密。」

艾金森上校搖搖頭。

§

回家路上，湯米凝視著車窗外飛馳而過的鄉村景色。「奇怪，」他自言自語道，「我真覺得奇怪。那個老傢伙總是什麼都知道，簡直無所不知。可是，過去的事為什麼現在還這麼重要？一切都已經過去……我的意思是，那場戰爭不可能留下任何問題，和現在不可能有關係。」他再度陷入沉思。新思維抬頭，歐洲共同市場的思維。他不知何故，隱隱約約想起了這些。他想到孫輩和侄輩這些新一代的人。年輕一代一向舉足輕重，他們有的因生得逢時而深具影響力，有的位居要津而握有權力，而萬一他們並不忠誠，很容易就會讒言入耳，相信了新的觀念或是死灰復燃的舊觀念。英國目前的處境很微妙，和過去大不相同。它真的是時時處於相同的狀態嗎？平靜的表面下總是有些黑泥。海底沖刷到小石和貝殼上的不會是清澈的水。某個東西在活動，在蹣跚前進，這東西必須被找到、被壓制。可是，絕對不會在霍洛圭這種地方；就算霍洛圭曾經風光過，也已成過往。它最初是漁村，後來發展為英國的海邊遊憩勝地，如今只是個八月會熱鬧一陣的避暑地。現在，多半的人都情願參加國外的套裝旅遊。

§

「喂，」那天晚上，陶品絲離開餐桌步入隔壁房間喝咖啡的時候問，「好不好玩？那些老朋友怎麼樣了？」

「啊，都很好，」湯米說，「你那位老太太呢？」

「噢，鋼琴調音師來了，」陶品絲說，「下午下雨，所以我沒去看她。可惜，那個老太太也許會說些有趣的事。」

「我這邊的老傢伙倒說了一些，」湯米說，「讓我很驚訝。陶品絲，你覺得這地方到底如何？」

「你是說這棟房子？」

「不，我不是指房子。我是說霍洛圭。」

「噢，我想這是個好地方。」

「你說『好地方』是什麼意思？」

「噢，『好』其實是個很好的字。大家常覺得這個字帶有貶意，我不知道為什麼。我想，所謂的好地方就是你不希望它會發生意外而意外確實也不會發生的地方。不發生意外，自然令人高興。」

「唉，我想這是因為我們老了。」

「不，我想不是因為年紀，而是因為知道有個不會發生意外的地方確實不錯。不過，今天我差點發生了意外。」

「你說差點發生意外，這是什麼意思？你是不是又做了什麼蠢事，陶品絲？」

「沒有，當然沒有。」

「那你是什麼意思？」

「我是指花房屋頂的窗玻璃，前幾天它一直在搖，今天摔落下來，幾乎打到我的頭。我差點沒頭破血流。」

「好像沒有傷到你。」湯米看著她說。

「噢，是我運氣好。但我還是嚇得跳了起來。」

「我們得把那個來這裡打零工的老爹叫來，他叫什麼名字？伊薩克，對吧？叫他來看看其他玻璃窗，我的意思是，我可不希望你因此送了命，陶品絲。」

「我想，買舊房子總有些地方會有問題。」

「陶品絲，你覺得這房子有問題？」

「你說這房子有問題，到底是什麼意思？」

「呃，因為我今天聽到了一些怪事。」

「什麼？有關這房子的怪事？」

「是的。」

「可是，湯米，這似乎絕不可能。」陶品絲說。

「為什麼不可能？只因為它看起來漂漂亮亮、一副不危險的模樣嗎？因為它被漆過、修理過嗎？」

「不，它被漆過、修理過，沒危險，全是因為我們。我們買下它的時候，它看起來相當破敗。」

「當然，所以才會這麼便宜。」

「湯米，你的表情很怪，」陶品絲說，「什麼事？」

「噢，我和老鬍子蒙提見了面。」

「噢，那個老傢伙，他有沒有問候我？」

「有，他當然有問候你。他要我請你自己小心，還要我好好照顧你。」

「他總是那麼說，可是我不知道為什麼我非小心不可。」

「噢，這裡似乎是個你必須小心的地方。」

「湯米，你說這話到底是什麼意思？」

「陶品絲，如果我告訴你，他拐彎抹角地說我們住在這裡並不是告老隱退，而是在執行任務，你會怎麼想？他說我們和以前那段日子一樣，來這裡是為了出任務。我們被安全當局派來，奉命尋找一些東西，看看這地方有什麼問題。」

「噢，湯米，我不知道是你在作夢還是老鬍子蒙提在作夢。如果他真這麼說，他是在癡人說夢。」
「噢，他確實是這麼說。他似乎認為我們來此地一定是肩負使命，要找出什麼東西來。」
「找出什麼東西來？會是什麼東西？」
「這房子可能藏著某樣東西。」
「這房子可能藏著某樣東西！湯米，是你瘋了還是他瘋了？」
「噢，我也覺得他有點瘋，但我不確定。」
「在這房子裡能找到什麼東西呢？」
「想必是以前藏在這裡的東西。」
「你是說這裡埋有寶藏？地下室藏有俄國王冠之類的珠寶？」
「不，不是寶藏，是對某些人具有威脅性的東西。」
「噢，這就怪了。」陶品絲說。
「怎麼，你發現了什麼嗎？」
「沒有，我當然什麼也沒發現。不過，這房子在多年前似乎發生過一段醜聞。我不是說有人真正記得這回事，說不定只是和老祖母說故事一般，要不就是僕人們的八卦。事實上，碧翠絲有個朋友似乎知道一些內情。瑪麗．喬丹也牽涉在內。不過，大家都心照不宣就是。」
「陶品絲，這是不是你的想像？難道你回想到了我們年輕時那段輝煌歲月，回想到有人把機密交給『露西塔尼亞號』的那個女孩，於是我們冒險犯難，追蹤神祕的布朗先生的時光？」

「天啊，那是古早的事了，湯米。我們當時還自稱是年輕冒險家。現在想來似乎很不真實，對吧？」

「噢，確實如此，非常不真實。可是那是事實，不折不扣的事實。很多事情都是事實，可是你很難置信。起碼六、七十年前了，甚至更早。」

「蒙提到底說了什麼？」

「密函或文件之類的，」湯米說，「是一些有可能會造成或已經造成政壇動盪的東西。他提到某個當權、但其實不該當權的人，又說有些信函或文件之類的東西一旦公開，保證會讓這個當權者下台。其中暗潮洶湧，而且是多年前發生的事。」

「在瑪麗．喬丹那個時代？似乎不大可能，」陶品絲說，「湯米，你一定是在回來的火車上睡著了，這一切都是你的夢。」

「或許吧，」湯米說，「聽起來實在不大可能。」

「不過，既然我們住在這裡，我想還是調查一下為妙。」陶品絲說。

她環顧四周。

「我認為這裡不可能藏有任何東西，你認為呢，湯米？」

「這種房子似乎不可能藏東西。那件事之後，這棟房子住過很多人。」

「沒錯。就我所知，有這麼多家庭搬進搬出的。噢，我想說不定會藏在頂樓或地下室，也可能埋在涼亭地下。任何地方都有可能。」

「不管怎麼說，這倒挺有趣，」陶品絲說，「或許在無事可做、又因為種鬱金香累得腰痠背疼的時候，我們可以稍微搜尋一下。你知道，只要動動腦筋。我們可以從這點想起：『如果我要藏東西，會選擇藏在哪裡？藏在哪裡才不可能被人發現？』」

「我認為東西不可能藏在這裡不被發現，」湯米說，「這裡有園丁，有人在屋裡東拆西拆的，還有住在這裡的人家和房屋仲介等等，他們都有可能發現。」

「噢，這很難說。說不定那東西放在某處的茶壺裡。」

陶品絲起身走向壁爐架。她站上凳子，取下一個陶瓷茶壺，掀開蓋子往內瞧。

「什麼也沒有。」她說。

「那是最不可能的地方。」湯米說。

「你認不認為，」陶品絲說，口氣中的希望多於沮喪。「有人打算殺死我，所以鬆動了溫室的天窗玻璃，想讓它砸到我身上？」

「絕無可能，」湯米說，「玻璃可能會掉落到老伊薩克身上。」

「真掃興，」陶品絲說，「我寧願覺得自己是大難不死。」

「唉，你最好自己小心點。我也會照顧你。」

「你總是為我大驚小怪。」陶品絲說。

「我是關心你，」湯米說，「你應該為自己有這麼一個為你大驚小怪的丈夫高興才對。」

「難道沒有人想在火車上射殺你或是設法讓火車出軌？」陶品絲說。

「沒有，」湯米說，「不過下回我們開車出門時，最後先檢查一下汽車。當然，這挺可笑的。」他又加上一句。

「當然可笑，」陶品絲說，「可笑極了。話說回來……」

「話說回來怎樣？」

「噢，這種事情一想到就覺得有意思。」

「你是說亞歷山大是因為知道某些祕密才遭到殺害？」湯米問。

「他知道是誰殺死了瑪麗．喬丹。『凶手是我們當中的一個』，」陶品絲的臉突然一亮。「『我們』，」她加重語氣說道，「我們必須弄清楚『我們』是誰，那些過去住在這房子裡的『我們』。我們必須偵破這樁罪案。要破案，就得回到過去，回到它發生的地方，得知原因始末。這是我們從未嘗試過的事。」

13 調查方法

「陶品絲，你究竟跑到哪裡去了？」她的丈夫第二天一回家劈頭就問。

「噢，我最後一站是在地下室。」陶品絲說。

「我看得出來，」湯米說，「沒錯，我看得出來。你可知道你頭髮上全是蜘蛛網？」

「噢，那當然，地下室全都是蜘蛛網。下面什麼也沒有，」陶品絲說，「只有一些貝蘭水[6]。」

「貝蘭水？」湯米說，「有意思。」

「是嗎？」陶品絲說，「有人會喝這種東西？對我來說這簡直不可思議。」

6 貝蘭水（Bay rum）是刮鬍後用的香水。

「不是的，」湯米說，「從前的人用它來抹頭髮。我是指男人，不是女人。」

「我相信你，」陶品絲說，「我記得我叔叔……對，我有個叔叔就用過貝蘭水，是他一個朋友從美國帶回來給他的。」

「真的？聽起來很有意思。」湯米說。

「我倒不覺得這有什麼意思，」陶品絲說，「總而言之，它對我們沒有幫助。我的意思是，貝蘭水的瓶子裡藏不了東西。」

「噢，原來這就是你在做的事。」

「你總得從某處開始著手，」陶品絲說，「如果你那位老朋友所言屬實，這房子可能藏了什麼……很難想像那到底是什麼玩意兒，也很難猜出它可能藏在何處，因為當你賣了房子或死去或離開後，房子當然會淨空，對吧？我的意思是，接手房子的人會把家具搬出去賣掉，而即使留下來，等下批人搬進來也會賣掉。所以，房子裡現在留下來的只有前屋主的東西，絕不會比那更早。」

「既然如此，為什麼有人要害你或我，或是想把我們趕出這間屋子？除非這裡有些東西他們不希望我們發現。」

「唉，這只是你的想像，」陶品絲說，「說不定事實根本不是這樣。不管怎麼說，今天至少沒有完全白費。我發現了一些東西。」

「和瑪麗．喬丹有關？」

「其實無關。我說過，地下室裡沒什麼東西，只有幾樣和照相有關的舊貨。你知道，就是從前的人用來洗相片、上頭嵌有紅色玻璃的顯影燈，還有貝蘭水瓶，但完全沒有那種掀開後可以在下面放東西的大石板。除此之外，還有幾個破舊的錫皮箱和兩個舊衣箱，可是已經不堪使用，一踢就會破成碎片。唉，我是鎩羽而歸。」

「噢，真遺憾，」湯米說，「毫無成就。」

「不過，有些東西還是有點意思。我對自己說，你總得替自己打氣……我想我還是先上樓除掉蜘蛛網再告訴你吧。」

「對，我也認為這樣比較好，」湯米說，「我比較喜歡看到弄乾淨後的你。」

「如果你想有『夫妻情深』的感覺，」陶品絲說，「你得常常看著我，心想不論你的妻子年紀多大，在你眼裡永遠美麗可愛。」

「我最親愛的陶品絲，」湯米說，「在我眼裡，你實在太可愛了。你最有吸引力的是左耳上掛著的那圈蜘蛛絲，很像維吉尼亞皇后畫像上常看到的鬈毛，就是垂掛在她頸項上的那種鬈毛。而你的鬈毛上好像還有一隻蜘蛛。」

「啊，」陶品絲說，「我可不喜歡。」

她用手拂去蜘蛛絲，趕緊走到樓上。等她再度回到湯米身邊，她的面前放了一只玻璃杯。她以懷疑的眼神望著它。

「你該不是要我喝貝蘭水吧？」

「不是。我想我自己就不會想喝貝蘭水。」

「噢，」陶品絲說，「容我繼續剛才的話題……」

「我很希望你說下去，」湯米說，「反正你是一定會說下去的，不過我寧願覺得你說下去是因為我的催促。」

「噢，我就對自己說：『如果我要在這房子裡藏一些不想讓人發現的東西，我會選擇什麼樣的地方？』」

「對，」湯米說，「非常有邏輯。」

「我就想，什麼地方可以藏東西呢？對了，有個地方可以，馬蒂德的肚子。」

「你說什麼？」湯米說。

「馬蒂德的肚子。那個搖擺木馬。我告訴過你的，就是那個美國製的搖擺木馬。」

「好像很多東西都來自美國，」湯米說，「你說過貝蘭水也是。」

「噢，反正搖擺木馬肚子上確實有個洞，這是伊薩克老爹告訴我的；它的肚子上以前就有洞，大家曾經從裡頭掏出許多奇怪的舊紙屑，沒什麼有趣的。不過那畢竟是個可以藏東西的地方，你說對吧？」

「很有可能。」

「當然，還有愛人，於是我又把愛人檢查了一遍。你知道，它有個防水布做成的破座椅，可是裡頭什麼也沒有，沒有任何屬於私人的物品。所以我又想，還有書架和書。人們常會把東西藏在書裡。樓上的書房還沒完全整理好吧？」

「我以為我們已經整理好了。」湯米滿懷期盼地說。

「不對，最下面那層還沒整理好。」

「那裡其實不用整理。我的意思是，最下面一層的書不必爬梯子拿下來。」

「沒錯。所以我去了書房，坐在地板上把最下面那層仔細檢查了一遍。幾乎全是講道稿，我想是個衛理教派的牧師許久以前寫的。不過一點意思也沒有，毫無內容。我把那些書全部堆在地板上，這時候有了發現。書架底部不知道什麼時候被人挖了一個大洞，裡頭塞了不少東西，還有一些破爛程度不一的書。其中有一本書非常厚重，封面是咖啡色，我就抽出來看。誰知道會是什麼書，對吧？你猜那是什麼書？」

「我不知道。是初版《魯賓遜飄流記》之類很有價值的書嗎？」

「不是。是一本生日簿。」

「生日簿？生日簿是什麼？」

「噢，從前的人都有這種東西。這東西說來話長，我想是帕金森家住在這兒的時候，甚或更早。總而言之，那本生日簿已經殘破不堪，不值得保存，我想沒有人會認為它值得一顧。可是既然它的年代如此久遠，我想說不定從裡頭可以發現一些東西。」

「我懂了。你的意思是說不定有人把什麼東西夾在裡面？」

「沒錯。當然，沒有人那麼做過。事情不會那麼簡單，但我還是得仔細翻看一番。我還沒好好看過它。裡頭或許會有幾個有意思的名字，可以讓我們得知一些事情。」

「或許吧。」湯米說，語氣並不確定。

「噢，這是一件事，也是我在書中找到的唯一線索。書架的底層別無其他東西了。另一件事，當然就是去查看碗櫃。」

「家具方面如何？家具裡也有許多類似祕密抽屜的東西。」

「不可能的，湯米，你沒把事情看清楚。我的意思是，現在房子裡所有的家具都是我們自己的。我們搬進這個空屋，家具都是自己帶來的。我們唯一在這個地方找到的舊貨，就是從那個叫ＫＫ的花房裡找出來的垃圾，一堆舊玩具和院子用的瓷凳。我的意思是，這房子並未留存真正的古董家具。不管先前是什麼人住在這裡，家具都被他們帶走或賣掉了。我想，從帕金森家到現在，有很多人在這裡住過，所以帕金森家的東西不會遺留下來。不過我確實找到了一些東西，說不定會有幫助。」

「什麼東西？」

「陶瓷菜單的清單。」

「陶瓷菜單？」

「對。就在那個我們還沒放東西的舊碗櫃裡，也就是食物貯藏室旁邊的那個。你知道，鑰匙本來不見了，結果被我在一個舊盒子裡找到。其實是在ＫＫ裡找到的。我在鑰匙上塗了點油，設法打開了碗櫃。唉，裡頭空無一物，就是個髒兮兮的碗櫃，裡面塞了一些破陶器。我想應該是在我們之前住在這裡的那戶人家留下來的。可是在最上頭的架上，塞了幾份過去宴會中常用的維多利亞時代的陶瓷菜單。他們吃的東西可真令人嚮往，淨是些最可口的佳餚。吃完晚飯後，我唸一些給你聽，真是誘人，有兩道湯，一個清湯、一個濃湯，之前是兩種魚，然後是兩盤主菜，再來是沙拉之類的。接下來是排骨肉，還有——我記不得下道菜是什麼了。大概是加果汁的冰品——是冰淇淋，對吧？接下來還有……龍蝦沙拉！你能相信嗎？」

「別說了，陶品絲，」湯米說，「我覺得我快受不了了。」

「噢，不管怎麼說，我覺得那菜單很有意思。它很舊了，我想一定是很久以前的東西。」

「你指望從這些發現中得到情報？」

「噢，唯一可能有所發現的是生日簿。我看到書中提到一個叫薇妮佛．莫瑞森的人。」

「所以呢？」

「噢，薇妮佛．莫瑞森，我猜是葛瑞芬太太婚前的名字，就是不久前請我去喝茶的那個老太太。她是這裡最老的居民之一，知道也記得許多她出生前的事。噢，我想她大概還記得或聽過生日簿中的其他名字。或許我們可以從她那裡得知一些內情。」

「或許吧，」湯米的語氣依然透著懷疑。「我還是認為……」

「噢，你還是認為什麼？」陶品絲說。

「我不知道該怎麼想才好，」湯米說，「還是上床睡覺去吧。我們把這檔子事情放掉別管了好嗎？我們為什麼一定要知道是誰殺死了瑪麗．喬丹呢？」

「你不想知道？」

「對，我不想知道，」湯米說，「至少……好吧，我投降。我承認，你已經把我拖進去了。」

「你查出什麼沒有？」陶品絲問。

「我今天沒時間。不過我多找了幾個情報來源。我請那個女人——你知道，就是我告訴過你，那個在調查方面很有本事的女人——去調查一些事情。」

「好吧，」陶品絲說，「我們還是做最好的打算吧。儘管毫無價值，但也許很有趣。」

「我不確定這件事會不會如你想像的那麼有趣。」湯米說。

「噢，無所謂，」陶品絲說，「我們還是盡最大的努力吧。」

「喂，你可別一個人去努力，」湯米說，「我最擔心的就是這個……當我不在你身邊的時候。」

14 羅賓森先生

「不知道陶品絲現在在做什麼。」湯米邊說邊嘆氣。

「對不起，我沒聽清楚。」

湯米轉頭望向珂羅登小姐。珂羅登小姐身材瘦長，一頭灰髮。為了讓自己顯得年輕，她用染髮劑染過頭髮，可惜效果不大，灰髮正慢慢恢復原狀。她試過各種有趣的顏色，優雅的灰色、霧狀的煙色、深幽的藍色不一而足，好讓自己看起來像個六十到六十五歲、從事調查工作的女人。她臉上有種苦行僧般的驕傲，還有對自我成就的絕對自信。

「噢，其實沒什麼，珂羅登小姐，」湯米說，「我只是……只是在想一些事情，想想而已。」

湯米這回小心翼翼地不讓自己發出聲來，心中卻不斷暗忖，不知道陶品絲今天要做什麼。我敢打賭，她一定會做些蠢事。她很可能會騎著那個古怪的廢舊玩具從山坡頂上往下滑，不但玩具撞成粉碎，她也可能斷手斷腳，把自己弄得半死不活。也可能是坐骨，這年頭好像常有人跌斷坐骨，雖然我不懂為什麼坐骨比其他骨頭更容易摔斷。他想，陶品絲這會兒很可能就在做什麼蠢事或無聊的事，而就算不是蠢事或無聊事，也是非常危險的事。對，危險的事。要讓陶品絲遠離危險一向困難。湯米隱隱想起過去的種種意外。幾行詩句突然浮現在他的腦海，他因此大聲唸道：

命運之門……

啊，商隊，不要從它下面穿越，也別唱著歌穿越。

你聽見了嗎？

在這片群鳥死域的靜默中，還有鳥鳴般的聲音？

珂羅登小姐立刻有了回應，讓湯米大感意外。

「弗萊克，」她說，「是弗萊克的詩。下面的句子是：死亡商隊……災難之洞，恐怖之塞。」

湯米凝視著她，意識到珂羅登小姐以為他要她調查的是一首詩，也就是這幾句詩文的出處和吟誦這首詩的詩人的一切訊息。珂羅登的問題是，她調查的範圍實在廣泛，無所不包。

「我只是在想我的妻子。」湯米道歉似地說。

「噢。」珂羅登小姐說。

她望著湯米，這回眼神截然不同。她推斷，他家出現了婚姻問題。她可能立刻就要告訴他某個婚姻諮商中心的地址，好讓他去求助，解決他家的婚姻糾葛。

湯米趕忙問道：「我前天請你調查的事，有什麼結果沒有？」

「噢，有的。不是很麻煩。關於那類的東西，薩默塞特郡戶政事務所很有用，裡頭什麼都有。或許沒有你想查的特別資料，不過我已經查到一些人的出生、婚姻和死亡紀錄，還有她們的姓名和地址。」

「什麼？難道有那麼多瑪麗・喬丹？」

「對，她們都姓喬丹。有瑪麗・喬丹，還有瑪麗亞・喬丹、波莉・喬丹，還有一個莫莉・喬丹。我不知道她們之中有沒有你要找的人。你要不要看看？」

她把一小張打好字的紙頁遞給他。

「噢，謝謝你。非常感謝。」

「還有幾個地址，就是你問我的那幾個。我還沒找到達林波少校的地址。這年頭大家常搬家。不過，我想再過兩天就可以知道。這是赫塞廷醫生的地址。他目前住在沙比頓。」

「非常謝謝你，」湯米說，「不管怎樣，我可能會從他開始著手。」

「還有其他需要調查的嗎？」

「有。我這裡有六個人的名單。其中有些可能不在你的服務範疇之內。」

「噢，」珂羅登小姐信心滿滿地說，「你知道，我得把任何事務都列入我的服務範疇。只要問話方式不是太蠢，你就可以輕易查到你要的東西。但這就是問題所在。我記得……噢，很久以前，當我初入這行，我就知道塞費基諮詢中心非常有用。不管是什麼稀奇古怪的事情和問題，他們總能對答如流，要不就是告訴你哪裡可以讓你立刻得到情報。不過他們現在不做這種服務了。如今大家詢問的多半是……噢，你知道，是『如果你想自殺』之類的問題。當然，還有關於遺囑的法律問題和作家的各種疑難雜症。還有海外的工作和移民問題。噢，沒錯，我的服務範圍非常廣泛。」

「我相信。」湯米說。

「我還幫助酒癮患者。有很多協會專門提供這種服務，有些不錯，有些不怎麼樣。我有一張清單，包羅廣泛的清單，有些協會非常可靠……」

「我會記住的……」湯米說，「如果我發現自己有那些症狀的話。這要看我目前的情況如何。」

「啊，你沒事，貝里福先生。我看你並沒有染上酒癮的問題。」

「鼻子沒有紅嗎？」湯米說。

「女人比較麻煩，」珂羅登小姐說，「要讓她們戒酒更為困難。男人也會舊癮復發，不過沒那麼明顯，而有些女人看來好像完全復原了，開心地大喝檸檬汁之類的，可是某天晚上在宴會中……噢，又故態復萌。」

她看看手錶。

「噢，老天，我得去赴另一個約會。我得趕去格羅文諾街。」

「非常謝謝你為我做的一切。」湯米說。

他彬彬有禮地打開房門，為珂羅登小姐套上大衣，這才回到房間，口中說道：「今晚我得記著告訴陶品絲，我們的調查讓我的調查經紀人以為我妻子酗酒，我們的婚姻也面臨崩潰。噢，老天，接下來會是什麼呢？」

§

接下來，是在托滕漢街附近一家廉價餐廳的一場約會。

「啊，真沒想到！」一個上了年紀的男人從他坐著等候的座位上一躍而起。「紅髮湯姆！我都快認不出你了！」

「大概吧，」湯米說，「我的紅髮所剩不多了。我現在是灰髮湯姆。」

「噢，我們都一樣。身體怎麼樣？」

「和以前差不多，不過慢慢在退化。你知道，正慢慢解體中。」

「離上回見到你有多久了？兩年？八年？十一年？」

「你也太扯了，」湯米說，「去年秋天，我們還在馬爾諦斯貓飯店的晚宴上見過面，難道你忘了？」

「噢，沒錯。遺憾的是，那家飯店已經破產了。我以前就覺得它會破產。布置不錯，可是飯菜難吃透了。喂，近來在做什麼，老夥計？還在從事間諜活動？」

「不，」湯米說，「我和間諜活動已經無關了。」

「唉，這是浪費你的才華。」

「你呢，老羊排？」

「噢，我太老了，無法用這種方式為國家效命了。」

「這年頭沒有間諜活動了嗎？」

「我相信還是很多，不過他們可能會雇用一些聰明的小夥子去做這些事。那些年輕人剛從大學畢業，急著找工作。你現在住在哪兒？我今年還寄過聖誕卡給你，噢，其實我到一月才寄出去，可是被退了回來，說是『地址不明』。」

「噢，我們現在住在鄉下。近海，一個叫作霍洛圭的地方。」

「霍洛圭。霍洛圭？我好像記得。以前你們在那裡有過什麼行動，對吧？」

「不是我那時候的事，」湯米說，「我是住到那裡之後才聽說的。是過去的一個傳說，起碼六十年了。」

「和潛水艇有關，對吧？潛水艇的設計圖賣給了某人。我忘了是賣給什麼人，可能是日本人，也可能是俄國人……噢，還有其他許多人。似乎有人常和敵方的情報員在攝政公園之類的地方見面；你知道，他們會和大使館某個三等祕書之類的人見面。那時候可不像以前的小說，有那麼多漂亮的女間諜。」

「我想問你幾件事，老羊排。」

「儘管問。我現在的生活可真是平靜無波。瑪格麗……你記得瑪格麗嗎？」

「記得，當然記得。我差點趕上了你們的婚禮。」

「我知道。不過你沒趕上，我記得你好像搭錯了火車。你搭的火車開往蘇格蘭而非蘇瑟爾。不過，你沒來也好，沒多大差別。」

「難道你沒結成婚？」

「噢，婚是結成了，但不知為什麼，我們處不來，一年半就吹了。她再婚，我則保持單身，可是過得挺好。我住在小波隆，那兒有個很好的高爾夫球場。我和我姐姐同住，她是個寡婦，有點錢，我們相處得很愉快。她有點耳背，聽不見我說什麼，不過我只要大聲點就行了。」

「你說你聽過霍洛圭，它真的跟某個間諜事件有關？」

「老實說，老朋友，那是很久以前的事了，我也記不大清楚。你知道，當時曾經引起軒然大波。一個優秀的年輕海軍軍官，資歷無懈可擊，有百分之九十的英國血統，被認為絕對可以信任，事實上卻不然。他拿了敵方的錢……我不記得他拿的是什麼人的錢，我想是德國人吧。是在一九一四年大戰爆發前的事。沒錯，我想是這樣。」

「我相信還有一個女人和那案子有關。」湯米說。

「我依稀記得聽過一個叫瑪麗・喬丹的事情。聽著，我對那件事並不清楚。那件事上了報紙，我想她是他的妻子……我是說那個無可懷疑的海軍軍官。他的妻子和俄國人有勾結……不，不對，那是後來發生的事。我常把事情弄混……那種事聽起來都好像。那個做妻子的覺得他的收入不夠，換句話說，她的收入不夠。所以……喂，你為什麼要提起這樁陳年舊事？這麼多年了，它和你有什麼關聯嗎？我知道你曾經和某個搭乘『露西塔尼亞號』還是和『露西塔尼亞號』一同沉沒的人有點糾葛，對吧？噢，那是很久以前的事了。你和那起案子有關，要不就是你的妻子和那個案子有牽連。」

「我們兩個都和它有牽連，」湯米說，「時間太久了，我真的什麼也記不得了。」

「有個女人和那個事件有關，對吧？她叫作珍・飛魚還是珍・鯨魚之類的。」

「是珍・芬恩。」湯米說。

「她現在在哪裡？」

「她嫁了一個美國人。」

「噢，原來如此。噢，那很好。我老喜歡談老朋友和在他們身上發生的事。談到老朋友，要是他們死了，你會大吃一驚，因為你沒想到他們會死；而要是他們還沒死，你會更吃驚。這世界真難理解。」

湯米說，沒錯，這世界確實難以理解，噢，服務生走來了，我們吃些什麼呢？他們接下來的談話便轉到了烹飪上頭。

§

那天下午，湯米還安排了另一個約會。這回是個神情憂傷、頭髮斑白的男人，他坐在辦公室裡，顯然對抽出時間見湯米心有嘀咕。

「噢，我真的不能說什麼，當然我對你要談的事略知一二……當時有許多傳言，還引起一場政治大紛爭，不過你也知道，我對這種事其實並無可靠的消息來源。你知道，這種事不會長久，對吧？一旦新聞界挖到其他聳動的醜聞，大家就會把這種事拋諸腦後。」

他稍稍提了幾樁自己生活中的趣事，例如一些他從未想到的事突然曝了光，或是某些特殊事故突然引起他的疑竇。他說：「噢，我剛想起一件事，或許對你有幫助。我給你一個地址，我已經和他約好了。很好的人，什麼都知道。他是個頂尖人物，你懂吧，絕對是個頂尖人物。我有個女兒是他的教女，所以他對我很好，常常盡可能給我方便。我就問他，能不能和你見個面。我說你想知道一些很重要的事情，又說你是個大好人等等，他就說好。他聽說過你，還說知道你一些事情，當然歡迎你去。我想我約的是三點四十五分。這是地址，是他在城裡的辦公室。你見過他嗎？」

「我想沒有，」湯米望望名片和地址，又說一遍：「沒有。」

「噢，你看到他的時候，會認為他這人什麼也不懂。他是個大塊頭，臉很黃。」
「噢，」湯米說，「大塊頭，臉很黃。」
事實上，他不覺得這個情報對他有多大用處。
「他是頂尖人物，」湯米頭髮斑白的朋友說，「絕對是個頂尖人物。你過去看看，他會告訴你一些事情。老弟，祝好運。」

§

湯米順利抵達城裡的那間辦公室，接待他的是個三十五到四十歲之間的男人。那人以一種準備承受任何險阻的堅毅目光望著湯米，湯米覺得自己備受懷疑，彷彿自己把炸彈放進了偽裝容器裡，要不就是準備劫機、綁架或拿著左輪手槍搶劫這家公司似的。這使得湯米異常緊張。
「你和羅賓森先生約好要見面嗎？你說幾點鐘？噢，三點四十五分，」那男子查了查紀錄簿。「湯瑪士·貝里福先生，對吧？」
「對。」湯米說。
「好，請在這裡簽名。」
湯米乖乖地在指定的地方簽了名。

來。

「強生！」

一個看似神經質、二十三歲左右的年輕男子，從玻璃隔開的桌子後頭幽靈般地走了出

「有什麼吩咐，先生？」

「把貝里福先生帶到四樓羅賓森先生的辦公室去。」

「是的，先生。」

強生把湯米帶到一個電梯旁，那種電梯似乎對如何對待進去的人總有它自己的主見。電梯轆轆打開，湯米走進去後，門在只離他背後一吋的地方就關上了，差點沒把他夾到。

「好冷的下午。」強生說。他對湯米態度友好，因為湯米顯然獲准去見那位身居要職的頭號人物。

「是啊，」湯米說，「一到下午，好像總會變冷。」

「有人說這是大氣汙染所致，也有人說是因為從北海挖掘天然氣造成的。」強生說。

「噢，這我沒聽說過，」湯米說，「在我想來，好像不大可能。」

他們經過二樓、三樓，終於來到四樓。強生領著湯米，再度以一吋之差逃離了關上的電梯門，沿著走道來到一個房間門口。他敲敲門，聽到一聲「進來」，這才打開門讓湯米跨過門檻，口中一面說：「貝里福先生到。事前預約的。」

他接著步出房間，隨手關上門。湯米走向前去。這房間似乎被一張巨大的桌子占滿了，

桌後坐著一個無論是體重或身高都極為驚人的男人。一如那位朋友所言，這人好大的塊頭，臉很黃。湯米看不出他的國籍，哪國人都有可能。湯米覺得他像是外國人。或許是德國人？還是奧地利人？也有可能是日本人。道地的英國人也說不定。

「啊，貝里福先生。」

羅賓森先生站起身，和湯米握了手。

「耽誤你許多時間，對不起。」湯米說。

他覺得自己見過羅賓森先生，要不就是有人將羅賓森先生指給他看過。無論如何，在那種場合下（不管是什麼場合），他勢必是怯怯然的，因為羅賓森先生顯然是個重量級人物，而據湯米推測（不如說是立刻感覺到），他至今依然是個重量級人物。

「我知道，你想打探一些事情。你那位朋友——我忘了他叫什麼名字——剛告訴我一個大概。」

「我並不想……我的意思是，這種事也許不該麻煩你。我不覺得那是什麼重要的事。它只是……只是……」

「只是一個念頭？」

「一部分是我太太的念頭。」

「我聽說過你太太的事，也聽過你的事。讓我想想，上回是『M或N』事件還是『N或M』事件？我記得，而且記得清清楚楚。你逮到了那個隊長，對吧？那人雖然身在英國海軍，其實是個非常重要的『匈奴人』。我現在還是常把德國人稱為『匈奴人』。當然，我知道現在情況不同了，大家都是共同市場的成員。你也許可以說都是同窗。我知道，你當時的工作很出色、很了不起。你太太也一樣。老天，那些兒童讀物，我還記得。是『母鵝，母鵝，公鵝』露出了馬腳吧？你到哪裡去？上樓下樓，走進我太太的房裡。」

「想不到你還記得這個。」湯米不禁肅然起敬。

「沒錯，我記得。我還記得這件事，連我都感到驚訝。其實只是在我腦海中一閃而過而已。你知道，說來很傻，你完全沒懷疑過它別有深意？」

「是啊，那件事做得確實不錯。」

「現在呢？怎麼回事？你在對抗些什麼？」

「噢，其實什麼也沒有，」湯米說，「只是……」

「噢，儘管說出來。你不必在意怎麼說，只要告訴我實情就好。坐下，別折騰你的腳。你不知道——等你年紀再大些，你就會知道——讓腳休息非常重要。」

「我想我年紀已經夠大了，」湯米說，「除了等著進棺材，已經沒有太多事可做了。」

「噢，我可不敢這麼說。我告訴你，一旦你到了某個年紀，其實就算是長生不老了。言歸正傳，到底怎麼回事？」

「噢，」湯米說，「簡單地說，我和內人搬進一棟新屋，搬新家有一大堆煩惱……」

「我知道，」羅賓森先生說，「沒錯，我知道這種事。地板上到處是水電工，他們挖了洞，你掉進去，而且……」

「搬走的人有些書想賣給我們。有很多兒童讀物之類的書，例如亨蒂。」

「我記得。我從小就記得亨蒂。」

「我太太讀了一本書，發現其中有一段被畫了線。是字母下頭畫了線，但把這些字母連在一起就成了一句話。我接下來要說的話聽來挺蠢的……」

「噢，如果聽來很蠢，那就有希望，」羅賓森先生說，「我一向樂意聽這種故事。」

「那句話說：『瑪麗．喬丹並非自然死亡。凶手是我們當中的一個。』」

「非常、非常有意思，」羅賓森先生說，「我從未聽過這種事。它真是那麼說嗎？『瑪麗．喬丹並非自然死亡。』這是誰寫的？你可有線索？」

「顯然是個少年寫的，他姓帕金森。那家人住過我們目前的房子，我們猜那個男孩是帕金森家的成員之一，名叫亞歷山大．帕金森。不管怎麼說，至少他是埋在那裡的教堂墓地。」

「帕金森，」羅賓森先生說，「等等，讓我想想。帕金森……噢，你知道，有時候某個名字和某件事有關聯，但你就是想不起是什麼人、什麼事、什麼地點。」

「我們很想知道瑪麗．喬丹是誰。」

「因為她並非自然死亡。對，我想這是你們的專業領域。不過，這事聽起來很怪。你們對瑪麗．喬丹可有什麼發現？」

「毫無所獲，」湯米說，「好像沒什麼人記得她，也沒人說起她。只除了有些人說，她是我們現在所謂的以工作換膳宿的女孩還是家庭教師之類的。他們也記不得了。聽說她是法國人，要不就是德國人。你看，真是很困難。」

「而且她已經死了。她是怎麼死的？」

「有人無意間從院子裡摘來了毛地黃葉和菠菜，結果他們吃進肚去。不過，那種東西很可能並不足以致命。」

「沒錯，」羅賓森先生說，「光是這樣並不足以致命。但如果把大量的洋地黃放進咖啡或飯前的雞尾酒裡，而且眼看著瑪麗．喬丹喝下去，那麼意外就會發生，而且大家會把矛頭指向毛地黃葉。但那個叫亞歷山大．帕克還是什麼的學生一眼就看穿了。他心裡有數，對吧？你還有其他線索嗎，貝里福？那是什麼時候的事？第一次世界大戰？二次世界大戰，還是更早？」

「更早。根據好幾代流傳下來的傳言，她是個德國間諜。」

「我記得那起案子引起了很大轟動。所有於一九一四年前在英國工作的德國人，都會被說成是間諜。大家總說那個涉案的英國軍官忠誠『無懈可擊』，而我對那些『無懈可擊』的人向來盯得很緊。很久以前的事了，我想近年來沒人提起了。我的意思是，即使公開該案的一些紀錄資料，公眾也不會再有興趣。」

「沒錯，不過，這類資料都相當簡略。」

「對，確實如此。當然，這件事一向與當時被竊的潛水艇祕密有關。還有一些飛機方面的消息。這方面的消息很多，可說是眾所矚目。不過你知道，其中涉及不少內情，還涉及政治。我國許多知名的政壇人物，大家都這麼形容他們：『噢，他真是個誠信之士。』在情報界，真正的誠信之士與那些忠誠無懈可擊的人一樣危險。誠信之士，誠信個屁！」羅賓森先生說，「由此我就想到了上回戰爭。有些人根本就不誠不信，完全名不副實。你知道，有個傢伙就住在這附近，我想他在海邊還有間小屋。他收了許多徒眾，到處歌頌希特勒，還說英國唯一的希望就是和希特勒聯手。這傢伙從外表上看真是道貌岸然，理念非常高遠，口口聲聲說要消滅所有的貧窮、困蹇和不公不義。沒錯，他們就是在宣揚法西斯主義，只差沒打著法西斯主義的名號。你知道，西班牙也一樣，和佛朗哥聯手，一切事端就這麼開始。當然，還有那個叫墨索里尼的老兄也大放厥辭，冒出頭來。沒錯，戰前有許多導致戰火的原因。許多事情的來龍去脈至今還被蒙在鼓裡，根本沒人知道真相。」

「你好像什麼都知道，」湯米說，「對不起，我這麼說太無禮，不過能遇到一個無所不知的人，實在令人興奮。」

「噢，我過去也算是涉身事內；有時候是冷眼旁觀，有時候是在幕後，所以我聽到很多。不少是從以前的老夥伴口裡聽來的，那些人涉入極深，對內幕知之甚詳。我想你是在找這種人吧？」

「是的，」湯米說，「的確如此。我去找我的老朋友，他們又去找他們的老朋友，所以我知道了許多我朋友知道而你也知道的事。以前我從未把這些事情聯想在一起，現在聽你這麼說，確實很有意思。」

「確實，」羅賓森說。「我知道你的方向……也可以說你的意圖。你會遇到這種事情也夠有趣的。」

「問題是，」湯米說，「我其實不知道……我的意思是，說不定是我們太無聊了。我們買到了一棟夢寐以求的房子，依自己的喜好加以整修，想打造出一個理想的庭院。不過我要說的是，我不想再和情報扯上關係。查這件事純粹是出於我們的好奇。很久以前發生過一起意外，我們忍不住想知道內情，想知道為何如此。不過我們並沒有什麼目的。這種事對誰都沒好處。」

「我知道，你只是想知道真相而已。噢，人性向來如此。所以我們才會去探險，才會飛上月球，才會大費周章去探海底，才會在北海找到天然氣，也才會從海中去尋找氧氣供應而非從樹木或森林中探尋。人類常常發現許多東西，純粹是好奇心所致。我想，人要是沒有好奇心，就和烏龜沒兩樣。烏龜的生活挺舒服的，整個冬天都在睡覺，而且據我所知，即使整個夏天只吃青草也活得下去。這種生活或許不是很有趣，卻是非常平靜。話說回來……」

「話說回來，你可以說人更像是貓鼬。」

「很好。你讀過吉卜林，我真高興。這年頭吉卜林的作品沒有得到應有的賞識。他是個了不起的傢伙，現在讀來依然引人入勝。他的短篇小說非常好，真的。我認為大眾還沒有完全體會到這一點。」

「我不希望把自己弄得像傻瓜一樣，」湯米說，「我不想捲入那些和我毫無關係的事情……或許我該說，已經和任何人都沒關係的事。」

「有沒有關係很難說。」羅賓森先生說。

「我的意思其實是，」湯米說，他現在是滿心歉疚，因為覺得自己無緣無故在打擾一個大人物。「我並不想追查真相。」

「我想你追查真相是為了滿足你太太的好奇心。噢，我聽說過她，只是一直沒有這個榮幸見到她。她是個了不起的女人，對吧？」

「我想是的。」湯米說。

「很好。我喜歡相愛不渝、婚姻美滿而且長長久久的夫妻。」

「其實，我想我有點像烏龜。我的意思是我們兩個都像。我們年紀大了，也累了。儘管身體還算硬朗，可是不想涉足任何事了。我們不想多管閒事，只是……」

「我懂，我懂，」羅賓森先生說，「你不必道歉道個沒完。你想知道真相，就像貓鼬一樣，非常好奇。貝里福太太也想知道。再說，從我聽到的和別人口中的她聽來，我敢說她無論如何都會探出個究竟。」

「你認為她比我更有可能去探出究竟？」

「噢，我想你也許不像她那樣熱中於發掘真相，但你同樣會起身探查，因為你更善於尋找情報來源。那麼久的事了，找到情報來源並不容易。」

「所以跑來打擾你才會讓我非常不好意思。不過憑我自己是做不來的。幸好有老羊排。我是指……」

「我知道你說的那個人。他蓄有山羊鬍，一度還非常引以為豪，所以大家才為他取了那樣的綽號。好人一個，退休前工作做得不錯。他要你來找我，是因為知道我對這種事有興趣。你知道，我很早就開始了。我的意思是偵查、探究事情之類的。」

「所以，」湯米說，「你現在才會位居高層。」

「誰告訴你的？」羅賓森先生說，「一派胡言。」

「我想不是。」湯米說。

「唉，」羅賓森先生說，「有些人拚命往高處爬，有些人是硬被推上高位。我得說我多多少少屬於後者。我做過一些我並沒有興趣的工作。」

「是那件和法蘭克福有關的事嗎？」

「啊，你也聽到傳言了，對吧？噢，別再去想它了。照理說大家不該知道那件事。你可別認為你到這裡來問我問題會被我一口回絕；我或許可以告訴你一些你想知道的事。如果我說幾年前發生的某些事會讓一些……呃，一些有趣的內情曝光，算是當前政壇中的一些祕辛……我是說真話。我不會放過任何人或任何事。不過，我不知道我能給你什麼建議。聽人說話、追查陳年舊事是件頗煩心的事。如果你發現了一些我可能會有興趣的事情，打個電話告訴我。我們可以訂些暗語，也算讓我們再次感受刺激的滋味，彷彿自己很重要似的。『酸蘋果果凍』，怎麼樣？你就說，你太太做了幾瓶酸蘋果果凍，問我要不要來一瓶？我就知道你的意思了。」

「你的意思是，我有可能找到一些和瑪麗．喬丹有關的東西？我不知道這樣追查下去有什麼意義。再怎麼說，她已經死了。」

「沒錯，她已經死了。可是你要知道，有時候人會因為聽信別人的話或因為讀到什麼東西，而對某人抱有錯誤的想法。」

「你的意思是，我們對瑪麗．喬丹抱有錯誤想法？換句話說，她其實一點也不重要？」

「啊，不，她也可能是個舉足輕重的人物，」羅賓森先生看了看手錶。「我必須下逐客令了。再過十分鐘，有個客人要來。一個無聊透頂的傢伙，但他是政界要人，你也知道，人在江湖身不由己。政府，政府，這年頭無處不在；辦公室、家裡、超級市場、電視上。私生活，才是我們現在愈來愈想要的東西。你和你太太正在享受的那個小樂趣或小遊戲，你們是站在私人的立場，所以你們能以私人身分去追查。你們說不定會有所發現，發現一些有趣的東西，誰知道呢。沒錯，你們可能有所發現，也可能沒有。

「我不能再多說什麼了。我知道一些沒人知道的事實，說不定我會在適當時刻告訴你。不過事過境遷，人事全非，那些內情其實毫無用處。

「我告訴你一件事，對你的調查可能有幫助。你看過這個案例，就是關於那個英國上校的審判——我忘了他的名字——他因為從事間諜活動而受審，因此被判了刑，而且是罪有應得。他是個賣國賊，沒什麼可說的。可是瑪麗・喬丹……」

「她怎麼樣？」

「你想知道瑪麗・喬丹的事。好吧，我告訴你一件事，我說過，也許對你有用。瑪麗・喬丹是……啊，你可以稱她為間諜，但她不是德國間諜。她不是敵方的間諜。好好聽著，我的孩子……我還是忍不住要叫你『我的孩子』。」

羅賓森先生隔著桌子身體前傾，壓低聲音說道：「她是我們的人。」

第三部

Postern of Fate

15 瑪麗・喬丹

「可是這樣一來，一切都不同了。」陶品絲說。

「沒錯，」湯米說，「沒錯。真是……真是大大的意外。」

「他為什麼要告訴你？」

「我不知道，」湯米說，「我……噢，我想有兩三個原因。」

「他……他長得什麼樣子，湯米？你還沒告訴我呢。」

「噢，他的皮膚很黃，」湯米說，「黃臉、大塊頭、肥胖，長得非常平凡，可是他一點也不平凡，如果你懂我的意思。他……呃，一如我朋友所說，是個重量級人物。」

「聽你說的，好像在說哪個流行歌手似的。」

「噢，我已經用慣這些名詞了。」

「對，可是為什麼他要告訴你？聽起來好像他本來不想說的，結果還是告訴你了。」

「事情過去很久了，」湯米說，「你知道，都結束了，所以現在不重要了。我的意思是，你看看目前公開的那些文件、私密紀錄等等，就知道政府現在不再隱瞞了，如今，一切來龍去脈都攤開來，誰寫過什麼、誰說過什麼、為什麼爭鬧，還有為什麼某些聞所未聞的事情當初會被隱瞞起來。」

「每次你說這種話總會讓我滿頭霧水，」陶品絲說，「這麼說一切都錯了，是不是？」

「一切都錯了？你這是什麼意思？」

「噢，我的意思是，我們看待這件事情的角度不對。我的意思是……我的意思是什麼呢？」

「說下去，」湯米說，「你當然知道你的意思是什麼。」

「噢，我剛說一切都錯了，我的意思是，我們在《烏箭》那本書中發現了這件事，上頭寫得清清楚楚。有個人，可能就是那個叫亞歷山大的男孩，在書中留下了線索。某個人——是他們當中的一個，至少他說是『我們』當中的一個——雖然字面上那麼寫，其實是指家中的某個成員或是住在這房子裡的某個人，密謀殺害了瑪麗．喬丹。但我們不知道瑪麗．喬丹是什麼人，真令人迷惑。」

「老天知道這多麼令人迷惑。」湯米說。

「不過，你的迷惑還沒我的多。我真是百思不解。我對她還是一無所知。但……」

「你是說，你只知道她是德國間諜？只知道這一點？」

「對，大家都這麼認為，我想那是真的。只是現在……」

「沒錯，」湯米說，「只是現在我們都知道那不是真的。她不是德國間諜，而且恰恰相反！」

「她算是英國的間諜。」

「噢，她一定是從事英國間諜活動或情報行動，所以以某種身分到這裡來偵查某樁案件，也就是偵查那個……唉，叫什麼名字來著？真希望我對人名的記性好一點。我是指那個軍官什麼的，反正就是出賣潛水艇機密之類情報的傢伙。沒錯，我想當時這裡有不少德國間諜，就像『N或M』一樣，全都忙著準備某種活動。」

「沒錯，看來是這樣。」

「所以，她應該是被派來刺探這件事的內情。」

「沒錯。」

「所以，『我們當中的一個』並不是我們原本以為的那個意思。『我們當中的一個』是指這附近的某個人，而且是和這房子有關的人，或者只是在某個特殊情況下住進這房子的人。所以，瑪麗的死並非自然死亡，是因為有人覺察到了她的所作所為。而亞歷山大發現了實情。」

「說不定她假裝自己是德國間諜，」陶品絲說，「藉以和那個上校或什麼的攀關係。」

「如果你想不起來，」湯米說，「就叫他上校X吧。」

「好，就叫他上校X。瑪麗和他漸漸熟悉起來。」

「還有個敵方情報員住在這一帶，」湯米說，「是個龐大組織的首腦。我想他在碼頭附近有間小屋，寫過大量文宣，老說和德國聯盟合作云云才是英國的上上之策。」

「真令人百思不解，」陶品絲說，「這一切——計畫、祕密文件、陰謀和間諜活動——簡直令人摸不著頭腦。唉，說不定我們找錯了地方。」

「其實沒有，」湯米說，「我不認為。」

「為什麼？」

「因為如果瑪麗．喬丹到這裡來刺探敵情，而且確實查到一些祕密，結果他們——我是說上校X或其他人（勢必有其他人參與）——發覺瑪麗查到了內情，於是……」

「喂，別又把我搞糊塗了，」陶品絲說，「事情被你這麼一說，可真令人糊塗。好了，繼續說。」

「好。呃，然後他們發覺瑪麗查到了不少內情，他們就得……」

「堵住她的嘴。」陶品絲說。

「你這話聽起來很像菲利普．奧本海姆[7]的語氣，」湯米說，「沒錯，他是一九一四

7　菲利普．奧本海姆（Edward Phillips Oppenheim, 1866-1946），英國小說家。

年以前的人。」

「總而言之，他們必須在瑪麗還沒來得及報告自己發現之前堵住她的嘴。」

「事情一定更為複雜，」湯米說，「說不定她拿到了很重要的東西，文件之類的，結果寫了信或把文件傳給了什麼人。」

「沒錯，我懂你的意思。我們得去問許多人。不過，如果瑪麗單純是因為誤吃了蔬菜而死，我不懂亞歷山大怎麼會說『我們當中的一個』。照理說這人並非他的家人。」

「事情可能就是這樣，」湯米說，「其實不一定是這房子裡的人。摘錯葉子混在一起拿進廚房的事常有，我想分量不可能致人於死。大家吃完飯後不舒服就請醫生來，醫生檢查食物後，會認為是有人弄錯了蔬菜，不會懷疑有人故意搗鬼。」

「可是這麼一來，吃下那頓飯的人都會死，」陶品絲說，「或是都不舒服可是都沒死。」

「不見得，」湯米說，「如果他們想讓某個人（瑪麗．喬丹）死掉，只要再施加一點毒藥就行了。例如在午餐或晚餐前，在飯前的雞尾酒或飯後咖啡中放入洋地黃或烏頭，也就是從毛地黃中提煉的毒素……」

「烏頭是從烏頭屬植物裡提煉出來的。」陶品絲說。

「別那麼博學好不好？」湯米說，「重點是，每個人顯然因為誤食了蔬菜而輕微中毒，大家都有點不舒服，可是只有一個人死去。你想想看，在吃過飯（不管是晚餐或午餐）後，大部分的人都不舒服，調查後才發現是誤吃了東西，這種事常有。你知道，例如誤把毒菇當蘑菇，或是小孩子因為龍葵的果子像水果而誤吃下肚。大家因為誤吃所以身體不舒服，但通常不會全部死去；如果只有一個人死，別人就會認為死去的這人體質特殊，所以其他人都沒死而只有她喪命。如果這件事確實以誤食毒素結案，誰都不會去調查，更不會懷疑有其他原因……」

「也可能瑪麗和其他人一樣只是有點不舒服，而在第二天的早茶中又被下了足以致命的毒藥。」陶品絲說。

「陶品絲，我相信你一定有很多想法。」

「對於這件事我是很有想法，」陶品絲說，「可是其他呢？我的意思是什麼人下毒、在什麼情況下、為什麼？誰是『我們當中的一個』（現在該說『他們當中的一個』了），而且誰有這個機會？是在這裡小住的人嗎？是朋友還是外人？說不定有人從朋友那裡帶來一封偽造的信，信上說：『請好好招待我的朋友某某先生或某某太太，他或她即將來到貴地，很想見識貴府美麗的花園』云云。這很容易做到。」

「確實很容易。」

「這麼說，」陶品絲說，「這房子裡也許還有些東西可以解釋今天和昨天發生在我身上的事。」

「陶品絲，你昨天發生了什麼事？」

「昨天我坐在那輛可惡的馬車上從山坡頂上往下滑，途中輪子突然掉落，害我重重摔了一跤，撞到智利松不說，還差點……啊，差點遭遇不測。伊薩克那個傻瓜應該查一查那東西是否安全。他說他查過了，在我出發前他還告訴我沒問題。」

「而事實並非如此？」

「沒錯。事後他說可能有人對馬車做過手腳，把輪子弄鬆之類的，輪子才會脫落。」

「陶品絲，」湯米說，「打從我們搬來是不是已經發生過兩、三次意外了？你可知道有一回書房裡有東西差點打到我頭上？」

「你的意思是有人想把我們趕走？但如果是這樣，那就表示……」

「就表示，」湯米說，「其中一定有蹊蹺。這裡，也就是這棟房子一定有問題。」

湯米和陶品絲互望一眼。這是思索的時刻，陶品絲三度想開口卻是欲語還休，她皺著眉頭，表示正在思考。還是湯米先開了口。

「他是怎麼想的？關於愛人，他說了些什麼？我是指老伊薩克。」

「他只說那是意料之中，因為愛人腐朽得厲害。」

「可是他又說有人搗鬼？」

「沒錯，」陶品絲說，「他確實這麼說。他說：『啊，那些少年曾經對它動過手腳，他們興匆匆地把輪子卸下來，那些搗蛋鬼！』我其實一個少年也沒見過，但我相信他們一定不會讓我當場逮到，他們會等我離開家之後再動手。我還問伊薩克，他認為他們是不是只是惡作劇？」

「他怎麼說？」湯米問。

「他也不知道該怎麼說。」

「我想他們可能是惡作劇，」湯米說，「小孩子是常開這種玩笑。」

「難道你的意思是，有人故意要在我玩馬車時讓輪子脫落好讓它摔成碎片？噢，湯米，這簡直是胡扯。」

「噢，聽起來是像胡扯，」湯米說，「但有時候這並非胡扯。這要看事情發生的地點、經過和原因而定。」

「我看不出這會有什麼『原因』。」

「我們總可以猜猜看。想想最可能的原因。」湯米說。

「最可能的原因？你這是什麼意思？」

「我的意思是，似乎有人想把我們趕出這棟屋子。」

「為什麼？如果有人想要這房子，大可找我們出價購買。」

「對，他們是可以這麼做。」

「我真不明白。就我所知，沒人想要這棟房子。我的意思是，在我們來看這房子時，沒有別人來看過。大家好像都認為這房子太舊了，需要大肆修整，所以才賣得那麼便宜。」

「我不相信有人要把我們趕走。說不定是因為你到處打聽，問了太多問題，又從書上抄了東西的緣故。」

「你的意思是我攪動了一池春水，挖出了某些人不願曝光的事情？」

「諸如此類，」湯米說，「我的意思是，如果我們突然覺得不喜歡住在這裡，於是把房子賣掉、就此離開，那就不會有事了。他們會就此罷休。我不認為他們……」

「『他們』是誰？」

「我不知道，」湯米說，「我們回頭再來管『他們』。純純粹粹的『他們』。這件事有『我們』，也有『他們』。我們必須分隔清楚。」

「伊薩克怎麼樣？」

「伊薩克怎麼樣？什麼意思？」

「我不知道。我只是懷疑，伊薩克可能和這件事有關。」

「他年紀很大了，住在村裡那麼久，是知道一些事情。要是有人塞給他五英鎊的鈔票，你想他會不會去把愛人的輪子弄鬆？」

「不會，我想不會，」陶品絲說，「他沒有這種頭腦。」

「幹這種事不需要頭腦，」湯米說，「他只要有頭腦收下五英鎊，卸下幾個螺絲釘或是折斷幾根木頭，好讓你……讓你下回坐上馬車從山坡滑下的時候樂極生悲就可以了。」

「多麼荒謬的想像。」陶品絲說。

「你的想像才夠荒謬。」

「沒錯，可是細節完全吻合，」陶品絲說，「和我們所聽所聞完全吻合。」

「總之，」湯米說，「從我調查或研究的結果看來，我們似乎還沒掌握到事情的真相。」

「你的意思是，一如我適才所說的，一切都弄反了。我是說，現在我們知道瑪麗・喬丹並不是敵方間諜，而是英國間諜。她是為了某種目的才來到這個村子。她可能已經完成了任務。」

「既然如此，我們把這條新情報加進來，從頭到尾好好整理一下。」湯米說，「她到這裡來的目的是探查一些內幕。」

「很可能是探查和上校X有關的事，」陶品絲說，「你一定得把這個人的名字查出來。老是叫他上校X，真是無趣極了。」

「好，我會的。不過你也知道這有多難。」

「瑪麗確實查到了一些內幕，而且把她的發現報告了出去。或許有人拆開看過這封信。」

「什麼信？」湯米問。

「就是瑪麗寫給『聯絡人』的信，雖然我們不知道這個聯絡人是何許人。」

「沒錯。」

「你想這個收信人會不會是她的父親或祖父之類？」

「我想不會，」湯米說，「我不認為她會這麼做。喬丹這個名字也許是她自己取的，也可能是她的上級認為這名字甚好，因為如果她有一半的德國血統，這個姓氏和任何人都沒有關聯。也可能是她在替英國而非敵方出其他任務時取的。」

「替英國而非敵方，」陶品絲附和道，「那是在海外的時候。而她是以什麼身分來到這裡的呢？」她說，「唉，我不知道，我們必須從頭查一遍，查明她是以什麼身分來到這裡。總之，她來到此地，查到一些內幕，結果可能把查探所得傳給了什麼人，也可能沒有。我的意思是，說不定她並沒有寫信，而是親自前往倫敦做報告，例如去攝政公園見某個人。」

「通常這也是常見的手法，對吧？」湯米說，「我的意思是，你和在某個大使館任職的同路人約好在攝政公園見面……」

「有時候還會把東西藏在樹洞裡。你認為他們真會那麼做？聽起來似乎不可思議。相愛的情侶把情書放進樹洞裡還更有可能。」

「我敢說，不管他們把什麼書面文件放進去，那東西表面上一定是情書，但其實內藏密碼。」

「想得好，」陶品絲說，「只是我想他們……噢，事情都過去這麼久了，要找出頭緒還真難。知道得愈多，好像愈沒什麼用。不過，我們不會就此罷手吧，湯米？」

「目前我想是不會。」湯米說，還嘆了口氣。

「你希望我們罷手？」陶品絲問。

「差不多。對。依我之見……」

「喂，」陶品絲打岔道，「我看不出你有罷手的跡象。沒錯，要我罷手也很難。我的意思是，我會一直想著這件事，結果弄得愁眉苦臉。我敢說，我會食不知味、寢食難安。」

「問題是，」湯米說，「你覺不覺得是——就某個角度來看，我們已經知道事情因何而起——間諜行動。是敵人策畫的間諜行動，目標瞄準了某些人，而且一些已經完成，也許一些尚未完成。只是我們不知道，呃，我們不知道什麼人涉足其中。我的意思是，在我國的情治人員中一定有這種人；表面上是赤膽忠心的國家公僕，骨子裡卻是賣國賊。」

「沒錯，」陶品絲說，「我同意你的話。這似乎很有可能。」

「而瑪麗．喬丹的任務就是和這種人接觸。」

「和上校X接觸嗎？」

「我想是的。或是和上校X的朋友接觸，以便挖掘一些內幕。為了達成任務，她顯然必須到這村子來。」

「你是說帕金森家（我們好像不知不覺又回到帕金森家了）也有牽連？帕金森這戶人家是敵方的同路人？」

「不可能吧。」湯米說。

「那我就想不通了。」

「我想這棟房子和那件事有點關係。」湯米說。

「這棟房子？但從那次事件後不是有很多家族住過嗎？」

「是沒錯，不過，我想那些人和你……呃，和你很不一樣，陶品絲。」

「跟我很不一樣，你這是什麼意思？」

「噢，你喜歡舊書、翻閱舊書，而且會在裡頭發現事情。事實上，你是道地的貓鼬性格。而他們只是搬進這裡，樓上想必是僕人的房間，沒有人上去翻動過。這房子裡可能藏有什麼東西，也許是瑪麗・喬丹藏的；她藏在某個地方，以備適時交給某人，或是藉故親自送到倫敦或其他地方，例如去看牙醫、見朋友等。這很容易做到。瑪麗把她得到的東西或情報藏在這棟房子裡。」

「你該不會認為它還藏在房子裡吧？」

「不，」湯米說，「我不認為，可是誰也說不準。有人怕我們會找到或是已經找到了，才想把我們趕出這房子。也可能他們自己一直遍尋不著，所以認為東西或許是藏在屋外某處。而現在，他們認為我們已經找到，就想把它取回去。」

「噢，湯米，」陶品絲說，「事情愈來愈刺激了，你說是不是？」

「只有我們這麼以為而已。」湯米說。

「喂，你別澆冷水，」陶品絲說，「我打算裡裡外外都好好查……」

「你打算做什麼？想把菜園子給翻過來？」

「不，」陶品絲說，「只是針對碗櫥、地下室之類。誰知道會有什麼發現，噢，湯米！」

「喂，陶品絲！」湯米說，「我們正要安享愉快平靜的晚年呢。」

「靠養老金過活的人有什麼平靜可言，」陶品絲開心地說，「我又有了好主意。」

「什麼？」

「我得去俱樂部和那些靠養老金過活的老年人談談。我一直沒想到他們。」

「看在老天的份上，你得好好照顧自己，」湯米說，「我想我最好待在家裡看著你。可是我明天要到倫敦調查事情。」

「那我就留在村子裡做調查。」陶品絲說。

16 陶品絲的調查

「我希望，」陶品絲說，「我此番冒昧造訪沒有打擾到你。我本想先打個電話來，怕你萬一出去了或是太忙。不過我來其實並無特別事情，所以如果你不方便，我可以立刻告辭，不會在意的。」

「噢，我很高興見到你，貝里福太太。」葛瑞芬太太說。

她又往椅背挪近三吋，好讓背部更舒服些，接著以相當開心的神情望著陶品絲那張帶有幾分焦慮的臉。

「村裡有人新搬進來，真叫人高興。左鄰右舍的面孔都看膩了，多一張新面孔，噢，我該說兩張新面孔，真是樂事一樁。絕對是樂事一樁！我希望哪天你們夫婦肯賞光來家裡吃飯。我不知道貝里福先生什麼時候回來。他常到倫敦去，對吧？」

「是的，」陶品絲說，「非常謝謝你的好意。等房子大致整修好，也希望你來看看。我老以為房子就快整修好了，但總是沒完沒了。」

「整修房子就是這樣。」葛瑞芬太太說。

據陶品絲從每天來打掃的女傭、老伊薩克、郵局的格溫達等人口中得來的情報，葛瑞芬太太已經九十四歲了。為了減輕背部的風溼疼痛，她總是坐得筆直，這種坐姿加上她的抬頭挺胸，讓人覺得她年輕許多。雖然她臉上爬滿皺紋，不過看到她頭上蕾絲圍巾下露出的濃密白髮，陶品絲就會依稀想起兒時見過的姑姨輩。葛瑞芬太太戴著遠近兩用的眼鏡，有時也戴助聽器，不過據陶品絲的觀察，似乎極少用到。她看來精明矍鑠，看樣子活到一百歲甚至一百一絕無問題。

「最近忙些什麼？」葛瑞芬太太問，「我聽說水電工已經完工了，這是桃蘿西告訴我的，也就是羅杰斯太太。她以前在我家做過事，現在每星期來打掃兩次。」

「沒錯，謝天謝地，」陶品絲說，「水電工總算完工了。我老是掉進他們挖的坑洞裡。我這次登門拜訪，聽起來有點荒唐，不過有些事令我感到好奇……或許你也會覺得荒唐。你知道，我最近在整理東西，一大堆舊書之類的。我們買房子的時候屋主留下一些書，多半是很久以前的兒童讀物，不過我在裡頭找到一些我曾經很喜歡的書。」

「啊，」葛瑞芬太太說，「能夠重讀小時候喜歡的書，確是樂事一樁，我能體會你的心情。你可能讀過《贊達的囚徒》吧。我祖母過去常讀《贊達的囚徒》，我自己也讀過一次。真的很好看、很浪漫，你知道。我想，它是孩子們獲准閱讀的第一本浪漫小說。要知道，以前大家並不鼓勵讀小說；我母親和祖母從來就不准我們一大早看小說之類的。那時候通稱為故事書。你知道，讀歷史或正經八百的書可以，但小說純粹是消遣，所以要到下午才能看。」

「我知道，」陶品絲說，「我找到了不少我很想再讀一遍的書，例如摩斯沃思夫人寫的書。」

「《織錦房間》嗎？」葛瑞芬太太立刻想起這本書。

「是的。《織錦房間》是我最愛的書之一。」

「噢，我一直很喜歡《四季風農場》。」葛瑞芬太太說。

「噢，這本書也在裡頭。還有好幾本別的，也有其他作者寫的書。總之，我整理到了書架最下層，我相信那地方一定出過事。你知道，它被撞損得厲害，想必是什麼人搬動家具時弄的。底下有個洞，我從裡頭掏出很多舊東西。多半是破書，其中還有這個東西。」

陶品絲取出用牛皮紙簡單包著的包裹。

「這是一本生日簿，老式的生日簿。上面有你的名字，婚前的閨名——記得你告訴過我——是薇妮佛．莫瑞森，對吧？」

「對，完全正確。」

「你的名字寫在這本生日簿上頭，所以我想如果我把它帶來給你看，你一定會覺得很有意思。上面可能有不少你過去老友的名字或其他趣事，你看了可能會很開心。」

「啊，你真好心，我真的非常想看。你知道，年紀老大的時候回首往事，的確很有意思。你真體貼。」

「這本生日簿褪了色，也破損得厲害。」陶品絲邊說邊打開包裹。

「真的！」葛瑞芬太太說，「沒錯。你知道，那時候每個人都有一本生日簿，我長大後就不常見了。說不定這是最後一本。我上學的學校裡，每個女孩子都有一本生日簿。你的朋友在你的生日簿上寫上她們的名字，你也把你的名字寫在她們的生日簿上，就是這樣。」

葛瑞芬太太從陶品絲手上接過生日簿，開始翻閱。

「老天，」她輕聲說道，「它讓我想起許多往事。沒錯。海倫．吉伯特，當然有她。還有戴西．謝菲德。謝菲德，對，我記得她。她牙齒上裝著那種東西，當時叫作矯齒器。她老是拿下來，說她無法忍受。還有伊蒂．珂瓏、瑪格麗特．迪克森。沒錯。她們的字多半寫得很好，比現在的女孩子寫得好。像我侄子寫的信，我根本看不懂，鬼畫符似的，幾乎每個字都得猜個老半天。莫莉．薛特，沒錯，她口吃……往事簡直歷歷在目。」

「我想他們很多都不在了，我是說……」陶品絲覺得再說下去未免不智，那句話就這麼打住。

「你是認為大部分的人都死了。噢，確實如此。她們多半都過世了，不過不是全部。我少女時代的朋友還有不少活得好好的，不過不住在這個村子，因為我過去認識的女孩婚後幾乎都搬到別處去了。有的和服役的丈夫遠走國外，有的搬去了其他城鎮。我有兩個老朋友住在諾森伯蘭郡。沒錯，沒錯，這東西真有意思。」

「當時這裡已經沒有帕金森家族的人了？」陶品絲說，「我到處都看不到這個名字。」

「噢，沒錯。帕金森家族住在這裡是更早之前。你想知道帕金森家族的事，對吧？」

「是的，」陶品絲說，「純粹是出於好奇，沒別的……呃，我在整理東西的時候，不知何故開始對亞歷山大．帕金森這個男孩感到興趣。後來有天我在教堂墓地散步，才發現他年紀輕輕就死了，因為他的墓就在那裡，所以我常想到他。」

「他確實是早夭，」葛瑞芬太太說，「沒錯，小小年紀就死了，每個人都覺得遺憾。他是個非常聰明的孩子，他的家人都寄望他……唉，前程似錦。他不是病死的，而是野餐時吃下的食物出了問題。這是漢德森太太告訴我的。她記得許多帕金森家的事。」

「漢德森太太？」陶品絲抬起頭。

「噢，你不會認識她。她住在養老院裡，叫作『草原邊岸』，離這裡大約十二到十五哩路。你應該去看看她，我相信她會告訴你很多關於你目前住屋的事情。當時那房子叫作『燕巢居』。現在又改了名字，對吧？」

「現在叫作『月桂園』。」

「漢德森太太年紀比我還大，是個大家族的么女，曾經當過家庭教師，後來去了『燕巢居』……我是指『月桂園』，當女主人貝汀斐德太太的護士兼陪伴。她很喜歡談論往事。你一定要去看看她。」

「噢，她不會喜歡……」

「噢，我相信她會喜歡。去看看她吧，就說是我建議的。她還記得我和我姐姐蘿絲瑪麗。我偶爾也去探望她，不過這幾年我不太能走，所以很久沒去了。你還可以去看看韓德利太太，她住在……現在叫什麼來著？對了，我想是『蘋果樹公寓』，那裡住的主要是靠養老金過活的老人。裡頭各種階層的人都有，不過管理得很好，而且八卦多得很！我相信只要有客人去，他們都會很高興。你知道，只要能打發無聊，什麼都好。」

17 湯米和陶品絲比較筆記

「你看來很累，陶品絲。」湯米說。

晚飯後，他們走進客廳，陶品絲一屁股坐進椅子，長長嘆了幾口氣，又打了個哈欠。

「累？我簡直是精疲力竭。」陶品絲說。

「你做了什麼了？希望不是園子裡的活。」

「我並沒有讓自己耗費太多體力，」陶品絲冷冷地說，「我做的情和你一樣：動腦筋調查。」

「我同意，那的確也很累人，」湯米說，「你到哪裡去做調查？前天你從葛瑞芬太太口中沒得到多少情報吧？」

「噢，我相信我得到了不少情報，不過第一手資料不多，最起碼我算是打聽到了情報。」

陶品絲拉開手提袋，想取出一本體積甚大的筆記本，拉了半天總算扯了出來。

「我每回都有做筆記。我還帶了那份陶瓷菜單去。」

「噢。有沒有什麼效果？」

「呃，他們告訴我很多事，但我記下的名字不多。他們看到那份陶瓷菜單個個激動莫名，因為那頓盛宴每個人都非常盡興，大家都吃了一頓精美的菜餚……他們以前從未吃過這樣的餐宴，而且那天好像是他們頭一回吃龍蝦沙拉。他們聽說在時髦的有錢人家，龍蝦沙拉都是在主菜之後端上桌的，不過那天並非如此。」

「噢，」湯米說，「這個情報不太有用。」

「錯了，就某種意義而言，這是有用的，因為大家都說他們永遠記得那個夜晚。我就問為什麼他們永遠記得那晚，他們就說是因為有人口普查。」

「什麼？人口普查？」

「沒錯。湯米，你當然知道人口普查是什麼吧？我們去年就有過一次，還是前年？你知道，就是讓住在家裡的人說點細節，或是要大家簽名、填寫資料等等。當天晚上住在你家的人都得這麼做。你知道那種事；例如十一月十五日晚上，有誰在你家過夜？你必須寫下來，要不就是那些人必須簽字。到底是哪種方式，我忘了。總之，那天這個村子也有人口普查，所以家裡有什麼人都得說個清楚。當然，那天參加晚宴的人很多，所以這件事就成了談話主題。他們說，到現在還做人口普查不但不公平，而且荒謬；反正大家都認為現在還這麼做非常丟臉，因為你必須說你有小孩而且結婚了，或是你有小孩但還沒結婚之類的。你必須回答許多令人難堪、難以啟齒的問題。年頭不同了，所以大家提到這個都很憤慨。我的意思是，他們憤慨並不是因為那次的人口普查，而是因為大家對那種事都不在乎，純粹當作一樁往事看待。」

「如果你知道那次人口普查的確切日期，也許會有用。」湯米說。

「你是說你可以去調查那次的人口普查？」

「對，只要認識適當的人，我想這很容易查到。」

「而且他們都記得當天被大家議論紛紛的瑪麗．喬丹。每個人都說她看起來多乖巧、多討人喜歡。所以他們絕不相信……你知道大家說這話時的表情。後來他們又說，她有一半的德國血統，所以雇用她的時候應該謹慎些。」

陶品絲放下空咖啡杯，又坐回椅中。

「有沒有什麼希望？」湯米說。

「其實沒有，」陶品絲說，「話說回來，還是有點希望。總而言之，那些老人都知道那回事，也樂於談論。他們多半是從年長的親友口中聽來的，聽說有個地方藏了東西或找到一些東西。有人說有個中國花瓶裡藏有一份遺囑，也有人提到牛津和劍橋，只是我想不通怎麼可能有人知道牛津或劍橋裡藏了東西？不可思議。」

「說不定有個人的侄子在大學還沒畢業時，」湯米說，「把東西帶回了牛津或劍橋。」

「有可能，但又不像。」

「有沒有人提到瑪麗．喬丹？」

「都是道聽塗說。他們其實並不確定瑪麗是德國間諜，只是從知道這起案件的祖母、姑婆、姐姐、表舅還是堂叔的海軍朋友那裡聽來的。」

「他們可曾談到瑪麗．喬丹是怎麼死的？」

「每個人說到她的死，都會提到毛地黃與菠菜的故事。他們說，除了瑪麗之外，其他人都康復了。」

「有意思，」湯米說，「相同的故事，不同的場景。」

「恐怕意見太多了，」陶品絲說，「有個叫貝西的說：『噢，我只聽我外婆談起過，當然，事情發生時我外婆還小，我想有些細節她弄錯了。她常常張冠李戴。』湯米，你知道，如果大家同時七嘴八舌，你根本不知道他們在說什麼。有人大談間諜，有人談野餐中毒事件，什麼都有。我無法得知確切的日期，因為當然沒人知道你外婆告訴你的事發生的確切日期。如果她說：『那時候我只有十六歲，可給嚇壞了。』那你根本就不可能知道你外婆當時有多大。她或許會說她現在九十歲了，因為人一過八十，就喜歡把自己說得比實際年齡大；不過，當然，如果她現年七十，她會說自己只有五十二。」

「『瑪麗．喬丹並非自然死亡』。」湯米一面把這句話複述一遍，一面若有所思。

「他曾經起過疑心。不知道他有沒有告訴過警方。」

「你是指亞歷山大？」

「對。說不定就是因為他說太多了，所以非死不可。」

「很多關鍵都繫於亞歷山大身上，對吧？」

「我們知道亞歷山大死去的確切時間，因為他的墳墓就在這裡。但我們還不知道瑪麗・喬丹死去的時間和原因。」

「我們遲早會知道的，」湯米說，「你把已經知道的名字、日期和一些事實列表出來看看，你會大吃一驚。從各處聽來的一鱗半爪居然可以查出那麼多事情。」

「你好像有很多有用的朋友。」陶品絲說，語氣甚是羨慕。

「你不是也有。」湯米說。

「噢，我可沒有。」陶品絲說。

「不，你有。你不是動員了很多人嗎？」湯米說，「你帶了一本生日簿去見一個老太太，又去養老院見了很多人，得知了他們的姑婆、曾祖母、堂叔、教父、愛講間諜故事的老海軍將領等諸多人物那個時代所發生的事。只要我們查到幾個日期，再做些調查，我們就可能獲知一些內幕。誰知道呢？」

「不知道剛才提到的那幾個大學生是誰……就是據說在牛津或劍橋藏了東西的人。」

「聽起來他們不像是做情報的人。」湯米說。

「沒錯，是不像。」陶品絲說。

「還有醫生和老牧師，」湯米說，「我想可以問問這些人，但我不認為會有什麼收穫。」

唉，年代如此久遠，我們連邊都摸不著。我們不知道……喂，陶品絲，又有人對你耍了什麼花樣嗎？」

「你的意思是，這兩天有沒有人想取我的性命？噢，沒有。沒有人邀我去野餐，車的煞車也好端端的，盆栽棚裡有瓶除草劑，不過好像還沒打開。」

「伊薩克把瓶子放在那裡，哪天你拿著三明治出來，那就派上用場了。」

「噢，可憐的伊薩克，」陶品絲說，「你別說伊薩克的壞話好嗎？他已經成了我最好的朋友。噢，這倒讓我想起……」

「想起什麼？」

「我忘了，」陶品絲一面說一面眨眼。「是一些你曾經在提到伊薩克的時候說的話。」

「老天。」湯米邊說邊嘆氣。

「有個老太太，」陶品絲說，「聽說每天晚上都要把她的寶貝放到手套裡去，我想是耳環吧。她認為每個人都想毒死她。還有一個人記得，有個人會把東西放在教會的捐獻箱裡；你知道，就是那種為流浪漢募款的瓷器箱，上面貼有標籤。不過那東西顯然不是為流浪漢而設。她常常先放一張五英鎊紙鈔進去當誘餌，等箱子滿了之後就把它拿走打碎，然後再買一個箱子。」

「然後再花個五英鎊，我想。」湯米說。

「我想就是這樣。我堂兄埃姆林常說，」陶品絲顯然在引述，「『沒有人會去偷流浪漢或傳教士的東西』，對吧？如果有人打破那種箱子，總有人會注意到，是不是？」

「你在樓上那些房間裡檢查書的時候，難道沒有看到一些無趣已極的講道集？」

「沒有。怎麼了？」陶品絲問。

「噢，我剛想到，那是個藏東西的好地方。你知道，一本關於神學、非常無聊、晦澀難懂的書，裡面卻挖了個洞。」

「我沒看到這種書，」陶品絲說，「如果有，我應該注意得到。」

「如果你找到，你會不會看？」

「噢，當然不會。」陶品絲說。

「這不就是了，」湯米說，「你不會看。我想你會把它丟掉。」

「《成功的桂冠》，我只記得這一本，」陶品絲說，「一共有兩本。啊，但願我們的努力也會得到成功的桂冠。」

「在我看來似乎是癡人說夢。誰殺害了瑪麗．喬丹？我想有朝一日我們會寫一本這樣的書，對吧？」

「如果我們能找出真相的話。」陶品絲抑鬱地說道。

18 為馬蒂德動手術

「今天下午你準備做什麼，陶品絲？繼續幫我把名字和日期列成表好嗎？」

「我不想，」陶品絲說，「我受夠了。把事情一樣樣寫下來累死人，而我又常常出小錯，對吧？」

「噢，我可不會縱容你。你是犯了好幾個錯。」

「湯米，真希望你不那麼講究精準。有時候我覺得你這點真叫人惱火。」

「那你打算做什麼？」

「好好睡個午覺也不錯。噢，不，我還不打算休息，」陶品絲說，「我想我要為馬蒂德開膛剖肚。」

「你說什麼，陶品絲？」

「我說我要為馬蒂德開膛剖肚。」

「你怎麼了？這麼暴力。」

「馬蒂德……它在ＫＫ裡。」

「它在ＫＫ裡？什麼意思？」

「噢，就是那個堆放垃圾雜物的地方。你知道，它就是那個搖擺木馬，肚子有洞的那一個。」

「噢，原來如此。你打算檢查它的肚子，對吧？」

「正是如此，」陶品絲說，「你要不要過來幫忙？」

「我不想。」湯米說。

「行行好幫幫我，好嗎？」陶品絲懇求道。

「既然你這麼說，」湯米說，深深嘆了口氣。「我只好答應。再怎麼說也比列表有趣。伊薩克在嗎？」

「不，我想他今天下午休息。反正我們也不希望伊薩克在場。我想所有能從他口中得到的情報我都已經到手了。」

「他知道很多事，」湯米若有所思地說，「是我那一天發現的。他告訴我許多過去的事，連他自己也不見得記得清楚。」

「他一定快八十了，」陶品絲說，「我敢打賭。」

「對，我知道，但他告訴我的是遠比他的年紀還久遠的事。」

「每個人都會聽到很多事，」陶品絲說，「但聽到的是真是假就不得而知了。好了，我們去為馬蒂德開膛剖肚吧。我最好先去換衣服。ＫＫ裡到處是灰塵和蜘蛛網，而且我們還得在馬蒂德的肚子裡翻來翻去呢。」

「如果伊薩克在，他可以先把馬蒂德翻個身，這樣要檢查它的肚子就容易多了。」

「聽你的口氣，你的前生一定是個外科醫生。」

「嗅，多多少少是吧。現在，我們要把妨礙馬蒂德繼續生存的異物去掉，例如它肚子裡留下的東西。說不定我們可以重新油漆，等到黛博拉的雙胞胎下回來這裡小住，就可以騎上去玩。」

「噢，我們的外孫已經有很多玩具和禮物了。」

「那無妨，」陶品絲說，「小孩子不見得喜歡昂貴的禮物。他們會玩一段舊繩子、一個破娃娃或最心愛的熊寶寶，雖然也許只是一小塊壁爐地毯捲成一團，縫上兩顆黑鈕釦當眼睛的東西。孩子對玩具有自己的定義。」

「好了，走吧，」湯米說，「向馬蒂德前進。到手術室去。」

將馬蒂德翻轉過來做必要的手術，並不是一件容易的事。馬蒂德很重，除此之外，身上還處處是釘子。那些釘子有的方向相反，有的露出尖頭。陶品絲擦去手上的血，湯米的套頭衫也鉤破了一大塊，他不禁咒罵。

「該死的搖擺木馬！」湯米說。

「多年前就該當柴燒了。」陶品絲說。

這時候老伊薩克突然出現，加入一腳。

「你們到底在做什麼？」他說，語氣透著驚訝。「你們兩個到底在這裡做什麼？你們想把這匹老馬怎麼樣？要不要我幫忙？你們想做什麼？把它搬到外頭去？」

「倒也不是，」陶品絲說，「我們想把它翻個身，好伸手到洞裡把裡頭的東西掏出來。」

「你們想把它肚子裡的東西掏出來？你們怎麼會有這種念頭？」

「對，」陶品絲說，「我們就是想這麼做。」

「你們以為會找到什麼？」

「想必全是垃圾，不過也好，」湯米說，只是語氣並不確定。「順便把這裡清理一下。我們也許要在這裡放別的東西。你知道，遊戲用具、槌球用品等等。」

「以前這裡就有槌球遊戲的草場，很久以前了。是福克納太太住在這裡的時候。對，就在現在的玫瑰園那一帶。不過，那個草場不大。」

「那是什麼時候的事？」湯米問。

「什麼？你是說槌球遊戲的草場？噢，遠在我出生之前。總是有人會告訴你過去發生的事……以前藏過什麼東西、為什麼要藏、什麼人藏的，諸如此類。有的誇張了些，有的則是一派胡言。雖然有些也可能是真的。」

「你真聰明，伊薩克，」陶品絲說，「你好像什麼都知道。你是怎麼知道這裡曾經有過槌球草場的？」

「噢，這裡有個裝槌球用具的箱子，放在這兒很久了。用具留下的大概不多了。」陶品絲放開馬蒂德，朝著擺放長形木箱的角落走去。箱蓋因年代久遠而沾黏難解，她好不容易打開後，只見裡頭有顆褪了色的紅球和一顆藍球，外加一根又翹又曲的槌球木槌。其餘淨是蜘蛛網。

「大概是福克納太太住在這裡的時候拋下的東西。聽他們說，福克納太太還參加過錦標賽。」伊薩克說。

「溫布敦？」陶品絲說，一副難以置信的語氣。

「噢，不是溫布敦，我想不是。呃，是地方性的比賽；以前常在這村裡舉行。我在照相館裡看過照片……」

「照相館？」

「噢，就在這村子裡，是杜蘭斯開的。你知道杜蘭斯吧？」

「杜蘭斯？」陶品絲茫然說道，「噢，對，他賣底片之類的東西，對吧？」

「沒錯。不過現在管店的不是老杜蘭斯，是他的孫子，要不就是曾孫。他主要是賣明信片，也賣聖誕卡、生日卡之類的。他以前替人照相，而且全都保存著。有一天，有個女人去他店裡，要一張她曾祖母的照片。她說她原本有一張，但不知道是破損、燒掉還是遺失了，希望店裡還留有底片。但我想她沒找到。不過，那家店確實留有許多舊相簿。」

「相簿。」陶品絲若有所思。

「還有沒有要我幫忙的？」伊薩克說。

「噢，幫我們搬動珍吧……管它叫什麼。」

「她不叫珍，叫馬蒂德，也不是馬提達，其實我想這才是她真正的名字。只是大家一直叫她馬蒂德，也不知為什麼。大概是法國名字。」

「是法國名字還是美國名字？」湯米邊說邊想，「馬蒂德、路易絲這一類的。」

「你不認為這是個藏東西的好地方嗎？」

陶品絲一面說，臂膀一面伸進馬蒂德的肚子裡。她取出一個破破爛爛的橡皮球，那球原本是紅黃相間的顏色，現在只見處處裂口。

「我想這是孩子們的傑作，」陶品絲說，「他們老是把東西塞進這種地方。」

「他們只要看到洞就塞，」伊薩克說，「不過，我聽說以前有個年輕人常把信放在裡頭，好像把它當成了郵筒。」

「信？給誰的信？」

「我想是給某個年輕小姐的吧。不過那也是我出生以前的事了。」伊薩克照例來上這麼一句。

伊薩克將馬蒂德調好位置，藉口說要關溫室就離開了。他前腳剛走，陶品絲後腳就說：

「事情總是發生在伊薩克出生之前。」

這時候，湯米脫掉夾克。

「真令人難以置信，」陶品絲把滿是刮傷和灰塵的臂膀從馬蒂德的腹部拔出來，有點上氣不接下氣。「裡頭塞了這麼多東西，還有人想往裡塞，可是從來沒人清理過。」

「為什麼要清理?誰會想到要去清理？」

「說得也是，」陶品絲說，「可是我們就想到了，不是嗎？」

「這純粹是因為我們想不出有更好的事可做。我不認為這麼做會有什麼用。啊！」

「怎麼回事？」陶品絲問。

「噢，我被東西刮到了。」

湯米將臂膀抽回一些，換個姿勢又伸進洞去摸索。這回他摸出一條手織的圍巾，顯然曾經是一群蛾的窩，後來甚至可能淪為更低等動物的社交場所。

「好噁心。」湯米說。

陶品絲把他輕輕推到一邊，自己伸手進去。她整個身子俯在馬蒂德上頭，在它的肚子裡摸索。

「小心釘子。」湯米說。

「這是什麼？」陶品絲說。

她把找到的東西拉出來。好像是個玩具公車或馬車的輪子。

「我想，」她說，「我們在浪費時間。」

「一點也沒錯。」湯米說。

「既然如此，那就把時間浪費到底吧，」陶品絲說，「老天，我的手臂上有三隻蜘蛛在爬。等下就會有蚯蚓爬上來。我最討厭蚯蚓！」

「我不認為馬蒂德肚子裡會有蚯蚓。我的意思是，蚯蚓喜歡生活在土裡。它們不會喜歡把馬蒂德當成住家。」

「噢，反正快要掏空了，」陶品絲說，「噢，這是什麼？老天，好像是個縫針紙夾。找到這麼個東西真有意思。上頭還插著針呢，不過都鏽了。」

「我想，是個不喜歡女紅的女生塞進來的。」湯米說。

「沒錯，想得妙。」

「剛才我摸到一個好像書本的東西。」湯米說。

「那可能會有用。在馬蒂德的哪個部位？」

「我想是在盲腸或是肝臟一帶，」湯米以專業醫生的口吻說，「在右腹側。我認為她應該開刀！」他加上一句。

「好的，醫生。不管是什麼，我們最好把它拉出來。」

那本所謂的書早已殘破不堪，幾乎難以稱書。書頁鬆落斑駁，就快散成幾片紙頁。

「好像是法文讀本，」湯米說，「『兒童用書……小小家庭教師』。」

「原來如此，」陶品絲說，「我的想法和你一樣。有個孩子不想學法文，所以特地跑到這裡來，把書塞進馬蒂德的肚子裡。好個馬蒂德。」

「如果馬蒂德好好站著，要把東西塞進她肚子裡的洞勢必很難。」

「對孩子來說不難，」陶品絲說，「高度正好。我的意思是，她可以跪著爬到它肚子底下。唉，這裡有個東西，摸起來滑滑的，好像是動物的皮。」

「真噁心，」湯米說，「會不會是一隻死兔子還是什麼？」

「可是它沒有毛皮之類的，我想它的質地不是很好。噢，又是一根釘子。它好像掛在一根釘子上頭，還用一根線或繩子勾著。奇怪，它還沒腐爛呢。」

陶品絲小心翼翼地把摸到的東西拿出來。

「是個小錢包，」她說，「沒錯，曾經是很好的皮。質料很好。」

「看看裡頭有什麼……如果裡頭有東西的話。」湯米說。

「裡頭是有東西。」陶品絲說。

「說不定是很多張五英鎊的鈔票。」她加上一句，語氣充滿期盼。

「噢，我想恐怕不能用了。紙會腐爛，不是嗎？」

「很難說，」陶品絲說，「很多奇怪的東西至今都還存在。你知道，以前的五英鎊鈔票用的都是質地上乘的紙，雖然薄，可是很耐久。」

「噢，說不定是一張二十英鎊的鈔票。正好可以貼補家用。」

「什麼？就算是錢，想必也是伊薩克時代以前的錢吧，不然早就被他找到了。啊，想想看！搞不好是張一百英鎊的鈔票。我希望是金幣。金幣一向會放在錢包裡。我的姑婆瑪麗亞就有個大錢包，裡頭裝滿金幣，她常拿給我們這些孩子看，說那是為了預防法國人來襲的不時之需用的。我想她是說法國人沒錯。總而言之，是為非常時期或危難而準備的。厚厚的、漂亮的金幣。我以前常想，要是我長大後有一整個錢包的金幣，那該有多好！」

「誰會給你一整個錢包的金幣？」

「我並沒有想到有人會給我，」陶品絲說，「我以為那是一個人長大後就會擁有的權利。你知道，真正的成年人披著斗篷……當時的稱呼是這樣，斗篷上圍著長毛圍巾，頭上戴著軟帽。你有個塞滿金幣的大錢包，要是你心愛的孫子要回學校，你就給他一個金幣做獎賞。」

「女孩子呢？如果是孫女，她會得到什麼？」

「我想女孩子得不到金幣，」陶品絲說，「不過我姑婆常會送我半張五英鎊的鈔票。」

「半張五英鎊的鈔票？那有什麼用？」

「才不呢，很有用。她把五英鎊鈔票撕成兩半，先寄給我一半，另一半附在下一封信寄來。你知道，這樣就沒有人會想偷它了。」

「老天，每個人的防範措施真是五花八門。」

「確實，」陶品絲說，「喂，這是什麼？」

她在錢包裡摸索著。

「我們先離開ＫＫ一會，」湯米說，「呼吸一下新鮮空氣。」

兩人步出KK。到了外頭，他們把那個戰利品的真面目看了個仔細。是只上好質料的厚皮夾，因為年久而發硬，不過完好無缺。

「我想它因為放在馬蒂德的肚子裡，所以避免了溼氣侵蝕，」陶品絲說，「噢，湯米，你知道我認為這是什麼嗎？」

「不知道。是什麼？不是錢，我想是信件。不知道現在還看不看得清楚。很舊了，又褪了色。」

湯米小心翼翼地把皺巴巴的發黃信紙攤開。字很大，是用深藍近黑色的墨水寫的。

「『見面地點改變，』」湯米唸道，「『肯辛頓花園，彼得潘的雕像旁。二十五日，星期三，下午三點半。喬安娜。』」

「我相信，」陶品絲說，「我們終於找到一些東西了。」

「你的意思是，某個準備去倫敦的人得到了指示，要他帶文件或計畫之類的東西，在某日前往肯辛頓花園和某人碰頭。你認為是誰把這些東西從馬蒂德肚子裡拿出來或放進去？」

「不可能是小孩子，」陶品絲說，「一定是住在這棟房子裡的人，所以這人可以到處走動而不被人注意。我想，這人從海軍間諜口中取得情報後，接著送往倫敦。」

陶品絲解下脖子上的圍巾，她把那個舊錢包包起來，和湯米一同走回屋裡。

「說不定還有其他文件，」陶品絲說，「不過我想絕大部分都變脆了，一碰就會碎。喂，這是什麼？」

大廳桌上放著一個鼓脹的包裹。艾柏從餐廳裡走出來。

「是專人送來的，夫人，」他說，「今天早上由專人送來給您。」

「啊，不知道是什麼東西。」陶品絲說完，拿起了包裹。

湯米和她一同走進客廳。陶品絲解開繩結，打開包裝紙。

「像是一本相簿，」她說，「噢，還有一封短信。啊，是葛瑞芬太太送來的。」

親愛的貝里福太太：

那一天你把生日簿帶給我看，非常感激。翻閱生日簿，憶起往昔許多故友，讓我非常快樂。人忘得很快，常常只想起某人的名卻忘了他的姓，有時又正好相反。不久前，我偶然找到了這本舊相簿。它其實不是我的；我想是我祖母的，不過裡頭有很多照片，我想其中有一兩張是帕金森家人的照片，因為我祖母認識帕金森家的人。我想你或許會想看，因為你似乎對目前住屋的歷史和過去住在那裡的人很感興趣。請不必麻煩送還給我，因為它對我個人完全沒有意義。家裡總有許多姑姨、祖母輩的東西。前幾天，我到閣樓翻看舊衣櫃的抽屜，意外發現了六個縫針紙夾，非常、非常古舊了。我相信那不是我祖母的，而是她祖母的。她每年聖誕節都會送給每個女僕一個縫針紙夾當禮物，我想這是她在一回大減價時買的，準備次年可用，而現在當然沒用了。想到這世界總是如此浪費，真令人悲哀。

「一本相簿，」陶品絲說，「啊，可能很有意思。來吧，我們來看看。」

兩人在沙發上坐下。典型的舊式相簿，大部分的照片俱已褪色，不過陶品絲每每認得出和自家庭院相符的周遭景致。

「你看，是那棵智利松。沒錯；你看，後頭就是愛人。一定是很久以前的照片了，還有個長得有趣的小男孩攀在愛人身上。對，有紫藤，有銀色的蒲葦，一定正在舉行茶會之類。沒錯，好多人圍坐在花園桌旁。每個人下頭都寫了名字。梅珀。梅珀並不漂亮。那是誰？」

「查爾斯，」湯米說，「查爾斯和艾德蒙。查爾斯和艾德蒙好像是剛打過網球。他們拿著好奇怪的網球拍。還有個叫威廉的，不知是什麼人。還有柯茨少校。」

「還有……噢，湯米，那就是瑪麗。」

「沒錯，瑪麗．喬丹。連名帶姓，都寫在照片下面。」

「她很漂亮，非常漂亮。照片舊了，又褪色得厲害，可是……噢，湯米，看到瑪麗．喬丹的模樣真令人高興。」

「不知道這張照片是誰拍的。」

「大概是伊薩克提到的那個攝影師吧，就是村裡開照相館的那個。說不定他還有舊照片。哪天我們去問問。」

這時候湯米打開一封中午郵差送來的信。他已把相簿放到一旁。

「有沒有什麼有趣的？」陶品絲問，「有三封信。我看得出來，兩封是帳單。而這一封……啊，這封很不一樣。我剛才在問你，這是不是什麼有趣的信？」

「可能是，」湯米說，「明天我又得去倫敦。」

「又去辦你那些委員會的事？」

「不是，」湯米說，「我要去找個人。其實不是倫敦地區，是在倫敦郊區。我想是在哈羅一帶。」

「什麼事？」陶品絲說，「你還沒告訴我。」

「我要去拜訪一個叫作派克威上校的人。」

「好怪的名字。」

「是有點怪。」

「我以前聽說過他嗎？」陶品絲說。

「我好像跟你提過一次。他的生活永遠是煙霧繚繞。你有沒有止咳藥，陶品絲？」

「止咳藥？我不知道。噢，我想有，還有一盒去年冬天的舊藥。不過你並沒有咳嗽……至少我沒注意到。」

「現在是沒有，但如果我去見派克威，就會咳嗽。我記得，我先是嗆了兩口氣，接著就咳個不停。我滿懷期望地看著四周緊閉的窗戶，可是派克威從來就不理會那樣的暗示。」

「你想他為什麼要見你呢？」

「想不出來，」湯米說，「他提到了羅賓森。」

「什麼？那個黃皮膚的人嗎？那個肥胖、黃臉、說話又神祕兮兮的大人物？」
「就是他。」湯米說。
「噢，」陶品絲說，「說不定我們在這裡捲入的是什麼機密的事。」
「很難想像如此久遠之前（甚至在伊薩克能記事以前）曾經發生過這些事……不管是什麼事。」
「新的罪惡蒙上了舊的陰影，」陶品絲說，「不知道這句諺語是不是這麼說的，我記不得了。是『新的罪惡蒙上舊的陰影』，還是『舊日的罪惡拖曳著長長的影子』？」
「我也記不得了，」湯米說，「好像都不對。」
「下午我要去找那個攝影師。你要不要一起去？」
「不要，」湯米說，「我得好好洗個澡。」
「洗澡？很冷呢。」
「沒關係。我覺得我需要冷冽、令人振奮的清水洗掉蜘蛛網的那股味道。我總覺得還有蜘蛛網黏在耳朵和脖子上，連腳趾間都有。」
「這確實是件髒活，」陶品絲說，「好吧，我就去找那個叫作杜雷爾還是杜蘭斯先生的人。湯米，你還有一封信沒拆。」
「噢，我沒看見。啊，這封信也許有點用。」
「誰寄來的？」

「我的調查員，」湯米以誇張的語氣說道，「就是那個跑遍全英國、進出薩默塞特郡戶政事務所，調查死亡、結婚和出生紀錄、查閱報紙檔案和人口普查報告的人。她很能幹。」

「又能幹又漂亮？」

「沒有漂亮到引人注意的程度。」湯米說。

「很高興是這樣，」陶品絲說，「你知道，湯米，你現在上了年紀，說不定……說不定會對一個漂亮的助手想入非非。」

「你有一個忠實的丈夫卻不懂得欣賞。」湯米說。

「我所有的朋友都告訴我，你永遠也不可能真正了解你的丈夫。」陶品絲說。

「你交錯朋友了。」湯米說。

19 和派克威上校會面

湯米開車穿越攝政公園，接著經過他好些年沒走過的幾條街道。他想起以往和陶品絲住在貝爾賽茲公園附近的公寓時，兩人常去漢普斯德石南樹林散步，當時他們養了一隻狗，愛極了去那裡散步。那隻狗非常有主見，一出公寓就往左彎，非去石南樹林不可，陶品絲或湯米要牠走向右邊的商業街區，往往是白費力氣。詹姆斯這隻天生頑固的錫利漢獵犬，會把牠沉重、香腸般的身軀攤平在人行道上，一面伸出舌頭一面做出各種姿態，彷彿主人強迫牠做了不當運動似的，路過的人莫不指指點點。

「噢，你看那隻可愛的小狗。就是那隻白毛狗，看起來很像香腸，對吧？喘個不停，好可憐。牠的主人不讓牠去牠想去的地方。牠看來累壞了，真是累壞了。」

湯米於是從陶品絲手上接過狗繩，強把詹姆斯往石南樹林的反方向拉。

「噢，老天，」陶品絲說，「你就不能把牠抱起來嗎，湯米？」

「什麼？抱詹姆斯？太重了。」

詹姆斯又耍了個花招，那香腸般的身軀再度轉向牠想去的地方。

「看，可憐的小狗，想回家了是不是？」

詹姆斯拚命拉扯繩子。

「好吧，」陶品絲說，「我們等一下再去買東西吧。走吧，我們得讓詹姆斯去牠要去的地方。牠這麼重，你拿牠沒辦法。」

詹姆斯揚起頭，搖著尾巴。「我非常同意，」搖動的尾巴似乎在說，「你們終於懂了。走吧，到漢普斯德石南樹林去。」事情往往就是這樣。

湯米不知道自己找對了地方沒有，不過地址是沒錯。上一回他去見派克威上校，兩人約在布魯姆斯貝利，一個煙霧瀰漫、狹小壓抑的房間裡。這回他找到的地方則是一個毫無特色的小屋，它面對著石南樹林，離濟慈的出生地不遠，看來既無美感又無趣。

湯米按下門鈴。一個長相令湯米聯想起巫婆模樣的老婦站在那裡瞪著他，她的尖鼻子幾乎碰到了她的尖下巴，目光充滿敵意。

「我能見派克威上校嗎？」

「很難說，」巫婆說，「你是什麼人？」

「我叫貝里福。」

「噢，沒錯。先生交代過。」

「我的車子可以停外面嗎？」

「停一會沒關係，這條街警察不常來。只有這裡沒有黃線。先生，你最好把車鎖好，以防萬一。」

湯米一一照辦後，這才跟著老婦走進屋內。

「就在樓上，」她說，「上一層就好。」

他才走上樓梯，就聞到濃烈的菸味。巫婆模樣的老婦敲敲門，一面探頭進去一面說：「這位先生應該就是你要見的人。他說和你有約。」她讓到一旁，湯米走進令他難忘的煙霧中，逼得他幾乎立刻就嗆得喘不過氣來。湯米懷疑自己除了煙霧和尼古丁的味道外，是不是還記得派克威上校的模樣。一個耄耋老翁斜倚在扶手椅上。那張扶手椅已有些破損，兩邊的扶手都有裂痕。湯米進門後，老人若有所思般抬起頭來。

「把門關上，科普斯太太，」他說，「我們可不想讓冷空氣飄進來，對吧？」

湯米卻希望冷空氣進來。他不懂為什麼他要來吸煙霧，說不定還因此喪命。

「湯瑪士．貝里福，」派克威上校說，語氣充滿感慨。「我們有多少年沒見面了？」

湯米可沒好好算過。

「很久以前，」派克威上校說，「你曾經和某某人來過這兒，對吧？那人叫什麼名字來著？啊，無所謂，什麼名字都一樣。玫瑰就算叫作其他名字，也是一樣芳香。這是茱麗葉說的，對吧？莎士比亞有時候會讓作品中的人物說些蠢話。當然，這怪不得他，他是個詩人。

我自己從來都不大喜歡《羅密歐與茱麗葉》。為愛殉情，這種事多得很。自古就有，現在也未絕跡。坐下，老弟，坐下。」

再度被稱為「老弟」，湯米不禁有些意外，不過他順勢接受了坐下的邀請。

「謝謝，如果你不介意的話。」

他邊說邊挪開一張椅子上的一大堆書。那張椅子似乎是唯一可坐的地方。

「噢，推到地板上就行了。我正在查閱一些東西。啊，真高興見到你。你比上回老了些，不過看來很健朗。冠狀動脈沒硬化吧？」

「沒有。」湯米說。

「啊，那好。太多人患有心臟病、高血壓，各式各樣的病。操勞過度了，就是這樣。東奔西跑、告訴大家自己有多忙、地球缺了他就轉不了、自己多麼重要等等。你是不是也有同感？想必你是。」

「不，」湯米說，「我不覺得自己重要。我覺得……呃，我覺得我是真的想好好享受目前悠閒的生活。」

「噢，這個想法好，」派克威上校說，「問題是，你周圍老是有一大堆人不讓你悠閒。你為什麼搬到現在那個地方？我忘記那地方的名字了。再告訴我一次好嗎？」

湯米說出自己的住址。

「啊，沒錯沒錯。這麼說，我在信封上是寫對了。」

「是的。你的來信我收到了。」

「我知道你去見過羅賓森。他依然幹勁十足，還是和以前一樣胖、一樣黃、一樣有錢，甚至比以前更有錢。他很懂得這一套。我的意思是，他很懂得賺錢之道。老弟，你為什麼跑去找他？」

「我買了棟房子，內人和我發現了一個和這房子有關的謎團，事情發生在很久以前。我一個朋友建議我，說羅賓森先生也許能幫忙解開這個謎。」

「我記起來了。我想我沒見過你太太，不過她很聰明，對吧？幹得很漂亮，就是那個什麼案子來著？聽起來像是教理問答；是『N或M』事件，是不是？」

「是的。」湯米說。

「而現在你們又跑去幹老本行了，是吧？查東查西的，你們有疑問，是不是？」

「不是，」湯米說，「完全不是這樣。我們搬到現址，純粹是因為我們住膩了公寓，而且房東老是漲房租。」

「可恨的把戲，」派克威上校說，「這年頭房東總是這樣，永遠不滿足。就像是《螞蟥的兩個女兒》那個故事……螞蟥的兒子其實也一樣壞。也好，你們搬到那裡去。『人必須開闢自己的園地』，」派克威上校突然沒頭沒腦冒出一句法語。「我只是複習一下法語，」他解釋。「這年頭我們都得和歐洲共同市場同步，對吧？對了，那裡有些怪事。你知道，是暗地裡，不是你們看得到的表面。原來你們搬進了『燕巢居』。我想知道，你們為什麼搬到

『燕巢居』去？」

「因為我們買的房子……呃，它現在叫作『月桂園』。」湯米說。

「好蠢的名字，」派克威上校說，「不過曾經一度非常流行。我記得小時候，左鄰右舍的住屋前都有個維多利亞式的寬闊車道。每條車道都鋪了厚厚的沙石，兩邊種著月桂樹。有的是濃亮的翠綠，有的有斑點，看上去很是招搖。我想是以前住在那裡的人這麼叫，所以這名字就沿襲至今，你說是不是？」

「是的，我想也是，」湯米說，「不過不是我們搬來之前住的那家人取的。那家人好像稱它為『加德滿都』還是什麼異國名稱，因為他們在那裡住過，而且很喜歡。」

「沒錯沒錯，『燕巢居』是很久以前的名字了。不過，有時候人必須往回看。事實上，這正是我打算告訴你的：回到過去。」

「你知道它的事？」

「什麼？你是指『燕巢居』，也就是現在的『月桂園』？不，我從沒去過。可是那房子和某些事有關，和過去某個時期的人有段不解之緣。那時正是英國的多事之秋。」

「我想你手上有一個叫作瑪麗．喬丹的人的相關資料。不管怎麼說，羅賓森先生是這麼告訴我的。」

「你想知道她長得什麼樣子嗎？走到壁爐架旁，它的左側有張照片。」

湯米站起身，走到壁爐架旁，端起照片細看。照片非常古老，一個女孩頭戴一頂闊邊花女帽，手裡捧著一束玫瑰往上舉。

「現在看起來有夠蠢的吧？」派克威上校說，「不過，我相信她是個漂亮女孩，只是不幸年紀輕輕就死了。多麼悲慘。」

「我對她一無所知。」湯米說。

「沒錯，我想也是，」派克威上校說，「現在沒有半個人知道她。」

「當地有些人說她是德國間諜，」湯米說，「但羅賓森先生說事實並非如此。」

「確實，事實並非如此。她是我們的人，而且工作很出色，但被人發現了。」

「那是帕金森一家人住在那裡的時候。」湯米說。

「可能吧，事情始末我並不清楚。現在沒人知道了。你知道，這件事和我個人無關，所有的細節都是事後被人慢慢挖出來的。因為世上總有紛爭，每個國家都有紛爭，全世界處處有紛爭，而且不是現在才有。沒錯，回溯一百年前，你會發現那時候就有紛爭；再往回溯上一百年，依然是紛爭不斷。回溯到十字軍東征的年代，你會發現每個人都爭相踏上解救耶路撒冷之路；或者你會發現，全國到處是暴動起義之事，例如以沃特·泰勒[8]為首的那批人。自古以來，任何時候都有紛爭。」

8 沃特·泰勒（Wat Tyler, 1341-1381），一三八一年英格蘭農民革命的領袖。

「你是說即使現在也有紛爭？」

「當然有。我告訴你，任何時候都有紛爭。」

「什麼樣的紛爭？」

「噢，我們不知道，」派克威上校說，「他們甚至來找我這個老頭子，問我可有情報告訴他們，或是我記不記得過去某個人等等。我記得的不多，不過對幾個人還略有所知。有時候你得回顧過去，你得知道當時發生了什麼事、什麼人有什麼祕密、什麼人心裡有數卻守口如瓶、什麼人隱藏了什麼情報、捏造了什麼事實而真相又是如何。在過往的幾個時期，你和你太太表現都不錯。現在，你們還想繼續做下去嗎？」

「我不知道，」湯米說，「如果……唉，你認為我能做什麼嗎？我現在也老了。」

「不，在我看來，你比很多同齡的人都硬朗，甚至比某些年輕人還健康。再說，你那位賢內助一向就善於嗅出祕密，不是嗎？就像一隻受過良好訓練的狗。」

湯米不禁露出微笑。

「可是，這一切到底是怎麼回事？」湯米說，「如果你認為我能幫忙，我當然願意盡點力。但我什麼也不知道。沒有人告訴我任何事。」

「我想他們不會告訴你，」派克威上校說，「我想他們也不希望我告訴你任何事。我相信羅賓森也沒告訴你多少。那個大胖子嘴巴緊得很。但我會告訴你，而且是赤裸裸的事實。你知道這世界是什麼模樣……任何時代都一樣。暴力、欺騙、物質主義、叛逆的年輕人、熱愛暴力、眾多殘暴行為，和希特勒的青年時代不相上下。這些全都存在。可是你若想找出這個國家的問題和世界紛爭的關鍵，那可不容易。歐洲共同市場是好事。那是我們一直需要，也一直渴望的。但它必須是個真正的共同市場。這點大家都必須有非常清楚的認識。歐洲必須聯合在一起，必須是個具有文明思想、文明信念和原則的文明國家共同體。它的首要之務是，如果出了問題，你得知道問題出在哪裡。在這方面，那條黃色大鯨魚還是很在行。」

「你是指羅賓森先生？」

「是的，我是指羅賓森先生。以前有人要授予爵位給他，可是他拒絕了。你該知道他的意思。」

「我想，」湯米說，「你的意思是：他代表了金錢。」

「沒錯。他不是物質主義者，可是他懂得錢的事。他知道錢從何處來、往何處去，也知道錢的流向、幕後主使是誰。他知道銀行和大型工商業集團背後有誰，也知道某些事情應該由誰負責。他知道毒品能賺大錢，知道毒販把毒品銷往世界各地。這是對金錢的崇拜；賺錢不只是為了買豪宅和幾輛勞斯萊斯，更是為了賺更多的錢以瓦解、根除舊信仰……誠實和公平交易的信仰。你不希望世上人人平等，只希望強者幫助弱者、富人救濟窮人，希望誠實善良的人得到尊敬和景仰。錢！現在無論什麼事都歸於一個錢字。錢做了什麼、流向何方、贊助了什麼、隱諱到什麼程度。有些你也認識的人，他們過去有權力又有腦袋，他們的權力和腦袋為他們帶來了財勢，然而他們有些活動是祕密的，我們必須把這些祕密挖出來，查出他們的祕密傳給了誰、由誰繼承、現在由何人掌控。『燕巢居』可以說是總部。以我的話來說，是邪惡的總部。後來在霍洛圭發生的又是另一回事。你還記得喬納森．凱恩嗎？」

「這個名字，」湯米說，「我一點印象也沒有。」

「據說這人曾經深受愛戴，後來卻以法西斯份子聞名。那時候我們還不知道希特勒之輩後來會做出什麼事。那時我們都以為，法西斯主義之類的主張是改革世界的美妙思想。喬納森．凱恩這傢伙有信徒，而且是很多信徒。年輕的、中年的，許許多多。他有計畫、有權勢，也知道很多人的祕密。他因為深諳內幕，所以握有權力；他做了許多勒索的事。我們很想知道他掌握什麼，也想知道他做了什麼，而且我認為雖然他已經死了，計畫和信徒卻很可能留存至今。過去被他網羅的年輕人說不定到今天依然贊成他的思維。世上永遠存有祕密，而且永遠有值錢的祕密。我現在告訴你的東西並不具體，因為連我自己都不知道具體事實。我的問題是，沒有人真正了解內情。我們常以為自己無所不知，因為我們經歷了這一切：戰爭、混亂、和平、新政體。我們以為自己無所不知，但真是如此嗎？我們了解細菌戰嗎？我們了解毒氣或汙染的手段嗎？化學家有祕密，海軍、空軍也是，沒有人沒有祕密。有些祕密不是發生在現在，而是在過去；有些正待發展卻沒有發展下去，因為沒有時間。可是它們被記錄下來，寫在文件上或委託給什麼人，而這些人又傳給他們的兒子、孫子，一些祕密或許就此流傳至今。這些祕密或以遺囑形式或以文件寄放在律師處，等待適當的時機公開。

「有些人不知道自己拿到了什麼，有些人乾脆把它當作垃圾丟了。可是我們必須盡力查明，因為世界無時無刻不在發生事故。不同的國家、不同的地方，戰爭、越南、游擊戰、約旦、以色列，甚至和戰火無關的國家，例如瑞典和瑞士，任何地方都有。既然這些事情存在，我們就得掌握線索。有人認為若干線索可以從過去尋得。問題是你不能回到過去。你不能跑到醫生那裡對他說：『請催眠我，讓我看看一九一四、一九一八年甚至更早，例如一八九〇年發生了什麼事。』當時有些事正在計畫當中，不過並未發展完全，只是構想而已。我們不妨想想遙遠的過去。中世紀的人已經想到飛行，他們已有構想。我相信，古埃及人也有不少構想，只是從未發展為事實。然而一旦這些構想流傳下來，傳到了一些擁有資源和才智而足以讓構想發展成真的人手中，那麼任何事都可能發生，不論好壞。近年來我們有種感覺，某些構想已經發明問世，例如細菌戰，而這些東西如果不是經過了祕密的發展階段，是很難解釋得通。這樣的發展階段看似不重要，其實不然；發明人只要做些修正，就會產生駭人的結果。這些東西可以改變人的性格，可以讓好人變成魔鬼，而且往往是為了同一個理由：錢。錢能買到很多東西，錢能讓你得到很多，錢可以擴張你的權力。說了這麼多，貝里福老弟，你的看法如何？」

「我認為這種事確實讓人想到就毛骨悚然。」湯米說。

「是的，確實如此。但你認為我說的是無稽之談嗎？你認為這只是老人的幻想嗎？」

「不，先生，」湯米說，「我認為你是個深明事理的人。你一直是個明理的人。」

「嗯，所以他們才需要我，對吧？雖然抱怨煙霧令他們窒息，還是要上門來。噢，你知道有段時間，當時法蘭克福集團正在鬧事，而我們終究阻止了那檔子事。我們之所以阻止得了，是因為我們查到了幕後主謀。這回可能有個大人物，說不定還不只一個；有好幾個大人物在幕後撐腰。或許我們能查出這些人是誰，而即使查不出來，至少也能知道事情的梗概。」

「原來如此，」湯米說，「我大概懂了。」

「是嗎？你不認為這些是無稽之談？非常天馬行空？」

「我認為世上沒有天馬行空到無法成真的事情，」湯米說，「至少這是我從不短的大半輩子中學到的。最令人吃驚的事會成真，最難以相信的事也可能是真的。不過我希望你了解，我的資歷不符。我沒有科學知識。我一向只做情報工作。」

「可是，」派克威上校說，「你和你的那一位，也就是你的另一半，你們總能查明事情真相。我告訴你，她的嗅覺靈得很。她既然喜歡發掘真相，你就帶她到處跑，到處調查。這些女人就是這樣，她們能探出祕密。如果你年輕貌美，可以像大利拉[9]一樣，而等到你人老珠黃……噢，我告訴你，我有個老嬸婆，沒有祕密逃得過她的鼻子，她永遠能查出事情真相。這裡頭還牽涉到金錢。這點羅賓森知道。他深知錢的一切。他知道金錢流向何處、為什麼流去那裡、去了何人之手、來自何方、做些什麼用，一切的一切。他對金錢無所不知，就像醫生把脈一樣，他能感受到錢的脈動。金錢的總部在哪裡、什麼人可以動用、為什麼動用、用於何途。我把這事交給你，是因為你正好是適當人選。你們成為適當人選是出於無意間，並不是因為別人所認為的理由。你們是一對普通夫妻，年紀大了，退休了，找到一棟好房子想安享晚年，在房子角落裡東翻西整，又對別人的談話深感興趣。總有一天，會有一句話透露出一些事實。我希望你做的就是這些。四處看看，挖出關於過去的各種傳奇或故事，無論是美好的過去或邪惡的過去。」

「有一樁和潛水艇計畫有關的海軍醜聞，到現在大家依然議論紛紛，」湯米說，「有幾個人常提到，不過好像沒人知道真相。」

「噢，這是個很好的起點。那樁醜聞發生的時候，喬納森．凱恩正好住在你們村子裡。他在海邊有間小屋，在那一帶進行宣傳活動。他有不少門徒，都認為他很了不起。喬納森．凱恩，Kane，不過我比較贊成另一種拼法：Cain（該隱），這樣更能顯出他的本性。他極力鼓吹毀滅和破壞手段。聽說他離開英國後，經過義大利去了不少遙遠的國家。我不知道這些有多少是謠傳。他去了俄國、冰島，也去了美洲大陸。他去了什麼地方、做了什麼、有誰同行、有誰聽從他，我們都不知道。不過我們認為他懂得一些事情，一些簡單的人情世故。他很受鄰居歡迎，請他們吃午餐，也受邀和他們共進午餐。我可要告訴你：你得小心。你可以探查祕密，但千萬要小心，你們兩個都是。好好照顧……她叫什麼來著？璞丹絲？」

「沒人叫她璞丹絲。大家都叫她陶品絲。」湯米說。

9 大利拉（Delilah），基督教聖經中參孫的情婦，後來參孫被她出賣。

「沒錯。好好照顧陶品絲，也告訴她要好好照顧你。注意你們的飲食和去處，留心跑來和你們親近的人和他們親近你們的原因，慢慢就會有情報顯現出來。看有沒有怪事發生。陳年舊事也可能意味著什麼。某人的子孫或親戚也可能認識過去的某些人。」

「我會盡力而為，」湯米說，「我們兩個都會。但我不認為我們能把事情辦好。我們太老了，所知又不多。」

「你們可以設想事情。」

「沒錯，陶品絲已經有了設想。她認為我們的房子裡可能隱藏了一些東西。」

「有可能。以前也有人抱持同樣的想法，只是至今還沒有人找到過任何東西，因為他們都不確定。不同的屋主，不同的家庭，一直換來換去；房子出售後，別的人家搬進來，接著又有別人搬進來，不停地換。萊斯泉奇家後住進去的是莫蒂摩家，再來是帕金森家。我們對帕金森家了解不多，只除了其中一個男孩。」

「亞歷山大．帕金森？」

「原來你知道他。你是怎麼知道的？」

「他在史蒂文森的一本書中留下了一句待人發現的訊息：『瑪麗．喬丹並非自然死亡。』我們發現了這個訊息。」

「每個人的命運都勒著自己的脖子……有這麼一句俗話，對吧？你們兩人再接再厲吧。要走過命運之門。」

20 命運之門

杜蘭斯先生的店開在通往村子的半途上。它坐落於一個街角，櫥窗裡擺著幾張照片：兩張結婚團體照、一張沒穿衣服的嬰兒在地毯上亂踢，還有一兩張是幾個蓄鬍的年輕人和女朋友的合影，沒有一張特別出色，有的甚至有明顯的歲月痕跡。店裡有很多明信片，生日卡分門別類地擺放在特別的架上：「給丈夫」、「給愛妻」，還有一兩組是祝賀新生兒的。除此之外，還有一些質地頗差的錢包、文具、帶花紋的信封等。小型便條紙放在盒子裡，外頭貼著「筆記用紙」的標籤，還飾有花紋。

陶品絲在店裡閒逛，隨手拿起各種商品東看西看。店主和一位顧客正在對某型照相機的攝影效果評頭論足、提供建言，她在等著討論結束。

負責應付一般顧客要求的是個頭髮灰白、兩眼黯淡無神的老婦，那個留著短髭、一頭淡黃長髮的年輕人似乎才是主管。他沿著櫃檯走來，詢問的目光投向陶品絲。

「有什麼我能效勞的嗎？」

「噢，」陶品絲說，「我想問你們這裡有沒有相簿。」

「啊，是貼照片的相簿嗎？呃，我們有幾本，不過如今這種東西不多了。我的意思是，這年頭很多人喜歡幻燈片。」

「是的，我知道，」陶品絲說，「不過我收集相簿，舊相簿，就像這種。」

陶品絲以魔術師般的手勢，拿出幾天前收到的相簿。

「啊，這是很久以前的東西了，是吧？」杜蘭斯先生說，「我敢說超過五十年了。當然，那時候這種東西很普遍，對吧？每個人都有一本相簿。」

「每個人也都有生日簿。」陶品絲說。

「生日簿……對，我想起來了。我記得我祖母就有一本生日簿，上頭寫了很多人的名字。我們店裡現在還有生日卡，不過賣得不太好。你知道，情人卡比較好賣，當然，還有聖誕卡。」

「我不知道你們有沒有舊相簿。你知道，就是那種有人不要了，不過對我這種收藏者來說是挺有意思的東西。我喜歡收集不同式樣的相簿。」

「如今每個人都在收集東西，真的，」杜蘭斯先生說，「連最不可置信的東西都有人收藏。不過，我們店裡好像沒有你要的那種古老相簿。話說回來，我可以找找看。」

杜蘭斯先生繞到櫃檯後，拉開靠牆的一個抽屜。

「這裡塞了很多東西，」他說，「有時候我也想整理整理，可是不知道會不會有人想買。裡頭有很多婚禮照片，但婚禮照片很容易過時。我的意思是，婚禮舉行的時候大家都想看，但沒人會回頭找以往的婚禮照片來看。」

「你是說，沒有人來到店裡說：『我的祖母是在這裡結婚的，不知道有沒有我祖母婚禮的照片？』」

「從來就沒碰過這種人，」杜蘭斯說，「但是誰也料不準。有時候有人就是會來找些奇怪的東西。例如有人到店裡來，問我們是否留有嬰兒照的底片。你知道，做母親的就是這樣，她們想要孩子小時候的照片，但都是些難看的照片。不時也會有警察跑到店裡來，想要確認某個孩提時代曾經住過這裡的某人的身分，想看看那人長得什麼模樣……或是以前長什麼樣，看看那人到底是不是因為謀殺或敲詐而正被通緝的嫌犯。這種事有時倒能解解悶。」杜蘭斯一面說，一面露出快樂的笑容。

「我看你好像對犯罪很有興趣。」陶品絲說。

「噢，這種事報上天天有，例如某個男人因為六個月前謀殺了妻子而被捕之類的，什麼事都有。很有趣，不是嗎？我的意思是，因為有人說那個妻子其實還活著，還有人說他把妻子埋在某處，至今還沒找到屍體，不一而足。這時候若有一張那人的照片或許會有用處。」

「沒錯。」陶品絲說。

她覺得雖然自己和杜蘭斯相談甚歡，不過毫無收穫。

「我想你該不會有瑪麗‧喬丹的照片吧……我想她是叫這個名字。那是很久以前了，大概是……呃，我想是六十年前。她是在這裡去世的。」

「噢，那是遠在我出生之前，」杜蘭斯先生說，「家父保存了很多照片。他是個所謂的『收藏家』，大家都這麼稱呼他。不管什麼東西都捨不得丟掉，而且只要是認識的人他都記得，尤其是有點來歷的人。瑪麗‧喬丹，我依稀記得她一些事情，好像和海軍有關，還有潛水艇，是不是？很多人說她是間諜，是吧？她有一半的外國血統……母親是俄國人還是德國人，也可能是日本人。」

「沒錯。我只想知道你有沒有她的照片。」

「噢，我想沒有。有空我再找找看，如果找到了，我會通知你。你大概是作家吧？」杜蘭斯滿懷期盼地說。

「呃，」陶品絲說，「只是業餘，不過目前我在構思一本小書。你知道，就是回顧一百年前迄今所發生的事，包括犯罪和冒險等新奇的事。當然，舊照片不但有趣，當插圖也很吸引人。」

「噢，我一定會盡力幫忙。很有意思，我是指你現在從事的工作。」

「以前有一家姓帕金森的，」陶品絲說，「我想他們曾經在我們現在的房子裡住過。」

「啊，你住在山坡上的房子裡，是吧？『月桂園』還是『加德滿都』？它最近的稱呼我不記得了。它一度被人稱為『燕巢居』，對吧？我想不通為什麼這麼叫它。」

「我想是因為屋簷下有許多燕子的窩巢吧，」陶品絲說，「到現在還有。」

「噢，大概吧。不過，房子取這種名字似乎挺奇怪。」

陶品絲覺得自己雖然沒有太多收穫，不過畢竟建立了令人滿意的交情，於是買了幾張明信片和一些有花紋的筆記本，這才和杜蘭斯先生告別。她回到住家，進入大鐵門，順著車道往屋內走去，突然中途改變心意，折往屋旁的小徑，想再去ＫＫ查看一番。她走近門邊，突然停下腳步，才又繼續往前走。ＫＫ門邊放著一堆類似衣服的東西。陶品絲心想，大概是上回她和湯米從馬蒂德肚子裡取出還來不及細看的東西。

她加快腳步，幾乎小跑起來。她奔到門邊，頓時止了步。那不是一堆舊衣服；衣服確實已經舊了，可是穿衣服的人也一樣老舊！陶品絲彎下腰，隨即又站起身，一手扶著門框穩住身子。

「伊薩克！」她說，「伊薩克，可憐的老伊薩克。我想……噢，我想他死了。」

她退後兩步大聲叫喊，有個人從屋子那頭沿著小徑走過來。

「噢，艾柏，艾柏，發生了可怕的事。伊薩克，老伊薩克，他倒在地上死了。我想……我想有人殺死了他。」

21 驗屍審訊

醫學檢驗報告呈交完畢，兩個離鐵門不遠的路人作了證，伊薩克的家人對死者的健康狀況也做了說明。任何有可能對他心懷怨恨的人（先前曾有一兩個青少年被他又罵又趕過）都被警方要求協助調查，也都紛紛表明自己的清白。他的幾個雇主也做了陳述，包括最後雇用他的璞丹絲．貝里福太太和她的丈夫湯瑪士．貝里福先生。所有供述和法律程序結束後，法醫做出了裁決：這是一起蓄意謀殺案，犯案者身分待查，可能一人也可能多人。

陶品絲步出審訊庭，湯米攬著她肩頭，兩人從等候在法庭外的一小群人中穿過去。

「你表現得很好，陶品絲，」湯米說。他們穿過花園側門，朝屋內走去。「真的很好，比其他人好多了。敘事清楚，聲音清晰可聞。我覺得法醫好像對你很滿意。」

「我不要任何人對我滿意，」陶品絲說，「我不喜歡老伊薩克被人用棍子敲擊頭部而慘死。」

「我想有人對他懷恨在心。」湯米說。
「為什麼？」陶品絲說。
「我不知道。」湯米說。
「我也不知道，」陶品絲說，「不過我懷疑和我們有關。」
「你的意思是……你是什麼意思，陶品絲？」
「你完全知道我的意思，」陶品絲說，「是因為這個地方，我們的房子，我們可愛的新屋，還有庭院等等，就好像……難道這地方不適合我們？我們本來以為它很適合我們。」陶品絲說。
「呃，我現在還是這麼認為。」湯米說。
「沒錯，」陶品絲說，「我想你比我樂觀。我有種不安的感覺，總覺得這一切有點不對勁。就好像過去的陰影還留存到現在。」
「別再說了。」湯米說。
「別再說什麼？」
「噢，就是那個名字。」
陶品絲放低嗓門往湯米靠過去，幾乎耳語般說道：「瑪麗·喬丹嗎？」
「唉，是的。我想的就是這個。」
「我也想到了。但我不懂那時候的事和現在有何關係？過去對現在怎麼會有影響呢？」

陶品絲說，「照理說，它和現在不應該有任何關係。」

「過去和現在不應該有任何關係，你的意思是這樣嗎？但它們就是有關係，」湯米說，「有關係，只是我們還想不通為什麼。我的意思是，你想不到這種事竟然可能發生。」

「你的意思是，很多事之所以發生，都是因為過去所致？」

「是的，就像一長串的鍊子。那種東西你也有，就是那種有間隔、串著珠子的東西。」

「珍．芬恩的案子。就像我們在樂於冒險的年輕時代所經歷的珍．芬恩事件。」

「我們確實冒過很多險，」湯米說，「有時候我回憶過往，真不知道那時候是怎麼活下來的。」

「還不止於此呢。我們兩個還合夥過，假裝是私家偵探。」

「噢，真好玩，」湯米說，「你記不記得……」

「不，」陶品絲說，「我不想記得。我並不熱中於回憶過去、思考過去，除非……除非它如你所說，是破案的線索！總而言之，那個事件讓我們有了練習機會，對吧？後來我們又接了一個案子。」

「啊，」湯米說，「班金索夫人，對吧？」

陶品絲大笑。

「沒錯，就是班金索夫人。我永遠忘不了我走進那個房間，看見你坐在那裡的模樣。」

「陶品絲，你膽子真夠大，竟然做出那種事來。你居然躲到衣櫥裡偷聽我和那個叫什麼名字的男人談話。後來……」

「後來就是班金索夫人事件，」陶品絲邊說邊笑著。「N或M，以及『母鵝，母鵝，公鵝』。」

「可是你該不會……」湯米遲疑片刻。「你該不會認為，那些案子全是這次事件的線索吧？」

「噢，多多少少是，」陶品絲說，「我的意思是，如果羅賓森先生腦海裡沒有那麼多的往事，他就不會對你說那些話。而我，也是那些往事之一。」

「你確實是他的往事記憶之一。」

「可是現在，」陶品絲說，「情況完全不同了。我的意思是，伊薩克死了，頭部被人搥擊而死，而且就在我們花園側門內。」

「你該不會認為這個關係到……」

「我忍不住要這麼認為，」陶品絲說，「我就是這個意思。我們不再只是調查某個祕密而已。我們不再只是查明過去的某個事件，查明當時為什麼有人死亡等等。可憐的伊薩克死了，現在這件事已經變成我們私人的問題，和我們個人關係重大。」

「他已經一大把年紀了，他的死也可能和年紀有關。」

「聽了今天早上的醫學檢驗報告後，我可不這麼認為。有人想殺死他。可是究竟為了什麼？」

「如果這件事和我們有關，那人為什麼不殺我們？」湯米說。

「噢，說不定他們也有這個打算。你知道，伊薩克可能告訴了我們一些事情，也可能正打算告訴我們。他甚至可能威脅某人，說他打算告訴我們他所知的關於那女孩或帕金森家某人的事，要不就是一九一四年大戰時期的那樁間諜活動、被出賣的祕密等。所以，那人就非殺他滅口不可。如果我們沒搬來、沒有到處問問題想查出真相，這件事就不會發生！」

「你別這麼激動。」

「我是很激動。從今以後，我不再是因為好玩而調查了。這一點也不好玩。湯米，我們現在做的事完全不同了。我們要找出凶手！那人是誰？當然我們還不知道，不過我們會找出來的。這不再是過去的事了，而是屬於現在。這件事才發生沒幾天，僅僅六天之前。這件事發生在此時、此地，不但和我們有關，也和這房子有關。所以，我們一定要查出來，而且一定會查出來。雖然還不曉得怎麼做，可是我們必須追查所有的線索，持續追蹤，像狗一樣用鼻子在地上嗅來嗅去，追蹤味道。我在這裡追查，而你就像獵犬，四處出獵。儘管去做調查吧，不管你怎麼稱呼它。一定有人知道內情，也許不是他們親身經歷過，而是聽別人說的，例如故事、謠言、八卦之類的。」

「可是，陶品絲，你該不會相信我們這樣的調查有望查出……」

「噢，我相信，」陶品絲說，「雖然我不知道怎麼做、用什麼方式做，可是我相信當你有了一個堅定、真實的信念，知道某些事是陰暗、罪過和邪惡的，打破老伊薩克的頭就是陰暗、罪過與邪惡的……」她沒再說下去。

「我們可以把這裡的名字再變更一次。」湯米說。

「你是什麼意思？不叫『月桂園』而改回『燕巢居』嗎？」

一群鳥從他們頭頂飛過。陶品絲轉頭看著花園的側門。

「以前這裡曾經叫作『燕巢居』。她引用的另一句是什麼？我是指你那位調查員引用的那句詩，是死亡之門嗎？」

「不，是命運之門。」

「命運。就像是對伊薩克事件的感慨。命運之門……我們的花園側門……」

「不要這麼擔心，陶品絲。」

「我不知道為什麼，」陶品絲說，「這想法突然從我的腦海裡冒出來。」

湯米迷惑地望著陶品絲，搖搖頭。

「『燕巢居』是個好名字，真的，」陶品絲說，「說不定過去曾經是個好名字，也可能日後成為一個好名字。」

「你的想法真是奇怪極了，陶品絲。」

「還有鳥鳴般的聲音。那段話就是這麼結尾的。或許，所有這一切都會那麼結束。」

湯米和陶品絲走到房前，看見一個女人站在門階上。

「不知道那人是誰。」湯米說。

「我以前見過她，」陶品絲說，「一時想不起來了。噢，我想是老伊薩克家的人。你知道，他們都住在同一個小屋裡，大概有三、四個男孩和這個女人，還有個女孩。當然，我也許會記錯。」

站在門階上的女人轉身向他們走來。

「是貝里福太太嗎？」她望著陶品絲說道。

「是的。」陶品絲說。

「呃，我想你大概不認識我。我是伊薩克的媳婦，我先生是他的兒子史提芬。史提芬……因為一場意外去世。被卡車壓死了，路過的大卡車，是在國道上發生的，我想是國道一號。國道一號，要不就是國道五號。不對，國道五號是更早以前，大概是國道四號。總之，事情就是這樣。是五、六年前的事了。我想……我想和你說幾句話。你和……你和你的先生……」她望著湯米。「你們在葬禮上送了鮮花，對吧？你們雇用伊薩克在這裡的庭院工作，是吧？」

「是的，」陶品絲說，「他確實是在這裡為我們工作。發生這種事真遺憾。」

「我是來道謝的。花非常美，又好又高級，好大一束。」

「我們是誠心誠意送的，」陶品絲說，「因為伊薩克幫了我們很多忙。我們剛搬來的時候，他就很幫忙。我們還摸不清這棟房子，他就指點我們很多，例如什麼東西放在哪裡等等。他還告訴我很多種花種菜方面的知識。」

「是的，他是對自己的工作很在行。他不大能工作了，因為實在是上了年紀，不能彎腰。他腰痛得厲害，就算想工作也力不從心。」

「他人好又熱心，」陶品絲深表肯定。「而且他知道村裡很多事、很多人，還告訴我們不少事。」

「啊，他確實知道很多。你知道，他家的人很早就出外工作，大家都住在這一帶，知道不少過去的事，雖然不見得是親身經歷，不過多少都聽過別人說東說西。啊，太太，我不打擾你了。我只是來說一聲，我們非常感激你們。」

「你太客氣了，」陶品絲說，「很謝謝你。」

「我想，你還得找人做庭院工作吧？」

「我想是的，」陶品絲說，「我們自己不大在行。你，呃，也許你……」她猶豫了，覺得自己是在不適當的時刻說不該說的話。「也許你認識什麼人願意來替我們做事？」

「噢，我一時想不到適合的人，不過我會留意的。這種事很難說。我先叫亨利來，你知道，他是我家老二；我會先叫他來幫忙，等找到合適的人再告訴你。那麼，再見了。」

「伊薩克叫什麼名字？我忘了，」他們踏入屋內，湯米說，「我的意思是他姓什麼。」

「噢，他叫伊薩克．波立科。」

「這麼說，剛才那位是波立科太太？」

「是的。我想她有好幾個兒子和一個女兒，全都住在一起。你知道，就住在馬什頓路半途的那個小屋。你覺得她知不知道是誰殺了伊薩克？」陶品絲說。

「我想她不知道，」湯米說，「她看來不像知道的樣子。」

「我不知道你是怎麼看的，」陶品絲說，「這種事很難說，對吧？」

「我想她只是來謝謝你的花。她的樣子不像是……你知道，想要報復。我想如果她心有恨意，她會說出來的。」

「或許吧。也或許不會。」陶品絲說。

她一面深思，一面踏進屋內。

22 對祖父的回憶

第二天早上，陶品絲正在向水電工解釋她希望重修的不滿意之處，談話被打斷了。

「門口來了個男孩，」艾柏說，「說有話要跟您說，夫人。」

「噢，他叫什麼名字？」

「我沒問。他正等在外頭。」

陶品絲抓起庭院工作帽，隨意往頭上一戴就往樓下走。

門外站著一個十二、三歲的男孩，神情甚是緊張，雙腳不安地動來動去。

「我現在來可以嗎？」他說。

「讓我想想，」陶品絲說，「你是亨利．波立科，對吧？」

「是的，那是我的……噢，我想我該叫他祖父才對。我是指昨天舉行死因調查庭的那件事。以前我沒參加過死因調查庭，從來沒有。」

亨利的表情彷彿那是個喜慶場面似的。陶品絲差點脫口而出：「你覺得有趣嗎？」幸好話到嘴邊沒說出來。

「真是一場悲劇，」陶品絲說，「真可悲。」

「噢，他很老了，」亨利說，「我想他也活不了多久。一到秋天，他就咳得很厲害，吵得大家都睡不著覺。我只是來問問，這裡是不是有什麼工作要做。我知道——其實是我媽說的——現在正是替萵苣疏苗的時候，我想也許你願意讓我做這個。我知道地方，因為伊薩克爺爺工作的時候，我曾經來玩過。你要是願意，我現在就去。」

「啊，那太好了，」陶品絲說，「你到外頭來指給我看吧。」

兩人穿過庭院，朝目的地走去。

「就在這裡。你看，現在種得太密了，你必須把苗分開一點，等到有了適當的空隙再移回來。」

「我對萵苣一無所知，」陶品絲承認。「花我倒是懂一點。至於豌豆、球芽甘藍、萵苣這些蔬菜，我實在不行。我想你該不會想找個菜園工作做吧？」

「噢，不會，我還在上學。我只送報紙，或是夏天摘點果子之類的。」

「原來如此，」陶品絲說，「你如果知道合適的人，通知我一聲，我會很高興。」

「好的，我會告訴你。再見了，太太。」

「你做給我看看，我很想知道你是怎麼處理這些萵苣的。」

陶品絲站在一旁，看著亨利．波立科巧妙的手法。

「這樣就行了。這種萵苣很不錯，叫作『韋伯的奇蹟』吧？這可以吃很久。」

「『湯姆的大拇指』已經吃完了。」陶品絲說。

「沒錯，就是那種早生的小品種，對吧？非常脆，味道很好。」

「噢，非常謝謝你。」

陶品絲轉身向房子走去，發現圍巾掉了，隨即又折回去。亨利．波立科正要回家，這時停下腳步，向陶品絲走來。

「我來找圍巾，」陶品絲說，「到底……噢，掛在那棵小樹上了。」

亨利把圍巾遞給她，接著站在那裡望著陶品絲，兩隻腳不斷地來回磨蹭，一副憂心忡忡、心神不寧的模樣。陶品絲覺得奇怪，他是怎麼回事？

「你有什麼事嗎？」她問。

亨利磨蹭著雙腳，不知所措地望她一眼後又開始磨蹭，然後手又捏鼻子又摸耳朵的，雙腳則像踏步般動個不停。

「有件事我……我是想，不知道你……如果你不介意，我想問問……」

「噢，問什麼呢？」陶品絲停下腳步，詢問的眼光望著他。

亨利滿臉通紅，雙腳依然來回磨蹭著。

「我並不喜歡……我並不想問，可是我想知道……大家都說，他們都在傳……我聽大家說……」

「是嗎？」陶品絲說，心想亨利不知道為什麼如此戰戰兢兢？難道他對「月桂園」的新住戶貝里福夫婦聽到了什麼？「你聽到什麼了呢？」

「聽說……太太，聽說你在上回大戰時抓過間諜。你，還有你先生。你們調查案件，發現了一個假冒身分的德國間諜。你發現了他，經過各種冒險，終於把事情查得水落石出。你……我不知道該怎麼稱呼，我想你就是我國所謂的祕密情報員吧。你的工作是情報，大家都說你做得很棒。當然，那是很久以前的事了，但你在某個事件中很活躍……和童謠有關。」

「沒錯，」陶品絲說，「你說的是『母鵝，母鵝，公鵝』。」

「母鵝，母鵝，公鵝！我記得。噢，好久以前了。『上哪兒閒逛？』」

「對，對，『樓上，樓下，到我的閨房。母鵝，母鵝，公鵝。找到一個不禱告的老人，於是抓住他左腿，把他推下樓。』我想應該是這樣。不過我說的也可能是不同的童謠。」

「老天！」亨利說，「我的意思是，你和一般人一樣住在這個村子裡，太棒了。可是，我不知道童謠怎麼會和案件扯上關係。」

「噢，那裡頭藏著某種代號，一種暗碼。」

「你的意思是必須轉譯出來才有意義的那種東西？」亨利問。

「類似如此，」陶品絲說，「不管怎麼說，一切都水落石出了。」

「噢，真的好棒，」亨利說，「你介意我告訴朋友嗎？我最好的朋友克拉倫。很奇怪的名字，我們常常為此笑他。不過他人很好，如果他知道村裡住著一個像你這樣的人，不知道有多興奮呢。」

他望著陶品絲，仰慕的眼神令人想起一隻忠心耿耿的長耳狗。

「太棒了！」他又說了一次。

「噢，那是很久以前的事了，」陶品絲說，「是在五〇年代。」

「你當時覺得有趣，還是很害怕？」

「兩者都有，」陶品絲說，「不過，大體來說是害怕。」

「噢，你也會害怕？我想也是。不過說也奇怪，你到這裡來又捲入了同樣的事。是那位海軍軍官吧？我的意思是，他雖然自稱英國海軍上校，其實他不是。他是個德國人。至少克拉倫是這麼說的。」

「情形大抵如此。」陶品絲說。

「所以你才會到這裡來？你知道，這裡以前也出過事，呃，是很久很久以前了，情形和你說的一樣。那人是個潛水艇軍官，出賣了潛水艇設計圖。不過，這我也只是聽說。」

「我明白了，」陶品絲說，「不是，我們搬來這裡，完全因為這是一棟適於居住的好房子，並不是為了那件事。我也聽說過這些傳言，只是不知道究竟真相如何。」

「噢，哪天我再告訴你。當然，我不知道這是不是真的，不過大家知道的也不見得就是真的。」

「你的朋友克拉倫怎麼會知道這麼多?」

「噢，他是從米克那裡聽來的。米克做鐵匠的時候，在這裡住過一陣子。他已經去世很久了，不過他從很多人那裡聽過不少故事。伊薩克爺爺也知道很多，有時候他也會告訴我們。」

「所以他對這件事確實知道很多?」

「是的。所以我才會想，他那天被人用棍子打死可能就是這個原因。他知道得太多了，而且說不定都一五一十地告訴了你，所以才會被人殺害。這年頭常有這種事，你知道;假如你對某件事知道得太多，那些人因為擔心警方追查，就會把你殺掉。」

「你認為你爺爺伊薩克……你認為他知道很多?」

「呃，我想都是聽人家說的。他到哪裡都會聽到一些事情，而雖然不常說給我們聽，偶爾也會講講，例如傍晚時分抽了一管菸，或是聽到我、克拉倫和另一個朋友湯姆·吉林漢在旁邊聊天之後。湯姆也喜歡探東探西，伊薩克爺爺就會說故事給我們聽，一樁接一樁。當然，我們不知道那是爺爺編的還是真的，但我想他是發現了一些東西，也知道那些東西在什麼地方。爺爺說，要是有人知道東西放在什麼地方，說不定會很有意思。」

「他真的這麼說?」陶品絲說，「我想，這對我們來說也很有意思。你得好好想想他說過什麼話、提過什麼事，因為那些話可能是查出凶手的線索。他是遭人殺害的，並非意外死亡，對吧?」

「一開始我們都以為那是意外，因為爺爺心臟不好，常常昏倒，有時也會暈眩發作。但後來我參加了死因調查庭訊，才覺得他似乎是被人刻意殺害的。」

「是的，」陶品絲說，「我想他是被人刻意殺害的。」

「可是你不知道為什麼？」亨利說。

陶品絲凝視著亨利。她覺得此時此刻自己和亨利就像兩隻追蹤同一氣味的警犬。

「我想那是有計畫的犯罪。你是他的親人，一定很想知道是誰做出如此殘忍邪惡的事，而我也想知道。亨利，你也許知道什麼，或是心裡已經有點譜。」

「我其實心裡沒有譜，」亨利說，「我只是聽說過一些事情。我知道伊薩克爺爺三不五時提起的一些人，他為了某些原因常提到他們，他說那是因為他知道太多他們的事，也知道他們所知的真相。不過，爺爺提到的人都是死了很久的，所以我實在想不起來，細節也記不完全。」

「噢，你一定要幫助我們，亨利！」

「你的意思是要我和你一起調查？我是說，你會讓我做點偵探工作？」

「是的，」陶品絲說，「只要你守口如瓶，不把你發現的事告訴別人就好。我的意思是只對我說，連朋友都不能說，否則事情就會傳開來。」

「我懂了。否則凶手聽到了，會對你和貝里福先生不利，對吧？」

「也許，」陶品絲說，「但願不會。」

「不過那很有可能，」亨利說，「這樣好了，如果我知道或聽到什麼，我就到這裡來，假裝要打零工，怎麼樣？這樣我就可以把我知道的事告訴你，別人不會聽到。我現在什麼都不知道，可是我有朋友。」亨利突然一本正經起來，擺出一副顯然是從電視上學來的表情。「我知道內情。那些人不知道，而我知道。他們以為我沒聽過，以為我不會記得。但有時候我就是知道……你知道，有人會說一些事情，會說還有誰知道，會……噢，反正你只要默不吭聲就能聽到很多東西。我想這件事非常重要吧？」

「是的，」陶品絲說，「我想很重要。我們一定要非常小心，亨利，你懂嗎？」

「我懂。我當然會小心，盡可能小心。伊薩克爺爺知道這地方很多事情。真的。」

「你是說這棟房子還是這個庭院？」

「這棟房子。你知道，他聽過一些傳聞。看見什麼人去了哪裡、做了什麼、在什麼地方和什麼人見面、把東西藏在什麼地方之類。有時候他會告訴我們這些事。當然，我媽總是左耳進右耳出，她認為那種話很荒唐。我哥強尼也認為無聊，不喜歡聽。但我就會聽，而克拉倫對這種事也很感興趣。你知道，他喜歡這類電影。他還對我說過：『老天，簡直像電影一樣。』然後我們兩個就會談論個沒完。」

「你聽過有人談起瑪麗．喬丹的事嗎？」

「噢，當然聽過。是個德國女孩，而且是個間諜，對吧？她從海軍軍官那裡取得海軍的祕密，對吧？」

「大致是這樣。」陶品絲說。她覺得這樣解釋比較安全，雖然內心在向瑪麗・喬丹的靈魂致歉。

「我想她應該長得很漂亮，是不是？很美吧？」

「啊，這我可不知道，」陶品絲說，「因為她死的時候，我才三歲大。」

「說得也是。噢，我倒是常聽人說起她的事。」

§

「陶品絲，你好像非常興奮，上氣不接下氣的。」湯米看到身著工作服的妻子從側門微喘著氣走進來，不禁說道。

「沒錯，」陶品絲說，「我是有點興奮。」

「你該不是在庭院工作過度了吧？」

「不是。其實我什麼也沒做，我只是站在萵苣旁邊說話，或者只是聽人家說話……隨你怎麼說都行。」

「你在和誰說話？」

「一個男孩，」陶品絲說，「一個男孩。」

「來幫忙做庭院工作的？」

「不是，」陶品絲說，「當然，如果是這樣也很好，不過不是。事實上，他是來表達他的仰慕之情。」

「對我們的庭院？」

「不，」陶品絲說，「對我。」

「對你？」

「別一副大驚小怪的樣子，」陶品絲說，「還有，口氣也不要那麼驚訝。不過，我承認這些美妙的時刻往往來得大出人意料之外。」

「噢，他仰慕你什麼呢？你的美麗還是你整個庭院？」

「我的過去。」陶品絲說。

「你的過去！」

「是的。他知道我就是上回大戰時揪出一個德國間諜真面目的女人，感到興奮極了。就是那個自稱退伍的假的海軍上校，其實他什麼也不是。」

「老天，又是一個『N或M』事件。唉，難道我們就不能忘了那件事嗎？」

「噢，我可不想忘記，」陶品絲說，「我的意思是，我們為什麼要忘記？如果我們是過去紅極一時的男女巨星，我們應該高興大家還記得我們。」

「我明白你的意思。」湯米說。

「再說，我認為我們的過去對我們的調查可能很有用。」

「那個男孩幾歲？」

「十或十二歲吧。看起來只有十歲，不過我想是十二歲。他還有個叫克拉倫的朋友。」

「這和我們的調查有什麼關係？」

「目前毫無關係，」陶品絲說，「不過他和克拉倫是同一國的，我相信他們都會樂意和我們合作調查，或是告訴我們一些事情。」

「十歲、十二歲的孩子能夠告訴我們什麼？他們會記得我們想知道的事嗎？」湯米說，「他說了什麼沒有？」

「他的句子多半很短，」陶品絲說，「話中常夾雜著：『噢，你知道』、『你知道，就是這樣』，或是『對，所以，你知道』。總而言之，幾乎什麼話都有句『你知道』。」

「可是其實你都不知道。」

「噢，那些『你知道』只是用來解釋他聽來的事。」

「從哪裡聽來的？」

「噢，其實不是第一手情報，也不能說是第二手。我想很可能是第三手、第四手、第五手，甚至第六手。有些是克拉倫聽來的，有些是克拉倫的朋友亞傑農聽來的，而亞傑農又是從吉米那裡聽來的……」

「別說了，」湯米說，「夠了。他們聽到了什麼？」

「這個問題比較難答，」陶品絲說，「不過我想我會想通的。這些孩子聽到別人提到一些地方和故事，所以心頭癢癢的，很想參與這種樂趣無窮的工作。他們還認為我們搬到這裡來，顯然就是為了這件事。」

「什麼事？」

「發掘重要情報。發掘一個眾所周知藏在這裡的東西。」

「啊，」湯米說，「藏在這裡的東西。但它藏在哪裡？什麼時候藏的？又是怎麼藏的？」

「關於這三個問號，有很多不同的說法，」陶品絲說，「不過，你該承認這件事夠刺激吧，湯米？」

湯米一面若有所思，一面應了一聲：「或許吧。」

「這件事和老伊薩克很有關係，」陶品絲說，「伊薩克一定知道很多內幕。他原本可以告訴我們的。」

「你認為，克拉倫和……那孩子叫什麼來著？」

「我等一下就會想起來，」陶品絲說，「那孩子提到好多名字，我也搞不清楚。有亞傑農這種尊貴的名字，也有吉米、強尼和邁克這種平常的名字——查克！」陶品絲驀然想起。

「查什麼？」湯米問。

「不，我不是這意思，我想起他的名字了。那孩子叫查克。」

「好怪的名字。」

「他的真名是亨利，不過我想他的朋友都叫他查克。」

「叫人聯想起〈鼬鼠卡喳跳出來〉這首兒歌。」

「你是指〈鼬鼠撲通跳出來〉吧。」

「噢，我想你說得對。不過〈鼬鼠卡喳跳出來〉聽起來也差不多。」

「湯米，我想說的是，我們必須堅持下去，尤其是現在。你也有同感吧？」

「對。」湯米說。

「噢，我就想你會有同感，就算你什麼都沒說。我們必須堅持查下去，我告訴你為什麼。主要是因為伊薩克。有人殺了伊薩克，因為他知道一些事情，知道一些對某些人構成威脅的事。所以，我們必須找出什麼人會受到威脅。」

「你不認為伊薩克的事……呃，很常見嗎？你知道，就是流氓之類的勾當。不是有人到處閒晃，不管對象是誰見人就殺嗎？不過他們比較常找那些年紀大、無力抵抗的人下手。」

「沒錯，」陶品絲說，「這我也想到過。可是，我不認為這件事是這樣。我認為一定有什麼東西藏在這裡……我不知道用『藏』這個字是否正確，但這房子一定有什麼蹊蹺。那東西會讓過去發生的事曝光，而且是某人將它留在這裡、放在這裡或是交給別人收藏在這裡。受託的人後來死了，或是把那東西放在某處。有人不希望這些東西被發現。後來伊薩克知道了，他們一定是怕伊薩克告訴我們，因為我們的身分已經傳揚開來。你知道，傳言說我們是有名的反間諜專家。我們在這方面是響噹噹的人物。就某方面而言，這件事和瑪麗．喬丹和其他許多事都脫離不了關係。」

「而瑪麗・喬丹並非自然死亡。」湯米說。

「沒錯，」陶品絲說，「老伊薩克也被殺了。我們必須查出凶手是誰，為什麼要下這個毒手。要不然……」

「你必須小心，」湯米說，「你得小心照顧你自己，陶品絲。要是有人怕伊薩克把他聽來的往事告訴我們而殺了他，這人也會在某個夜晚埋伏在黑暗的角落裡，毫不猶豫地對你下同樣的毒手。他們不會有半點顧忌。他們認為大家只會說：『啊，又發生這種事了！』而不再追究。」

「常有老婦頭部遭擊致死，」陶品絲說，「對，沒錯，確實如此。這是頭髮花白、腿因為關節炎而不良於行的不幸後果。當然，對任何人而言，我都是一個很好的目標。我會照顧自己。你認為我應該隨身帶把槍嗎？」

「不行，」湯米說，「絕對不行。」

「為什麼？你認為我會打錯人？」

「呃，你可能會絆到樹根。你自己也知道，你常跌倒。而且，說不定你用手槍自衛的時候反而射傷自己。」

「你該不會真以為我這麼笨吧？」陶品絲說。

「沒錯，」湯米說，「我真的認為你有本事做出這種事來。」

「那我帶一把自動彈簧刀。」陶品絲說。

「要是我，就什麼也不帶，」湯米說，「我會若無其事地到處走動，談論種花種菜的事。也許我會說我們不滿意這棟房子，打算搬到別的地方去。我建議你這麼說。」

「向誰說呢？」

「啊，誰都可以。這種話一定會傳開的。」

「什麼事都會傳開，」陶品絲說，「這地方真是萬事傳千里。你也準備到處這麼說嗎，湯米？」

「呃，原則上會。我會說，我們當初以為我們會喜歡這棟房子，事實上卻不然。」

「不過你也希望繼續調查吧？」

「是的，」湯米說，「我已深陷泥淖、欲罷不能了。」

「你有沒有想過該如何著手？」

「繼續做我們現在做的事。你呢，陶品絲？有沒有什麼計畫？」

「還沒有，」陶品絲說，「不過我已經有了一些構想。我可以從那些孩子口中套出更多來……我剛提到的孩子叫什麼名字？」

「第一個是亨利，然後是克拉倫。」

23 青少年小分隊

送湯米動身去倫敦後，陶品絲無所事事地在屋裡走來走去，試著想出或許會有所收穫的行動。可是，今天早上她的腦袋似乎很難想出好點子。

她心中只隱約覺得自己該返回原點，於是步入樓上的書屋，茫然地在書架前走來走去，一面望著書名。童書，這麼多的童書，但除此之外真的什麼都沒有嗎？她對這些書已經竭盡全力了。她相信自己已把房裡的書都看遍了，亞歷山大．帕金森並未透露更多的祕密。

她就這麼站著，一面蹙著眉頭，一面以手指梳理著頭髮，還對著最底層書架上那些封面就快脫落的神學書踢了一腳。這時艾柏走進來。

「夫人，樓下有人要見您。」

「你說有人是什麼意思？」陶品絲說，「是我認識的人？」

「我不知道。我想您應該不認識。大都是男孩，外加一兩個女孩。他們都背著背包，可能是來募捐的。」

「他們沒說他們的姓名或身分？」

「噢，有一個說了。他說他叫克拉倫，您應該知道他。」

「噢，」陶品絲說，「克拉倫……」她沉吟片刻。

這算是昨天的收穫嗎？不管怎麼說，繼續耕耘不會有壞處。

「另一個男孩也來了？就是昨天和我在庭院裡說話的那個？」

「我不知道。他們看起來都很像，髒兮兮的，您知道的。」

「好吧。我去看看。」

走到一樓，陶品絲轉身望著艾柏，眼神充滿詢問。

艾柏說：「啊，我沒讓他們進屋來，以防萬一。這年頭誰知道會丟掉什麼東西。他們在外頭庭院裡。他們要我告訴您，他們等在金礦旁邊。」

「在什麼旁邊？」

「金礦。」

「噢。」陶品絲說。

「那是哪裡？」

陶品絲用手一指。

「經過玫瑰園，從種大麗菊的小徑往右走就是了。我想我知道那地方。那裡積了水。我不知道是不是因為有小溪或溝渠，還是以前放養金魚的池塘。總之，把我的膠鞋拿來吧。我最好也把雨衣帶著，以免被推入水中。」

「如果是我，我就乾脆穿上再去。夫人，好像就要下雨了。」

「老天，」陶品絲說，「下雨，下雨，總是下雨。」

陶品絲走到屋外，快步走向那群正等著她的人。那些人似乎為數甚多，大概有十到十二個，年齡大小不一，多半是男孩，還有兩個長髮女孩，個個顯得興奮莫名。陶品絲愈走愈近，只聽得其中一個孩子尖聲說道：「她來了！她來了。誰來和她說話？喬治，你說好了，你比較會說話，你老是說個不停。」

「這次你別說，我來說。」克拉倫說。

「得了吧，克拉倫。你的聲音太小，一說話就咳嗽。」

「喂，聽好，這是我的點子，是我……」

「各位早，」陶品絲打岔道，「你們有事找我嗎？什麼事呢？」

「我們有事要告訴你，」克拉倫說，「是情報，你在收集情報，對吧？」

「那要看什麼樣的情報，」陶品絲說，「哪種情報？」

「噢，不是和現在有關的情報；是很早很早以前的。」

「是歷史情報，」一個女孩說，她看來像是這個團體的智囊人物。「如果你在調查過去，你會很感興趣。」

「原來如此，」陶品絲說，其實心裡並不明白。「這裡是什麼地方？」

「是一座金礦場。」

「噢，裡頭有金子嗎？」

陶品絲舉目四望。

「其實是個金魚池，」一個男孩說，「以前養著金魚，是多尾的特殊品種，來自日本。噢，真的很漂亮。那時候福瑞斯特老太太住在這裡。距離現在……呃，有十年了。」

「有二十四年了。」一個女孩說。

「已經六十年了，」一個細小的聲音說，「絕對是六十年前。那時候有很多金魚，好多好多。聽說都很珍貴，常常死掉。有時候它們會互相吃來吃去，要不就是肚子朝天，漂在水面上。」

「噢，」陶品絲說，「你們是要告訴我金魚的事嗎？現在一條也沒有了。」

「不，不是的，我們要告訴你的是情報。」聰明女孩說。

大家開始七嘴八舌，陶品絲手一揮。

「大家不能一齊開口，」陶品絲說，「一個一個說吧。這是怎麼回事？」

「以前有樣東西藏這裡，你可能就是來追查那東西藏在什麼地方。那東西聽說很重要。」

「你們是怎麼知道的？」陶品絲說。

大家又同聲回答。要一次聽這麼多人說話並不容易。

「是珍妮說的。」

「是珍妮的叔叔班恩說的。」另一個聲音說。

「不，才不是，是哈瑞說的。對，是哈瑞。哈瑞的表弟湯姆……比哈瑞小得多。湯姆從他奶奶那裡聽來的，他奶奶又是從喬希那裡聽來的。噢，我不知道喬希是誰。我想應該是他奶奶的丈夫吧。噢，不是丈夫，是她的叔叔。」

「老天。」陶品絲說。

她望著這群比手畫腳的孩子，終於做出抉擇。

「克拉倫，」她說，「你是克拉倫吧？你的朋友對我提過你。你知道什麼呢？這是怎麼回事？」

「呃，如果你要查東西，最好到PPC去。」

「到哪裡去？」

「PPC。」

「PPC是什麼？」

「你不知道嗎？沒人告訴過你？PPC是『退休人士皇宮俱樂部』。」

「老天，」陶品絲說，「聽起來好高貴。」

「其實一點也不高貴，」一個年約九歲的男孩說，「一點也不。只是一群領養老金的老人聚在一起聊天罷了。都是胡扯，不過有些人會說自己知道的事，你知道，就是上回大戰或是後來的事。噢，他們什麼事都說。」

「ＰＰＣ在什麼地方？」陶品絲問。

「在村子邊，到莫頓十字路口的中途。靠養老金過活的人都有入場券，可以進去玩賓果和各式各樣的活動，很好玩的。裡頭有些人很老很老了，有的眼睛看不見，有的耳朵聽不見，什麼樣的人都有。可是，他們都……呃，他們都喜歡聚在一起。」

「噢，我很想去看看，」陶品絲說，「我當然要去。那裡有一定的開放時間嗎？」

「噢，什麼時候都可以去，隨你喜歡。不過最好下午去。沒錯，那時候他們最喜歡客人來。如果下午有朋友來，茶點時間就會吃到特別的東西。有時候是加糖的餅乾，有時候是油炸脆餅之類的。你說什麼，弗雷德？」

弗雷德跨前一步，略嫌誇張地向陶品絲鞠了個躬。

「我非常樂意陪同您前往，」他說，「今天下午三點半如何？」

「喂，別裝模作樣，」克拉倫說，「你少裝腔作勢了。」

「我非常樂意，」陶品絲說。她望著水面。「這裡沒有金魚了，真令人遺憾。」

「你真該看看有五條尾巴的金魚，漂亮極了。曾經有一隻狗掉了進去，是法格特太太的狗。」

有人提出異議。

「才不是，是別人的狗。是福利奧，不是法格特……」

「是福利葉特，而且拼法只有一個『f』，沒有大寫。」

「噢，你少笨了，完全是不同的人。是那個法國小姐，拼法裡有兩個小寫『f』。」

「那隻狗有沒有淹死？」陶品絲問。

「沒有，牠沒淹死。母狗瘋也似地飛奔過去，猛扯法國小姐的衣服。伊莎貝爾小姐當時正在果園摘蘋果，母狗去扯她的衣服。伊莎貝爾小姐就跟過去，看到小狗快淹死了，就跳進水塘把牠救出來。她渾身都溼透了，衣服也不能再穿了。」

「老天，」陶品絲說，「這裡好像發生過不少事情。好，我今天下午就去。可不可以請你們找兩、三個人來接我，帶我到『退休人士皇宮俱樂部』去？」

「三個人？哪三個？誰去？」

立刻一陣騷動。

「我去……不，我不行……嘿，貝蒂去……不行，貝蒂不能去。貝蒂最近才去過。我是說她那天才去過電影晚會，不能這次又找她去。」

「好了，你們自己決定吧，」陶品絲說，「三點半到這裡來就好。」

「希望你會覺得有趣。」克拉倫說。

「是歷史性的趣味。」聰明女孩以肯定的語氣說道。

「別說了，珍妮特！」克拉倫說。他轉身面對陶品絲。「珍妮特老是這樣。她上文法學校，所以喜歡炫耀，你知道吧。她說普通中學不夠好，她父母就大費周章地把她送進文法學校去。這就是為什麼她老是這個樣。」

§

吃過午飯，陶品絲暗忖，早上發生的事會不會真有續集。下午真的會有人接她到ＰＰＣ去嗎？ＰＰＣ是真的存在，還是那些孩子編造出來的一個名字？無論如何，也許會很有趣。陶品絲一邊思索，一邊靜坐等待。

代表團準時到達。三點半整，門鈴響了。陶品絲從壁爐旁的座椅站起來，戴上帽子……是一頂橡膠帽，因為她認為可能會下雨。艾柏出現了，陪她走到前門口。

「我不能讓您隨便跟什麼人一起出門。」艾柏附在她耳旁輕聲說道。

「艾柏，」陶品絲也輕聲回他。「這裡真有ＰＰＣ這種地方嗎？」

「我想和名片之類的東西有關，」艾柏說。他一向喜歡表現自己對社會習俗無所不知。「你知道，就是告別或初見面之際交給對方的東西。」

「我想是和退休人士有關。」

「啊，對。是有那麼個地方，沒錯，兩三年前才建成的。只要經過牧師家再向右彎，就看到了。挺醜的建築，不過對老人來說是個很不錯的聚會場所。那裡有各種遊戲和活動，很多婦女都去幫忙；開演奏會，還有……噢，很像是婦女會，但那裡只是專供老年人使用的場地。他們都是很老的人，而且多半都耳聾。」

「沒錯，」陶品絲說，「沒錯。聽起來就是這樣。」

前門一開，珍妮特因為最聰明站在最前面，後面是克拉倫，再後面是個高大的斜眼男孩，名字好像叫伯特。

「午安，貝里福太太，」珍妮特說，「大家都非常歡迎你去。你最好帶把傘，天氣預報說今天天氣不太好。」

「我正好有事要到那邊去，」艾柏說，「所以我陪你們走一段路。」

陶品絲心想，有艾柏跟著確實令人放心多了。這固然很好，不過珍妮特、伯特或克拉倫對她好像不至於構成危險。到PPC大約是二十分鐘的路程，到了那棟紅色建築前，他們穿過大鐵門，朝大門走去。一個年約七十的壯碩女人出來迎接。

「啊，我們有客人來。真高興你們能來，真令人開心，」她輕拍陶品絲的肩頭。「噢，珍妮特，非常謝謝你。啊，請進。你們小孩子不用等了，現在就可以回去。」

「呃，我想這兩個男孩如果沒聽到你們的談話，一定會非常失望。」珍妮特說。

「噢，今天這裡人不多，對貝里福太太來說或許更好。人不多就不會太緊張。珍妮特，你能不能到廚房去告訴莫莉，說現在可以端茶出來了。」

陶品絲其實不是為了喝茶而來，可是她說不出口。茶很快就送了上來，味道極淡，還附了餅乾和三明治。三明治裡夾著魚腥味濃、非常難吃的醬汁。接著大家分坐一旁，顯得有點茫然無措。

一個看來有如百歲人瑞、蓄著落腮鬍的老人走過來，在陶品絲身旁坐下。

「我想最好由我先說，夫人，」老人說，顯然把陶品絲當成了貴婦人。「這當中我年紀最大，聽到的老故事比誰都多。你知道，這個村子有很多故事。噢，既然發生過這麼多事，一下子很難說得完，對吧？不過，我們……沒錯，我們都聽過一些往事。」

「沒錯，」陶品絲趕在他還沒開始述說自己不感興趣的話題前連忙說道，「我知道這個村子曾經發生很多有意思的事，不是上回大戰，而是第一次世界大戰，甚或更早以前。那麼遙遠的事各位恐怕都記不得了，不過或許從老一輩的人口中聽說過。」

「啊，沒錯，確實如此，」老人說，「確實如此。我從萊恩叔叔那裡聽過不少。萊恩叔叔很厲害，知道很多。他知道發生過什麼事，例如上回大戰爆發前，碼頭邊那棟房子裡發生的事，他都知道。那真是一場噩夢。那個法奇斯份子……」

「是法西斯份子。」一個脖子圍著蕾絲舊披肩、狀甚拘謹的白髮老婦說。

「你喜歡叫他們法西斯份子也行，其實哪有什麼差別？噢，沒錯，他就是其中之一。就和那個叫墨索里尼還是什麼的義大利人是同類。墨索里尼，這名字像是魚的名字，墨魚還是什麼的。噢，他在這裡到處破壞，舉行聚會之類的。都是那個叫墨索里尼的人起的頭。」

「第一次大戰時，這裡是不是有個叫瑪麗・喬丹的女孩？」陶品絲說。她不知道這麼說是不是聰明。

「啊，有的。聽說長得很漂亮。沒錯，她從海軍和陸軍那裡套出了機密。」

一個年紀很大的老婦尖起嗓門唱道：

他不是海軍，也不是陸軍，
可是他是我的良人。
不是海軍，不是陸軍，他是
英皇的炮兵。

她唱到這裡，那老人接著也唱起自己的歌：

到蒂珀雷的路迢迢，
長路迢迢，
到蒂珀雷的路迢迢……
其他的我不知道。

「唉，夠了，班尼，夠了。」一個看來頗為壯實的老女人說。看來這女人不是他妻子就是他女兒。

另一個老婦人也以抖音唱道：

漂亮的姑娘都喜歡水兵，
漂亮的姑娘都喜歡船員，
漂亮的姑娘都喜歡水兵，
雖然知道這是辛酸的根源。

「噢，別唱了，莫蒂，這首歌我們已經聽膩了，」老人班尼說，「還是說些事給這位夫人聽吧。她是來聽故事的。她想聽聽當初搞得天翻地覆的東西藏在什麼地方，對吧？它所有的來龍去脈。」

「聽起來很有意思，」陶品絲振奮起來。「這裡曾經有東西藏著？」

「沒錯。那是遠在我這一代以前的事，可我全都聽說了。噢，是在一九一四年以前。雖然眾口相傳，一代傳一代，但沒人清楚內情，也不知道為什麼會引起那麼大的騷動。」

「是因為跟划船比賽有關，」一個老婦說，「你知道，是牛津和劍橋的比賽。我去過一次，家人帶我去的，去看倫敦橋下的船賽。美好的一天。牛津以一個船身險勝。」

「你們都在胡說八道，」一個頭髮鐵灰、表情嚴肅的女人說，「你們根本什麼都不知道。雖然那次事件發生在我出生前，可是我比你們都清楚。是我姑婆馬蒂達告訴我的，她是從她的露姑姑那裡聽來的，而那件事發生在她們時代的四十年前。大家談論得沸沸揚揚，而且每個人都在找。有人認為那東西是個金礦，對，是從澳洲還是哪裡帶回來的金塊。」

「愚蠢極了，」一個抽菸斗的老人說，一副嫌惡自己同伴的表情。「竟然和金魚攪混。真是無知之至。」

「不管是什麼，那東西一定非常值錢，要不然也沒必要藏起來，」又有人說話了。「沒錯，政府派過很多人來，還有警察。他們到處找，但什麼都沒找到。」

「那是因為他們沒找對線索。事情一定有線索，只要知道到哪裡去找就行了，」另一個老婦點著頭，狀甚理智。「凡事總有線索。」

「真有意思，」陶品絲說，「在哪裡呢？我的意思是線索在哪裡？在村內、村外，還是……」

這樣問實在不智，因為起碼有六個不同的答案同時響起。

「在那片荒原上，比西塔還遠。」一人說。

「不對，是在小肯尼。沒錯，就在小肯尼附近。」

「才不是，是在洞窟裡，海邊的洞窟裡。很遠，在鮑迪頭附近，你知道，就是紅色岩石那一帶。那裡有個地下通道，是以前走私的人所使用的。一定很棒。聽說現在還在。」

「我以前看過一個故事，是講舊西班牙時代的。很久很久以前了，還是無敵艦隊的時期。一艘西班牙船曾經在那裡沉沒，上頭滿載著金幣。」

24 陶品絲遇襲

「老天！」那天晚上湯米一回家就說，「你看來好像累壞了，陶品絲。你做了什麼了？一副筋疲力盡的樣子。」

「我確實是筋疲力盡，」陶品絲說，「不知道能不能恢復過來。噢，老天！」

「你到底做什麼去了？該不會又去樓上找書了？」

「沒有，」陶品絲說，「我不想再看書了。我已經和書斷絕往來了。」

「那到底是怎麼回事？你做了什麼？」

「你知道什麼是ＰＰＣ嗎？」

「不知道，」湯米說，「不過，呃，算是知道。那是……」他的話只說到一半。

「艾柏也知道，但不是那種東西。我馬上就告訴你，不過你最好先喝點東西，來杯雞尾酒或威士忌吧。我也要喝一點。」

她把下午的事簡單扼要地告訴了湯米。湯米驚嘆連連，還說：「你竟然做了這麼多事，陶品絲。有沒有聽到什麼有趣的事？」

「我不知道，」陶品絲說，「六個人一起開口，而且各說各話，其中還多半口齒不清，唉，真不知道他們在說什麼。不過，我想我又有了一些主意。我知道該如何著手了。」

「你的意思是……」

「這裡有許多傳說，不僅和藏在這裡的東西有關，也和一九一四年大戰時期甚或更早的祕密有關。」

「這我們不是已經知道了嗎？」湯米說，「我是說，我們早已知道一個梗概了。」

「沒錯。一些古老的故事依然在這村子裡流傳，而這些故事都是村人從瑪麗亞阿姨或班恩叔叔口裡聽來的，瑪麗亞阿姨或許又是從她的史提芬叔叔、魯思嬸嬸或祖母那裡聽來的。總而言之，這些故事代代相傳，流傳了許多年。當然，其中總會有真人實事。」

「什麼？你是說散失在其他種種故事當中？」

「對，」陶品絲說，「就像乾草堆裡的一根針。」

「你要如何在乾草堆中撈針呢？」

「我會選一些可能性比較大的版本著手。有些人告訴別人的故事可能是他們親耳聽到的，我得先把這些人和其他人區分開來，要他們告訴我他們的阿嘉姑姑、貝蒂嬸嬸或詹姆斯叔叔到底是怎麼說的。這樣逐一打聽後，我總會找出更多的蛛絲馬跡來。你知道，這其中必定有文章。」

「沒錯，」湯米說，「其中一定有文章，但我們不知道是什麼。」

「所以必須調查，對吧？」

「對。可是在調查前，我們應該先有個底，先知道那東西大概是什麼。」

「我想，不可能是西班牙無敵艦隊的金塊，」陶品絲說，「也不可能是藏在洞窟裡的走私貨。」

「搞不好是法國進口的高級白蘭地。」湯米滿懷期盼地說。

「是有可能，」陶品絲說，「但我們找的不會是那種東西吧？」

「很難說，」湯米說，「我想我早晚會去找這種東西。如果是這種東西，我會很樂於去找。當然，也可能是信件，例如六十年前的情書，可能會有人拿來勒索。不過，我想那種東西現在應該沒多大用處了，你說是不是？」

「確實。不過，我們遲早會抓出個方向來。湯米，你覺得我們到底會不會有收穫？」

「我不知道，」湯米說，「今天我倒是有了一點收穫。」

「噢，什麼樣的收穫？」

「關於人口普查。」

「什麼？」

「人口普查。當年有一次人口普查——我把年份記下來了——據說當時除了帕金森一家人之外，還有很多人住在這棟房子裡。」

「你究竟是怎麼查出來的？」

「是珂羅登小姐施展各種手腕調查出來的。」

「我愈來愈嫉妒珂羅登小姐了。」

「噢，你大可不必。她很難讓人親近，常對我雞蛋裡挑骨頭，長得又不漂亮。」

「好吧，那還差不多，」陶品絲說，「不過人口普查和這件事有什麼關係？」

「噢，亞歷山大說：『凶手是我們當中的一個。』可能是指當時在這棟房子裡的人。任何在家裡過夜的人都會登記在人口普查紀錄上，因此我想，那人的名字很可能會留在人口普查的卷宗裡。只要認識適當的人——我不是說我認識那些人，但我可以透過關係去攀識他們——也許可以拿到一份名單。」

「唉，我承認，」陶品絲說，「你的主意真不錯。看在老天的份上，我們吃點東西吧，這樣我可能會舒服點。同時聽十六個難聽的聲音說話，我都快昏倒了。」

§

艾柏做了非常可口的菜餚。他做菜的手藝時好時壞。在巔峰期，例如今晚，他就在他稱為乳酪布丁而陶品絲和湯米稱為乳酪蛋酥的點心上大顯身手。艾柏對他們倆的稱呼錯誤略有微辭。

「奶酪蛋酥跟這個不一樣，」他說，「要加入更多起泡的蛋白。」

「無所謂，」陶品絲說，「不管叫乳酪布丁還是乳酪蛋酥，都非常好吃。」

湯米和陶品絲吃得專心一意，不再比較彼此的調查過程。直到兩人分別喝完兩杯濃咖啡，陶品絲才往椅背上一靠，深深舒了一口氣後說道：「現在，我覺得自己又生龍活虎了。湯米，你吃飯前沒有好好洗個澡吧？」

「我等不及要去洗了，」湯米說，「更何況，我又不知道你會要我做什麼。說不定又要我到樓上書屋去，站在滿是灰塵的梯子上查看書架。」

「我不會那麼壞心，」陶品絲說，「等等，看看我們進展到哪裡了。」

「是我們的進展還是你的進展？」

「噢，其實是我的進展，」陶品絲說，「畢竟我只知道這個，不是嗎？你知道你的進展，我知道我的進展。大概就是這樣。」

「也許不見得是這樣。」湯米說。

「把我的皮包遞給我好嗎？難道我把它忘在餐廳裡了？」

「你一向如此，不過這次沒有。皮包就在你的椅子腳下。不對，是另一邊。」

陶品絲拿起皮包。

「這皮包是個很好的禮物，真的，」她說，「我想是真正的鱷魚皮。只是有時候東西有點難塞。」

「顯然把東西拿出來也不容易。」湯米說。

陶品絲還在奮戰。

「昂貴的皮包通常很難拿出裡面的東西來，」她喘著大氣說，「網袋最好用，東西怎麼塞都塞得下，還可以像攪布丁那樣翻來翻去。啊！我想我找到了。」

「是什麼東西？像是洗衣店的帳單。」

「噢，是本小記事本。沒錯，我原本是用它來記洗滌方面的事情，例如我對洗衣店的不滿……把枕巾洗破了等等。不過因為只寫了三、四頁，我就想我還會利用到它。你看，我在這裡記下了我們聽到的事情。其中許多似乎無關緊要，不過全在這裡。對了，你第一次提到人口普查的時候，我就把它加進去了。那時候我並不知道那是什麼意思，也不知道你的用意。不管怎樣，我還是記了下來。」

「很好。」湯米說。

「我還記下了漢德森太太和一個名叫朵朵的人。」

「漢德森太太是誰？」

「噢，反正你也記不住，我就不從頭說了。這兩個名字是那個叫什麼來著的老太太……對，葛瑞芬太太提過的。後面是一條資訊或附註，是關於牛津和劍橋的。我還在一本舊書裡發現了另一件事。」

「關於什麼的？牛津和劍橋？你是指那些大學生？」

「我不能確定有沒有大學生，不過我想它其實是划船比賽的賭注。」

「很有可能，」湯米說，「不過這對我們似乎不大有用。」

「噢，那可不一定。反正我記下了漢德森太太的名字、住在『蘋果樹公寓』裡的一個人，還有夾在樓上一本書中的一張髒紙片。那本書不知道是《卡翠歐娜》還是《王座的陰影》。」

「那本書講的是法國大革命，我小時候讀過。」湯米說。

「噢，我不知道那東西有什麼意義，反正我就記了下來。」

「上頭寫了什麼？」

「像是用鉛筆寫的幾個字。咧嘴而笑，g-r-i-n，然後是母雞，h-e-n，最後是羅，L-o，第一個字母是大寫。」

「讓我猜一猜，」湯米說，「柴郡貓，這是指咧嘴而笑；亨尼潘尼，是另一個關於母雞的童話故事；至於羅……」

「啊，」陶品絲說，「Lo可把你難倒了吧？」

「Lo and behold，意思就是『你瞧』！」湯米說，「可是這似乎毫無意義。」

陶品絲立刻接口。

「『蘋果樹公寓』的亨利太太……我還沒見過她，她現在住在『草原邊岸』。」陶品絲很快又複述了一次。「現在，我們看到哪裡了？葛瑞芬太太、牛津和劍橋、划船比賽賭注、人口普查、咧嘴而笑的柴郡貓、亨尼潘尼，說的是一隻母雞跑到多弗費爾的故事——是安徒生的童話吧——還有羅。我想 Lo 就是他們抵達那裡的時候，說了聲『瞧』的意思。我是指到達多弗費爾的時候。

「其他就沒什麼了。」陶品絲又說，「還有牛津和劍橋的划船比賽或賭注。」

「我覺得我們很可能是在霧裡看花。不過，我想只要霧裡看花看得夠久，埋藏在垃圾裡的珍寶會突然出現也不一定。就像我們在樓上書架找到那本舉足輕重的書一樣。」

「牛津和劍橋，」陶品絲一面深思一面說，「讓我聯想起某個東西。它讓我記起了什麼。不過是什麼呢？」

「是馬蒂德？」

「不，不是馬蒂德，不過……」

「是愛人？」湯米說完提示，不禁咧嘴大笑。「愛人。到哪裡才能找到我的愛人？」

「少嘻皮笑臉的，你這隻大猩猩，」陶品絲說，「你腦子裡還想著那件事。咧嘴而笑——母雞——羅。這沒有道理。不過我有種感覺……噢！」

「噢什麼？」

「噢！湯米，我懂了。當然是這樣。」

「當然是怎樣？」

「Lo，」陶品絲說，「Lo。是咧嘴而笑這幾個字讓我想到的。你咧嘴笑的樣子就像是咧嘴而笑的柴郡貓。這三個字的發音是格林、亨，然後是羅。當然。一定是這樣。」

「你到底在說什麼？」

「牛津和劍橋的划船比賽。」

「為什麼格林、亨、羅會讓你想到牛津和劍橋的划船比賽？」

「我讓你猜三次。」陶品絲說。

「唉，我現在就放棄，因為我認為這沒有道理。」

「其實有道理。」

「什麼？划船比賽？」

「不，這和划船比賽無關。顏色，我是指顏色。」

「陶品絲，你到底想說什麼？」

「格林、亨、羅。我們把它唸錯了，反過來讀才對。」

「你是什麼意思？O-l-n-e-h，說不通。你不能唸成 n-i-r-g，這不成字。」

「不是這樣，只要把三個名詞反過來就好。就像亞歷山大在書中——我們看到的第一本書——的做法一樣。把這三個名詞的音反過來讀：羅、亨、格林。」

湯米依然緊鎖眉頭。

「還不懂？」陶品絲說，「當然是羅亨格林，那齣歌劇裡的天鵝。你知道，就是華格納歌劇裡的羅亨格林。」

「可是這和天鵝毫無關係。」

「錯了，有關係。想想我們發現的那兩件瓷器，庭院裡的凳子。你記得吧？一個深藍，一個淺藍，老伊薩克告訴過我們，至少我記得是伊薩克說的；他說：『這是牛津，那是劍橋。』」

「噢，我們把牛津碰碎了，對吧？」

「沒錯。可是劍橋還在，淺藍色的那個。你還不懂？羅亨格林，表示那兩隻天鵝有一隻藏有東西。湯米，我們的下一項工作就是去查看劍橋。淺藍色的那個，還在ＫＫ裡。我們現在就去如何？」

「什麼？半夜十一點？不行。」

「那我們明天去。你明天不去倫敦吧？」

「不去。」

「那好，我們明天就去瞧瞧。」

§

「我不知道您想如何整理這個庭院，」艾柏說，「以前我在庭院工作過一陣子，但對蔬菜並不在行。對了，有個男孩要見您，夫人。」

「噢，一個男孩，」陶品絲說，「是不是那個紅頭髮的？」

「不是，是另外一個。亂蓬蓬的黃髮垂到背上，名字有點怪，像個大飯店的名字：『皇家克拉倫』。他的名字就是這樣，克拉倫。」

「是克拉倫沒錯，不過不是皇家克拉倫。」

「我看也不像。他在前門等著。他說他也許幫得上忙。」

「噢。我想他以前偶爾也會幫幫老伊薩克。」

克拉倫坐在涼廊的一把舊藤椅上，正吃著洋芋片當作遲來的早餐，左手還拿著一塊巧克力。

「早安，太太，」克拉倫說，「我來看看能不能幫點忙。」

「噢，」陶品絲說，「我們的庭院當然需要幫手。我想你以前也幫伊薩克做過事。」

「噢，偶爾會幫點小忙。我不是很懂，其實伊薩克懂得也不多。他倒是和我聊過很多，老說他過去的日子有多輝煌，過去雇用他的人過得多麼風光。沒錯，他常說他是博林戈先生的園丁長。你知道，博林戈先生住在沿河很遠的地方，好大的房子，現在已經改成學校。伊薩克說，他以前是他家的園丁長，可是我奶奶說根本就不是。」

「噢，這倒無所謂，」陶品絲說，「事實上，我想把那間小花房的東西搬一些出來。」

「你是說那個玻璃小屋嗎?它叫ＫＫ，對吧？」

「對，」陶品絲說，「奇怪，你怎麼也知道那名字？」

「噢，它一向叫ＫＫ，大家都這麼稱呼它。聽說是日語，不知道是不是真的。」

「走吧，」陶品絲說，「我們這就過去。」

湯米、陶品絲和漢尼拔排成一列向前走去，艾柏也放下手中待清洗的早餐碗碟，加入了這份更為有趣的工作隊伍，跟在最後。漢尼拔興高采烈地嗅著附近的各種氣味，在ＫＫ門前和大家會合後，更是興致勃勃地東嗅西嗅。

「喂，漢尼拔，」陶品絲說，「你也要幫忙？發現了什麼可得告訴我們。」

「牠是什麼品種的狗？」克拉倫問，「有人說這種狗以前是養來捉老鼠的，真的嗎？」

「沒錯，是真的，」湯米說，「牠是曼徹斯特獵犬，黑色和褐色的英國品種。」

漢尼拔知道大家在談論自己，又扭頭又擺身子，興奮地猛搖尾巴後才端正坐下，一副自豪的模樣。

「牠會咬人吧？」克拉倫說，「大家都這麼說。」

「牠是很好的看門狗，」陶品絲說，「很會照顧我。」

「沒錯，我不在家的時候牠會代我照顧你。」湯米說。

「郵差說他四天前差點被牠咬了。」克拉倫說。

「狗就是喜歡咬郵差，」陶品絲說，「你知道ＫＫ的鑰匙放在哪裡嗎？」

「我知道，」克拉倫說，「掛在小屋裡。就是放盆栽的小屋裡。」

克拉倫很快拿了鑰匙回來。鑰匙原本生了鏽，現在已塗上了油。

「這鑰匙塗過油了，一定是伊薩克塗的。」他說。

「對。以前很不好開。」陶品絲說。

門一開，大家眼前出現「劍橋」這個周身飾有天鵝圖案的陶凳，看來非常漂亮。伊薩克清洗過它，準備搬到陽台上天氣好的時候當座椅。

「應該還有一只深藍色的，」克拉倫說，「伊薩克常說牛津和劍橋。」

「真的嗎？」

「是的。深藍的叫牛津，淺藍的叫劍橋，噢，牛津是不是被打碎了？」

「是的。有點像划船比賽呢，你說是不是？」

「對了，那個搖擺木馬也被動過，對吧？KK裡有很多亂七八糟的東西。」

「沒錯。」

「那個木馬的名字很可笑，叫作馬蒂德，對吧？」

「沒錯。我們替它動過手術。」陶品絲說。

克拉倫似乎覺得這句話很有趣，縱聲大笑起來。

「我的姑婆伊迪絲也動過手術，」他說，「取出肚子裡的一些東西，但她後來復元了。」

他的語氣似乎有點失望。

「我想我們沒辦法看到這東西裡頭有什麼。」陶品絲說。

「噢，你可以打碎它，就像打碎深藍的那個一樣。」

「沒錯，別無其他辦法，對吧？奇怪，頭部周圍有個S形的空隙。嘿，你可以把東西塞進去，像塞郵筒一樣。」

「確實，」湯米說，「你可以塞東西進去。這想法有意思，很有意思，克拉倫。」湯米和氣地說。

克拉倫似乎很高興。

「你知道，你可以擰開螺絲釘，把它轉開。」他說。

「擰開螺絲釘轉開它，真的嗎？」陶品絲說，「誰告訴你的？」

「伊薩克。我看過他轉開過好多次。先把它翻轉過來，然後扭動它的頭。有時候很緊，你就滴一點油在縫隙裡面，等油浸下去，就轉得動了。」

「噢。」

「最簡單的辦法是把它翻轉過來。」

「這裡的東西好像個個都得翻轉過來，」陶品絲說，「我們在替馬蒂德動手術以前也是這樣。」

好一陣子劍橋似乎不聽使喚，可是突然間它開始轉動，很快地螺絲就完全轉開了。他們把蓋子掀起來。

「我想裡面一定裝滿垃圾。」克拉倫說。

漢尼拔跑來幫忙。這隻狗不管什麼事都要幫忙。牠認為任何事如果不經牠插上一手或伸上一腳，都不算完事。不過，牠通常是用鼻子來參與調查。現在牠把鼻子伸進去，低吠兩聲，隨即退後一兩步，坐了下來。

「啊！」克拉倫說。

「牠不太喜歡，對吧？」陶品絲說，看著裡頭那一團有點令人反胃的東西。

「怎麼了？」

「我被刮到了。有個東西掛在這邊的釘子上。我也不知道是不是釘子，總之有個東西。啊！」

「汪，汪！」漢尼拔也來湊熱鬧。

「裡面有個東西掛在一個釘子上。噢，我抓到了。啊，滑掉了。噢，在這裡，我拿到了。」

克拉倫取出一個深色的防水油布包裹。

漢尼拔走過來坐在陶品絲腳邊，不停地低吠。

「怎麼了，漢尼拔？」陶品絲說。

漢尼拔又低吠一聲。陶品絲彎下腰，撫摩牠的頭和耳朵。

「怎麼了，漢尼拔？」陶品絲說，「難道你希望牛津贏但現在劍橋贏了，所以你不高興？你記得嗎？」陶品絲對湯米說：「有一回我們讓漢尼拔看電視上的划船比賽？」

「記得，」湯米說，「接近終點時，漢尼拔非常生氣，牠開始狂吠，結果我們什麼也聽不到。」

「好在我們還看得到畫面，」陶品絲說，「如果你還記得，漢尼拔不喜歡劍橋贏。」

「顯然如此，」湯米說，「它讀的是牛津狗兒大學。」

漢尼拔離開陶品絲向湯米走去，一面滿意地搖著尾巴。

「你這麼說牠很高興，」陶品絲說，「那一定是真的。我自己則認為牠是在狗兒戶外大學受的教育。」

「牠在那裡主要學些什麼？」湯米笑著問。

「如何處理骨頭。」

「你知道牠處理骨頭的德性。」

「沒錯，我知道，」陶品絲說，「非常不高明。有一回艾柏給牠一整塊羊腿骨，我看到牠先把骨頭放客廳椅墊下頭，我就把牠趕到庭院，關上門。我從窗口往外看，牠跑到我種劍蘭的花圃裡，小心翼翼地把骨頭埋進去。牠把骨頭藏得好好的，卻從來不吃。牠總是先藏起來，以備不時之需。」

「牠後來有沒有把骨頭挖出來？」克拉倫問，他對這則狗的傳奇很感興趣。

「我想有，」陶品絲說，「只是有時候牠會等骨頭老朽了才挖出來，那還不如一直埋在裡頭。」

「我家的狗不喜歡吃狗食。」克拉倫說。

「牠也不吃狗食，最愛吃肉。」陶品絲說。

「我家的狗喜歡吃海綿蛋糕。」克拉倫說。

漢尼拔嗅著剛從劍橋裡掏出來的戰利品，突然轉身吠叫起來。

「去看看外頭是不是有人，」陶品絲說，「也許是園丁。前幾天有人告訴我，我想是赫林太太吧，說她認識一個老先生，以前是個出色的園丁，現在還做這種零工。」

湯米開門走了出去，漢尼拔跟著他。

「沒有人。」湯米說。

漢尼拔依然叫個不停。牠先是低吠，接著愈叫愈大聲。

「牠好像覺得那一叢茂密的銀葦中有個人還是什麼東西，」湯米說，「也許有人在挖牠藏的骨頭，也許那裡有隻兔子。漢尼拔遇到兔子就呆了。你得給牠許多鼓勵，牠才會去追兔子。牠對兔子似乎特別有好感。牠倒是會去追鴿子或大鳥，只是從來沒抓到過。」

漢尼拔圍著銀葦叢嗅來嗅去，先是低叫，隨即高吠，還不斷回頭望著湯米。

「也許那裡有隻貓，」湯米說，「你知道附近有貓的時候牠就會這樣。那隻大黑貓常常跑進來，還帶著一隻小貓。我們把那隻小貓叫作『凱蒂』。」

「那隻貓的確常跑進屋裡，」陶品絲說，「好像再小的洞牠都鑽得進來。噢，別叫了，漢尼拔。回來。」

漢尼拔聽到命令後轉過頭來，表情異常嚴肅。牠看了陶品絲一眼，往回走了幾步，注意力再度投向銀葦叢，又開始狂吠起來。

「有東西讓牠不安靜，」湯米說，「過來，漢尼拔。」

漢尼拔晃晃身子又搖搖頭，看看湯米又看看陶品絲，接著猛然朝銀葦叢撲去，口中一面大聲狂吠。

這時候突然有聲音爆響，是兩聲刺耳的槍聲。

「老天，一定有人在射兔子。」陶品絲大喊。

「回去，回到KK裡頭去，陶品絲。」湯米說。

有個東西從他耳邊飛過。全身戒備的漢尼拔在銀葦叢邊跑來跑去。湯米跟在牠後頭追。

「牠在追人，」他說，「有人逃下山了。漢尼拔發瘋似地追去了。」

「是什麼人？這是怎麼回事？」陶品絲說。

「你沒事吧，陶品絲？」

「噢，不太好，」陶品絲說，「有個東西打中我這裡，就在肩膀下面。這……這是怎麼回事？」

「有人躲在銀葦叢裡向我們開槍。」

「有人在偷看我們在做什麼，」陶品絲說，「你覺得是不是這樣？」

「我猜是愛爾蘭那批人，」克拉倫斯很有把握地說，「是愛爾蘭共和軍。他們老想把這地方炸掉。」

「我想這跟政治無關。」陶品絲說。

「回屋裡去，」湯米說，「快回屋裡去。克拉倫，你最好也來。」

「你的狗該不會咬我吧？」克拉倫猶豫著。

「不會的，」湯米說，「我想牠現在正忙著呢。」

他們才剛彎進庭院側門，漢尼拔突然又出現了。牠沿著山坡跑上來，上氣不接下氣。牠以狗言狗語對湯米說話；牠跑到湯米身旁，全身擺動，前腳放在湯米褲腿上，希望主人跟著牠一起去。

「牠要我跟牠去追剛才那人。」湯米說。

「噢，你別去，」陶品絲說，「說不定那人拿著步槍或手槍之類的，我可不希望你遭到槍擊。想想你的年紀，萬一你有個三長兩短，誰來照顧我？走吧，我們回屋裡去。」

他們快步走回屋裡。湯米走進大廳去打電話。

「你在做什麼？」陶品絲說。

「打電話給警察，」湯米說，「這種事不能姑息。如果及時通知，警察或許還能夠逮到人。」

「我想，」陶品絲說，「我得處理我的肩膀。我最好的套頭衫被血給毀了。」

「別管你的套頭衫了。」湯米說。

這時候艾柏拿來了急救物品，應有盡有。

「真想不到，」艾柏說，「您是說竟然有個混蛋向夫人開槍？接下來這個國家還會發生什麼？」

「你不認為你該去醫院嗎？」

「不，不用，」陶品絲說，「我還好，不過要綁急救帶。先幫我塗上一點香酊。」

「我有碘酒。」

「不要用碘酒，好痛。更何況，聽說醫院現在都不用碘酒了。」

「我以為香酊是用吸入器吸進體內的。」艾柏說。

「那是一種用法，」陶品絲說，「不過輕微的擦傷、抓傷或是小孩割傷自己的時候，塗上香酊也很有效。那東西你收好了嗎？」

「什麼東西？你指的是什麼，陶品絲？」

「我是指我們剛從劍橋羅亨格林裡頭取出來的東西。就是那個掛在釘子上的東西。那東西說不定非常重要。剛才那些人看到了我們。如果他們因此想殺我們、奪走那東西，那麼它一定非常重要！」

25 漢尼拔採取行動

警官辦公室裡，湯米和警官相對而坐。諾李士警官輕輕點著頭。

「貝里福先生，我希望我們運氣夠好，能查個水落石出，」他說，「你說克羅菲德醫生正在照顧你太太。」

「是的，」湯米說，「我想她的傷勢並不嚴重；只是子彈擦傷，流了很多血，不過她會好起來的。克羅菲德醫生說，不會有生命危險。」

「可是她不年輕了。」諾李士警官說。

「她已年過七十，」湯米說，「我們兩個都上了年紀。」

「是，的確如此，」諾李士警官說，「自從你們搬到這裡，我就從本地人口中聽到她不少事蹟。她廣受歡迎，我們都聽過她以前的豐功偉業。還有你的。」

「老天。」湯米說。

「過去的紀錄是抹不掉的，不管好壞，」諾李士警官說，語氣和藹可親。「犯罪紀錄抹不掉，英雄事跡也同樣揮之不去。有一點我可以向你保證：我們會竭盡全力查出真相。我想你可能形容不出那人的面貌吧？」

「確實，」湯米說，「我看見他的時候，他正被我家的狗追著跑。我敢說他不會很老，因為他跑得很快。」

「是不是十四、五歲，最難對付的年齡？」

「沒有那麼小。」湯米說。

「你有沒有接過電話或是勒索信之類的？」警官說，「要求你們搬出現在的房子？」

「沒有，」湯米說，「完全沒有。」

「你們搬來多久了？」

湯米告訴了他。

「噢，不很久。我想，你每個星期大部分時間都在倫敦？」

「沒錯，」湯米說，「如果你要知道詳情……」

「不用，」諾李士警官說，「我不需要知道詳情。我對你唯一的建議是：不要常常不在家。如果你能留在家裡，親自照顧貝里福太太……」

「我也這麼想過，」湯米說，「我想這件事是個很好的藉口，不必常常出席我在倫敦的各種會議。」

「嗯。我們會盡力查案，如果我們逮到那人……」

「你可知道……呃，或許我不該問……」湯米說，「你知道這人可能是誰嗎？你知道他的名字或動機嗎？」

「噢，我們對附近的某些人非常了解，往往比他們以為的更了解。有時候我們會不動聲色，因為那是能在最後關頭逮住他們的最佳辦法。你可以查出他們和什麼人鬼混、他們拿誰的錢替什麼人辦事，或者犯罪計畫是不是他們自己想出來的等等。不過，我認為……呃，我認為這件事不是本地人幹的。」

「你為什麼這麼認為？」湯米問。

「啊，你知道，我們會聽到一些事情。各地的警局都會互通情報。」

湯米和警官四目相接。整整五分鐘兩人都沒開口，只是互視著對方。

「噢，」湯米說，「我……我懂了。是，我大概懂了。」

「我要跟你說件事。」諾李士警官說。

「請說。」湯米說，語氣帶著疑惑。

「是你們的庭院。據我了解，你們需要幫手。」

「你可能知道，我們的園丁遭人殺害了。」

「沒錯，我非常清楚。伊薩克．波立科，對吧？很好的老頭。老是談他過去的得意事蹟，只是常常在吹牛。不過他在本地是無人不知的人物，人也值得信賴。」

「我想不出他為什麼被殺、是誰下的手，」湯米說，「好像沒人知道，也查不出任何線索來。」

「你的意思是我們警方還沒查出來吧？唉，你知道，這種事需要一點時間，不是死因審訊庭上就能查個水落石出。法醫如果下了個『為不明人士殺害』的結論，有時候那只是開頭。噢，我想說的是，可能哪天會有個人跑來問你是否需要雇用庭院工人。他會說他每週可以來兩、三天，甚至更多天。如果你問他的資歷，他會說他曾經為索羅門先生工作過多年。請你記住這個名字，好嗎？」

「索羅門先生。」湯米說。

諾李士警官的眼睛似乎亮了一下。

「是的。當然，他已經去世了；我是指索羅門先生。不過他以前確實住在這個村裡，也確實雇過好幾位打零工的園丁。我不確定去見你的人會自稱什麼名字……這種事我不太記得住。我想，可能是克里斯彬。年紀在三十到五十之間，曾替索羅門先生工作過。如果有人來找你，說他可以在庭院打零工卻沒有提到索羅門先生，要是我就不會雇用他。我只是提醒你一聲。」

「我懂，」湯米說，「沒錯，我懂。至少我了解你的意思。」

「你了解得沒錯，」諾李士警官說，「你領悟得很快，貝里福先生。我想，你在過去出任務時經常如此吧。還有沒有你想知道而我們能告訴你的事？」

「我想沒有了，」湯米說，「我不知道該問什麼。」

「我們會去調查。不一定限於這個村子，我可能遠至倫敦或其他地方查案。我們都會幫忙調查，你應該懂吧？」

「我會盡力讓我太太陶品絲不要介入太深，因為……不過很難。」

「女人向來難纏。」諾李士警官說。

稍後湯米把這句話又說了一遍。這時候，他正坐在陶品絲床邊看著她吃葡萄。

「你真的把葡萄籽都吃了下去？」

「通常是的，」陶品絲說，「把葡萄籽剔出來多麼費事啊，你說是不是？我想吃了也沒害處。」

「好吧。如果你現在沒有怎樣，而且你已經吃了一輩子的葡萄籽，我想它是沒有害處的。」湯米說。

「警方說了什麼？」

「一如我們所料。」

「他們知道那人是誰嗎？」

「他們說可能不是本地人。」

「你見的是誰？是沃森警官，對吧？」

「不對，是諾李士警官。」

「噢，我不認識。他還說了什麼？」

「他說女人向來難纏。」

「真是的！」陶品絲說，「他知不知道你回來會告訴我？」

「可能不知道，」湯米說完，站起身子。「我得打幾個電話到倫敦去。這一兩天我不北上了。」

「你儘管去，我在這裡很安全！有艾柏照顧我。還有克羅菲德醫生，他對我好得要命，簡直像母雞孵蛋一樣地看著我。」

「我要出門替艾柏買點東西。你需要什麼嗎？」

「噢，」陶品絲說，「替我買個甜瓜回來吧。我非常想吃水果，而且只想吃水果。」

「好的。」湯米說。

§

湯米撥了個倫敦的號碼。

「派克威上校嗎？」

「我就是。噢，是你，湯瑪士．貝里福，對吧？」

「啊，你聽得出我的聲音。我想告訴你……」

「陶品絲的事我聽說了，」派克威上校說，「你不必說了。你就在家待一兩天或一個星期吧，別到倫敦來了。有事隨時報告就行。」

「這裡有個東西，我們應該帶去給你。」

「噢，你就暫時放一陣吧。告訴陶品絲，找個地方好好藏起來。」

「她最擅長這種事，就像我家的狗一樣。牠會在庭院裡藏骨頭。」

「聽說牠去追趕向你們倆開槍的人，還看到他逃跑……」

「你好像什麼都知道。」

「我們這裡一向無所不知。」派克威上校說。

「我家的狗還咬了那人一口，把他的褲子叼回來一片。」

26 牛津、劍橋和羅亨格林

「你來了，」正在吞雲吐霧的派克威上校說，「緊急把你找來，很抱歉。不過，我想最好還是見見你。」

「我想你知道，」湯米說，「我們那裡最近出了一些意外。」

「啊！你為什麼認為我會知道？」

「因為你們這裡一向無所不知。」

派克威上校笑了。

「哈！你在學我說話對吧？沒錯，我是這麼說過。我們確實無所不知。我們做的就是這種工作。她險些喪命，對吧？我是指你太太。」

「沒那麼驚險，不過事情很可能變得很嚴重。我想大致詳情你應該知道了，還是要我告訴你？」

「如果你願意，你可以簡單把始末說一遍。有些細節我沒聽到，」派克威上校說，「關於羅亨格林的那段。Grin-hen-lo。你知道，你太太很精明，她看出了重點所在。這個暗語乍看無聊已極，其實不然。」

「我把東西帶來了，」湯米說，「今天來見你之前，我們一直把它藏在麵粉桶裡，我不想用郵寄的。」

「當然。你這麼做很對。」

「它放在一個錫罐裡……啊，不是錫罐，是一種更好的金屬容器，吊掛在羅亨格林裡。淡藍色的羅亨格林，也就是人稱劍橋、維多利亞時代戶外用的一種瓷凳。」

「我記得我以前也見過。我住在鄉下的姑媽以前就有一對。」

「盒子用防水油布包著，保存得很好，裡頭都是信件。信有些受損了，不過我想如果由專家……」

「對。這種事我們一定可以處理。」

「那我就交給你了，」湯米說，「我還有一張清單要給你。陶品絲和我把我們的筆記列了出來，都是別人提到或告知我們的事。」

「有名字嗎？」

「有，有三、四個名字，都是關於牛津和劍橋的線索以及過去住在村裡的牛津、劍橋學生……我是認為這不重要，因為牛津、劍橋其實只是指那對天鵝瓷凳而已。」

「嗯。這裡有幾條很有意思。」

「我們遭到槍擊後，」湯米說，「我立刻向警方報了案。」

「做得對。」

「第二天警方傳喚我去，我和諾李士警官見了面。我以前沒有見過他。我想他一定是新來的。」

「沒錯。可能是派來執行特別任務的。」派克威上校一面說，一面吐出更多煙霧。

湯米開始咳嗽。

「我想你對諾李士警官很熟悉。」

「我知道這個人，」派克威上校說，「因為我們無所不知。他沒問題，這樁案子就是他負責偵辦的。要找出跟蹤你們、窺探你們的人，地方警察也許更合適。貝里福，你們夫妻倆最好離開一段時間，你說怎麼樣？」

「我想不可能。」湯米說。

「你的意思是你太太不會同意？」派克威上校說。

「看來我得再說一遍，」湯米說，「你好像什麼都知道。陶品絲這人固執得很，根本就拉不動。她認為她既沒受重傷又沒生病，而且現在，她覺得事情有了點眉目……呃，雖然我們還不知道事情真相，也不知道還會發現什麼、要做什麼。」

「到處打聽吧，」派克威上校說，「如果是這樣，你們只能這麼做。」他用指甲敲敲那個金屬盒。「不過，這個盒子會告訴我們一些事，一些我們一直想知道的事。多年以前，到底是什麼人在幕後操縱，做出這麼多不可告人的事。」

「可是想來……」

「我知道你想說什麼。你想說不管是什麼人，現在都已不在人世了。確實。可是這盒子可以告訴我們當時發生了什麼事、事情如何進行、受到什麼人的幫助和唆使，後來又由什麼人傳承下去繼續做同樣的勾當。有些人看似無足輕重，其實他們的分量比我們想像的要重得多。而且有些人和這個團體——這年頭不管什麼都可以叫團體——一直有接觸，所以這團體的成員現在也許不同了，但想法依然沒變，同樣喜歡暴力和邪惡，同樣和各地臭氣相投的人或團體相互勾結。有些團體沒問題，有些則因為成群結黨而亦發難以控制。你知道，這是一種技巧。過去這五十到一百年間，我們對這一點已經深有體會：如果人聚在一起成為一小撮暴徒，不但有驚人的破壞力，還能唆使他人做出不可思議的事情。」

「我能問個問題嗎？」

「儘管問，」派克威上校說，「不過我得提醒你，我們雖是無所不知，但未必會回答。」

「索羅門這個名字對你有沒有什麼意義？」

「啊，」派克威上校說，「索羅門先生。這名字你是從哪裡聽來的？」

「諾李士警官提到的。」

「原來如此。你照著諾李士說的去做就沒錯，這是我可以告訴你的。我坦白告訴你，你不會見到索羅門本人，因為他已經死了。」

「噢，」湯米說，「我明白了。」

「你還沒有完全明白，」派克威上校說，「我們有時候會用他的名字辦案。有個可資借用的名字是很好用的。一個實際存在過的人物，即使去世了，在地方上依然備受敬重，這種人的名字最好用。你們搬到月桂園純粹是出於巧合，我們希望這會帶給我們好運。只是我不希望你們夫妻倆因此遭到任何不測。對任何人、任何事都要心存懷疑，這是最好的辦法。」

「我只相信兩個人，」湯米說，「一個是艾柏，他在我家工作多年……」

「噢，我記得艾柏。一個紅髮的年輕人，對吧？」

「他已經不年輕了……」

「另一個是誰？」

「我的狗漢尼拔。」

「嗯。你這麼說有點道理。有個人，是沃茨博士吧？他寫過一首聖詩，開頭兩句是：『狗以吠叫咬人為樂，那是牠們的本性』。你養的是什麼狗，阿爾薩斯狼犬？」

「不是。是曼徹斯特獵犬。」

「啊，是黑褐色的古老英國品種，塊頭沒有多貝曼短毛獵犬來得大，可是很懂得自己的職責。」

27 莫琳思小姐來訪

陶品絲正在花園小徑散步，艾柏突然快步從屋裡走出，趨上前來對她說：「有位女士想見您。」

「一位女士？噢，是誰呢？」

「她說她是莫琳思小姐，是村裡某個太太推薦她來見您的。」

「噢，當然了，」陶品絲說，「是關於庭院的事，對吧？」

「是的，她是有提到庭院。」

「我想你最好把她請到這裡來。」陶品絲說。

「是的，夫人。」艾柏說，一副經驗老到的管家口氣。

他回到屋內，片刻後帶著一個高大的女人走來。她看來頗為陽剛，身著花呢長褲和雜色套頭衫。

「今天早上風挺冷的。」她說。

她的聲音低沉，帶點沙啞。

「我叫艾麗絲．莫琳思。葛瑞芬太太推薦我來見你。你的庭院需要幫手，是嗎？」

「早安，」陶品絲一面說一面和她握了手。「很高興見到你。是的，我們確實需要幫手做庭院工作。」

「你們才剛搬進來吧？」

「噢，感覺上好像很多年了，」陶品絲說，「因為工人才剛全部完工。」

「啊，沒錯，」莫琳思小姐低沉沙啞的嗓音咯咯咯笑著。「我知道有工人在屋內是什麼滋味。不過，你們先搬來而沒有等著他們完工，這是對的。在屋主搬進來之前，什麼事情都不可能完工，而且就算屋主搬進來，往往還得找工人回來做完他們先前忘了做的事。你們家的庭院很漂亮，但似乎不太有人管，對吧？」

「沒錯。我想前一個住戶對庭院有點漫不經心。」

「是叫瓊斯的那家人嗎？我其實不認識他們。我大部分時間都住在市鎮另一頭靠近原野的地方。我定期替那裡的兩戶人家工作。一家一星期去兩天，另一家去一天。事實上，要把庭院整理好，一天是不夠的。你原本是雇用老伊薩克在這兒工作，對吧？很好的老頭，竟然死在那些任意遊走打人的暴力份子手下，真叫人難過。一個星期前開了死因審訊庭，對吧？聽說凶手還沒找出來。那些傢伙都是三五成群，四處遊蕩，常從背後襲擊搶劫別人。壞得很，而且往往是年紀愈輕就愈壞。啊，你這裡有株漂亮的木蘭。這個品種最好。一般人總想種些稀奇古怪的品種，不過依我之見，種木蘭還是種熟悉的品種比較好。」

「我們其實比較想種蔬菜。」

「噢，你想做個不錯的菜園？以前的人好像對菜園都不注意。大家都偷懶，認為蔬菜還是買來吃的好，不會想到自己種。」

「我一直想種一些新品種的馬鈴薯和豌豆，」陶品絲說，「還想種扁豆，這樣才吃得到鮮嫩的蔬菜。」

「沒錯。你還可以加種紅花菜豆。大多數的園丁都以種植紅花菜豆為榮，往往可以高達一呎半呢。他們都認為那才是好豆，在地區品評會上常常得獎。不過你說得對，鮮嫩的蔬菜才真正好吃。」

艾柏突然出現。

「雷克利太太來電，」他說，「問您明天能不能去午餐。」

「告訴她我很抱歉，」陶品絲說，「恐怕我明天非得去倫敦一趟不可。噢，等一下，艾柏，等我寫兩句話。」

她從手提包裡拿出一個小本子，寫了幾句話後交給艾柏。

「告訴貝里福先生，」陶品絲說，「莫琳思小姐來了，在我們家的庭院裡。我剛忘了他要我做的事了。他在寫信，正等著我把收信者和地址告訴他。我已經寫在這裡了。」

「是的，夫人。」艾柏說完，隨即消失了蹤影。

陶品絲又回頭來談蔬菜。

「我想你很忙吧，」她說，「一星期已經有三天的工作。」

「是的，而且一如我所說，我住在市鎮的另一頭，挺遠的。我在那兒有個小屋。」

這時湯米從屋內走出來。漢尼拔跟著他，繞著大圈奔過來。牠先跑到陶品絲身邊停頓片刻，隨即伸出前腿，一面狂叫一面向莫琳思小姐猛撲過去。她嚇得倒退兩步。

「我家的惡犬，」陶品絲說，「牠其實不會咬人，極少咬人。牠只喜歡咬郵差。」

「所有的狗都會咬郵差，或是總想咬郵差。」莫琳思小姐說。

「牠是很好的看門狗，」陶品絲說，「是曼徹斯特獵犬，這種狗都是非常好的看門狗。牠看家看得很好，不讓任何人靠近房子或走進屋內，把我照顧得無微不至。牠顯然認為保護我是牠一生中最重要的使命。」

「噢，我想就這年頭來說，這是好事。」

「確實。到處都有搶劫，」陶品絲說，「我們許多朋友家都遭了小偷。有些甚至是在光天化日下以最不可思議的方式進入屋內。他們搭起梯子，取下窗框，或是化裝成擦窗工人，噢，簡直無所不用其極。所以，我想讓大家知道家裡有隻惡犬也不壞。」

「我想你說得對。」

「這是我先生，」陶品絲說，「這位是莫琳思小姐。湯米，葛瑞芬太太好意告訴她，說我們需要幫手做庭院工作。」

「莫琳思小姐，這工作對你來說或許太粗重了吧？」

「絕對不會，」莫琳思小姐低沉的嗓音說，「噢，挖土掘地完全難不倒我。那是有訣竅的。不但香豌豆得翻土，所有東西都得翻土施肥。土壤得先預備好。翻不翻土差別很大。」

漢尼拔依然吠個不停。

「湯米，我想你最好把漢尼拔帶回屋裡。牠今天早上似乎太護主心切了。」

「好。」湯米說。

「要不要到屋裡坐坐喝點東西？」陶品絲對莫琳思小姐說，「今天早上挺熱的，喝點東西舒服點。說不定我們還能討論種菜的計畫。」

漢尼拔被關進了廚房。莫琳思小姐喝了一杯雪利酒，提了幾個建議，接著看看手錶，說必須趕回家去。

「我跟人約好了，」她解釋道，「不能遲到。」她匆匆和他們道別後就離開了。

「她『看來』沒問題。」陶品絲說。

「我知道，」湯米說，「可是誰也不敢打包票。」

「我可以問個問題嗎？」陶品絲說，語氣帶點猶豫。

「你在庭院裡走了這麼久，一定很累了。今天下午的調查就留待日後吧。醫生的命令：你要多休息。」

28 庭院之戰

「艾柏，你明白了？」湯米說。

他和艾柏在餐具室裡。艾柏正在清洗剛從陶品絲臥房裡端出來的茶具。

「是的，主人，」艾柏說，「我明白。」

「你知道，我想你會從漢尼拔那裡得到一點警示。」

「就某些方面而言，牠是隻好狗，」艾柏說，「當然，不是每個人都喜歡牠。」

「確實，」湯米說，「那不是牠的工作。牠不是那種會開門笑迎小偷或是對陌生人搖尾巴的狗。漢尼拔心裡有數。噢，我對你已經說明得很清楚了，對吧？」

「是的。不過如果夫人……呃，我就不知道該怎麼做了。是依夫人的吩咐做，還是您的吩咐？還是……」

「我認為你應該隨機應變，」湯米說，「我逼她今天躺在床上，就麻煩你照顧了。」

艾柏打開前門。一個身穿斜紋軟呢西裝、四十左右的男人站在門口。

艾柏望著湯米，目光帶著疑惑。來客走進屋內跨前一步，臉上掛著友善的笑容。

「貝里福先生是嗎？我聽說你想找人幫忙做庭院工作，你們剛搬來，是吧？我從車道走過來的時候，注意到你們的庭院有些蔓草雜生。幾年前我也在附近工作過，是一位索羅門先生，你可能聽過他的名字。」

「索羅門先生？沒錯，確實有人提過他。」

「我叫克里斯彬，安格斯．克里斯彬。我們去看看庭院該如何整理好嗎？」

§

「這庭院是該找人來整理了。」克里斯彬說。湯米正帶著他參觀花圃和菜園。

「這條菜園小徑兩旁曾經種過菠菜。後面是一些網架，過去種過瓜類。」

「你好像對這些瞭如指掌。」

「噢，人總會聽到不少過去的事。老太太們會告訴你花床的事，亞歷山大．帕金森也會把毛地黃葉子的故事告訴他的好朋友。」

「這孩子一定非常出眾。」

「噢，他腦筋清醒，而且對犯罪非常敏感。他在史蒂文森的一本書中留下了暗號，那本書叫作《烏箭》。」

「很不錯的書，對吧？我五年前讀過，在那之前只看過《綁架》。當時我正在為……」

他猶豫著沒說下去。

「為索羅門先生工作？」湯米為他接下了話。

「沒錯，就是這個名字。我從老伊薩克口中聽說了一些事情。如果我聽到的消息沒錯，我猜老伊薩克肯定已近百歲，而且曾經為你工作過。」

「是的，」湯米說，「就他那個年紀來說，他稱得上是老當益壯。他知道很多事，也會告訴我們，而那些事恐怕連他自己都不記得了。」

「確實，不過他是很愛聊過去的傳聞。你知道，他還有親人住在這裡，他們都聽過那些故事，也去查證過。我想你自己也聽到不少。」

「到目前為止，」湯米說，「一切都只是列在紙上的名字，都是一些過去的名字，這些名字對我當然毫無意義。怎麼可能會有意義呢？」

「全是道聽塗說？」

「多半是。我太太也聽到不少傳言，還據以做成了幾份清單。我不知道那些清單有什麼意義。我自己也有一張名單。事實上，是我昨天才拿到手的。」

「噢，那是一張什麼樣的名單？」

「關於人口普查，」湯米說，「你知道，這裡曾經有過一次人口普查，是在……我已把日期寫下，等下交給你。那份名單上是那天晚上在這裡過夜的人，名字都在上頭。那天晚上有一場盛大的宴會，是晚宴餐會。」

「那天應該是頗耐人尋味的一天。這麼說，你知道那天有哪些人在場？」

「是的。」湯米說。

「這份名單可能很珍貴，或許也很重要。你們剛搬來，對吧？」

「是的，」湯米說，「不過我們說不定會想搬出去。」

「你們不喜歡？這房子很不錯，而這庭院……呃，這庭院也可以修整得很漂亮。這裡有些很不錯的灌木，只要清除一些殘枝贅幹、多餘的樹和那些看來不可能再開花的花樹就好。真的，我不懂你們為什麼會想搬走。」

「這棟房子和過去的關聯令人覺得不舒服。」湯米說。

「過去，」克里斯彬先生說，「過去和現在怎麼會有關聯呢？」

「你也許會認為那無關緊要，一切都已過去。可是總有人會留存下來，你知道。我不是指那種四處走動、每當大家提到她或他就活過來的那種。你真的願意……」

「為你們做點零工？是的，我很有興趣。庭院工作是……呃，算是我的嗜好。」

「昨天有個莫琳思小姐來過。」

「莫琳思？她是園丁嗎？」

「我想多多少少是吧。是個老太太——我想是葛瑞芬太太——向我太太推薦的，要她來找我們。」
「你們和她說好了嗎？」
「還沒確定，」湯米說，「我們有一隻非常忠實的看門狗，是曼徹斯特獵犬。」
「對，曼徹斯特獵犬對主人非常忠心。我想你家的狗一定認為保護你太太是牠的責任，絕對不會讓她單獨出門。牠會永遠隨侍在側。」
「的確如此，」湯米說，「要是有人敢碰我太太，牠一定會把那人撕成碎片。」
「有狗真好。既多情又忠誠，對主人一往情深，牙齒又尖利。我最好也小心一點。」
「現在沒關係。牠在屋裡。」
「莫琳思小姐，」克里斯彬邊沉思邊說，「嗯。沒錯，很有意思。」
「為什麼很有意思？」
「噢，我想是因為……當然，我並不認識這位小姐。她是不是坐五望六的年紀？」
「是的，穿著粗花呢衣服，鄉土味很重。」
「沒錯。她和這地方的人有些關聯。如果伊薩克還活著，他會告訴你她的一些事情。我聽說她又回到這裡住下，而且也是不久之前。你知道，很多事是環環相扣的。」
「我相信你對這房子知道一些我不知道的事。」湯米說。
「不見得。不過，伊薩克本來可以告訴你很多事的。他知道很多。都是老掉牙的故事，可是他記得，大家又常談起。沒錯，在那些老人俱樂部裡，大家最愛談往事，而且淨是些天馬行空的往事……有些不是真的，有些則是有憑有據。沒錯，很有意思。我想，伊薩克大概知道得太多了。」

「可憐的伊薩克，」湯米說，「不管是誰對他下的毒手，我要替他報仇。他是個好老頭，對我們很好，總是盡力幫忙。走吧，我們四處去看看。」

29 漢尼拔與克里斯彬先生合作無間

艾柏輕敲臥室的門，聽到陶品絲一聲「請進」，就在門邊探頭進來。

「是前幾天早上來過的那位女士，」他說，「莫琳思小姐，她又來了。她想和您談幾分鐘，想必是關於庭院的事。我說您躺在床上，不知道能不能見她。」

「艾柏，你的用詞甚好，」陶品絲說，「沒問題。我可以見她。」

「我正要把您的早安咖啡端來。」

「噢，你現在就可以端來，再多拿個杯子來。就這樣。咖啡夠兩個人喝吧？」

「噢，夠的，夫人。」

「那就好。端來後就放在那頭茶几上，然後請莫琳思小姐進來。」

「漢尼拔怎麼辦？」艾柏說，「要不要我把牠帶下去關在廚房裡？」

「牠不喜歡被關在廚房裡。不用，只要把牠推進浴室，關上門就行。」

漢尼拔對這個屈辱非常不滿，心不甘情不願地讓艾柏推進浴室關上。牠吠了好幾聲。

「別叫！」陶品絲也對牠吼。「別叫！」

狂吠一陣後，漢尼拔終於同意安靜下來。牠伸出前腿趴在地上，鼻子抵住門底的縫隙，不斷發出不合作的低吼。

「噢，貝里福太太，」莫琳思小姐說，「我恐怕打擾你了，不過我想你一定很想看看我這本園藝書。這個季節該種些什麼，它裡面有些建議。有人說某些美麗的稀有灌木不適合這裡的土質，其實非常適合……噢，你真周到，沒錯，我是想喝杯咖啡。我幫你倒吧，你躺在床上不方便。我在想，可不可以……」

莫琳思小姐望著艾柏，艾柏立刻領會，馬上搬來一張椅子。

「小姐，這個可以嗎？」他問。

「噢，很好，你真體貼。噢，樓下門鈴又響了嗎？」

「我想是送牛奶的，」艾柏說，「也可能是雜貨店老闆。今天早上是他的送貨時間。對不起，我先告退。」

他走出房間，隨手關上門。漢尼拔又是一聲低吼。

「是我家那隻狗，」陶品絲說，「牠氣我不讓牠參加聚會，但放出來又吵得很。」

「你要加糖嗎，貝里福太太？」

「一塊就好。」陶品絲說。

莫琳思小姐倒了一杯咖啡。

陶品絲說：「純咖啡也行。」

莫琳思小姐將咖啡放在陶品絲身邊，又走去為自己倒了一杯。

她突然絆倒，兩手忙抓住茶几，雙膝跪倒在地，口中發出驚叫。

「你受傷了嗎？」陶品絲問。

「沒有沒有，但我打破了你的花瓶。我的腳絆到一個東西。真是笨手笨腳，把你的漂亮花瓶打破了。貝里福太太，我不知道你怎麼想，可是我敢發誓，這絕對是意外。」

「當然是意外，」陶品絲柔聲說道，「讓我看看，噢，好像不太嚴重。它破成了兩塊，這麼說我們還可以把它黏回來。我敢說，接頭處不會很明顯。」

「我還是覺得很不好意思，」莫琳思小姐說，「我知道你身體一定不爽快，我今天不該來的，可是我真的很想告訴你……」

漢尼拔又開始叫。

「唉，可憐的狗，」莫琳思小姐說，「要不要我把牠放出來？」

「最好不要，」陶品絲說，「有時候牠會做出蠢事來。」

「噢，是不是樓下的門鈴又響了？」

「不是，是電話，」陶品絲說，「艾柏會去接。如果有事，他會轉告我。」

然而，接電話的人是湯米。

「喂？」他說，「是嗎？噢，我明白了。誰？噢，我知道了。是敵人，確定是敵人沒錯。好，就這樣。我們已經擬好了對策。好的，非常謝謝你。」

他掛上電話，望著克里斯彬先生。

「是警告嗎？」克里斯彬說。

「是的。」湯米說。

他依舊緊盯著克里斯彬先生看。

「很難看得出來，是吧？我的意思是，誰是敵人、誰是朋友。」

「有時候等你恍然大悟，往往為時已晚。命運之門，災難之洞。」湯米說。

克里斯彬先生望著他，目光帶著驚訝。

「對不起，」湯米說，「搬進這棟房子後，我們竟養成了喜歡引用詩句的習慣。」

「是弗萊克的詩，對吧？《巴格達之門》還是《大馬士革之門》？」

「你要不要上樓來？」湯米說，「陶品絲只是在休息。她並沒有生病，連傷風頭痛也沒有。」

「我已經把咖啡送上去了，」艾柏此時突然出現，口中說道，「還替莫琳思小姐多拿了一個杯子。她在樓上，帶了本園藝書來。」

「我知道，」湯米說，「很好，一切都很順利。漢尼拔呢？」

「被關在浴室裡。」

「你把門關得很緊嗎？你知道牠不喜歡被關住。」

「沒有。主人，我是照您的吩咐做的。」

湯米上了樓，克里斯彬先生緊隨在後。湯米輕敲臥室的門走了進去。漢尼拔在浴室發出抗議意味更濃的吠叫，整個身子撲到門上。門閂鬆了，牠直奔進入臥室。牠對克里斯彬先生望了一眼就繼續往前衝，一面叫個不停，一面用盡全身力氣撲向莫琳思小姐。

「老天，」陶品絲說，「老天！」

「做得好，漢尼拔，」湯米說，「做得好。你不認為嗎？」

他轉頭望著克里斯彬先生。

「牠認識牠的敵人，對吧？還有你的敵人。」

「老天，」陶品絲說，「漢尼拔咬到你了嗎？」

「狠狠咬了一口。」莫琳思小姐說完，站起身來怒視著漢尼拔。

「這是牠第二次咬你吧？」湯米說，「牠曾經把你趕出我們的銀葦叢，對不吧？」

「牠什麼都知道，」克里斯彬說，「對吧，朵朵？好久沒見到你了，是不是？」

莫琳思小姐站起身，對陶品絲、湯米和克里斯彬先生掃了一眼。

「莫琳思，」克里斯彬先生說，「對不起，我的情報過時了。我不知道這是你的娘家閨名，還是你現在才改名叫莫琳思小姐？」

「我向來就叫艾麗絲．莫琳思。」

「噢，我還以為你叫朵朵。對我來說，你一向就是朵朵。好吧，親愛的，很高興見到你，不過我想我們最好趕緊離開這裡。把你的咖啡喝完。希望這杯沒問題。貝里福太太，很高興見到你。容我勸你一句，不要喝你那杯咖啡。」

「噢，我幫你把杯子拿走。」

莫琳思小姐急忙向前走去。克里斯彬往前一站，擋在她和陶品絲之間。

「不，朵朵，我不能讓你把杯子拿走，」他說，「我還是自己來吧。這杯子屬於這棟房子，而且如果將杯中物仔細分析一番，一定很有意思。你帶了毒藥來，對吧？把杯子遞給病人或這位被視為病人的人，趁機加點毒藥容易得很。」

「我向你保證，我沒有下毒。老天，把這隻狗弄走。」

漢尼拔千方百計想把她趕下樓去。

「牠想看著你離開這房子，」湯米說，「牠對這種事特別執著。牠喜歡咬正要踏出前門的人。啊，艾柏，你來了。我想你剛才就在那扇門外，正好看到了事情經過？」

艾柏回首望著房間對面化妝室的門。

「看得清清楚楚。我從鉸鏈的縫隙中看著她的一舉一動。沒錯，她確實在夫人的杯子裡放了東西。動作乾淨俐落，簡直像魔術師，不過她確實放了東西進去。」

「我不知道你是什麼意思，」莫琳思小姐說，「我……噢，我得走了。我還有約，很重要的約。」

她跑出房間，飛奔下樓。漢尼拔望了一眼，隨即追趕過去。克里斯彬先生臉上不動聲色，但也快步追了出去。

「希望她跑得夠快，」陶品絲說，「要不然漢尼拔會追上她。我說，牠真是一隻很好的看門狗，你說是不是？」

「陶品絲，剛才那位是克里斯彬先生，索羅門先生派來的。他來得時機正好，是不是？我想他一直在等待機會，想看看會發生什麼事。在我們拿瓶子或容器來裝之前，你不要打破杯子讓咖啡灑出來。拿去分析後，我們就會知道裡頭放了什麼。陶品絲，穿上你最好的晨袍到樓下客廳去。我們在午餐前先喝點東西。」

§

「現在，」陶品絲說，「我們永遠都不可能知道這究竟是怎麼回事了。」

她異常沮喪地搖搖頭，從椅子上站起身，向壁爐走去。

「你是想添木柴嗎？」湯米說，「讓我來。醫生說過，你不能活動太多。」

「我的手臂現在一點事也沒有，」陶品絲說，「看你這樣，別人還以為我的手臂斷了呢。只不過是擦破了皮。」

「你別說得那麼謙虛，」湯米說，「那絕對是槍傷。你曾經在戰爭裡受過傷。」

「沒錯，這簡直就像戰爭，」陶品絲說，「真的！」
「總而言之，」湯米說，「我想我們對付那個莫琳思對付得不錯。」
「漢尼拔的表現很出色，對吧？」陶品絲說。
「沒錯，」湯米說，「是牠告訴我們的，而且說得清清楚楚。牠撲向銀葦叢，我想應該是牠的鼻子告訴牠的。牠的鼻子夠靈光。」
「我的鼻子卻沒有警告我，」陶品絲說，「我還以為她是上天派來讓我圓夢的。我完全忘了我們只能請曾經為索羅門先生做過事的人幫忙。克里斯彬先生還有沒有告訴你什麼？我想他的名字其實不是克里斯彬。」
「很可能不是。」湯米說。
「他來這裡是不是也想做點偵查工作？如果是，我們這裡人手還真多。」
「不，他其實不是偵探。我想他是被派來做保全工作的，是為了照顧你。」
「為了照顧我，」陶品絲說，「我想也包括你。他人呢？」
「我想他正在處理莫琳思小姐的事。」
「噢。奇怪，經過這些騷動，讓我覺得好餓。就像俗語所說，飢腸轆轆。你知道，我好想吃一隻香鮮的熱螃蟹，配上咖哩調味的奶油醬。我從來沒有這麼想吃過。」
「你恢復健康了，」湯米說，「聽到你對食物有這種感覺，我很高興。」
「我根本沒生病，」陶品絲說，「只是受傷。兩者不大相同。」

「不管怎麼說，」湯米說，「當漢尼拔使出全身解數告訴你有個敵人曾經近在銀葦叢裡的時候，你一定和我一樣領悟到，女扮男裝藏在那裡偷襲你的人就是莫琳思小姐。」

「那時候我們就想她一定會再試一次，」陶品絲說，「我受傷不得不躺在床上，所以我們就順勢做了安排。是不是這樣，湯米？」

「是啊，」湯米說，「一點也沒錯。我想她沒多久就得出了這樣一個結論：她有顆子彈打中你，所以你勢必得躺在床上。」

「於是她就帶著滿懷的女性溫情來探望我。」陶品絲說。

「我認為我們安排得很好，」湯米說，「艾柏目不轉睛地注視她，觀察她的一舉一動。」

「而且，」陶品絲說，「他用托盤替我端來咖啡，還為訪客多準備了一個杯子。」

「你看見莫琳思——也就是克里斯彬所稱的朵朵——在你的咖啡裡放了什麼嗎？」

「沒有，」陶品絲說，「我必須承認我沒看見。你知道，她腳下好像被什麼東西絆了一下，她抓住我們放有美麗花瓶的小茶几，口裡不停道歉，我的眼睛自然望著那只打破的花瓶，想著是不是可以修好，所以我根本沒看見。」

「可是艾柏看見了，」湯米說，「他把鉸鏈的縫隙放大，從那裡看了個仔細。」

「而且，把漢尼拔關在浴室卻只把門閂了一半，確實是個好主意。因為我們都知道，漢尼拔很會開門。如果門閂得很緊，牠當然打不開，但如果門只是看似閂住，牠就會猛然直撲上去，就像……呃，就像孟加拉虎一樣。」

「沒錯，」湯米說，「形容得很恰當。」

「我想，那位克里斯彬先生現在應該結束訊問了。他可能認為莫琳思小姐和瑪麗．喬丹或那個只存在於過去的危險人物喬納森．凱恩有關係。」

「我不認為喬納森．凱恩只存在於過去。我認為他有接班人，你可以說他一定後繼有人。熱愛暴力的年輕人、不惜一切代價從事暴力活動的暴力集團、沾沾自喜的搶匪團體，或是懷念希特勒那幫人的輝煌歲月的新法西斯份子，這種人都不少。」

「我正在看《漢尼拔伯爵》，」陶品絲說，「史坦利．韋曼寫的，他最好的作品之一。在樓上亞歷山大的藏書中找到的。」

「所以呢？」

「噢，我在想，現在和那個時代其實很像。說不定所有的時代都一樣。參加少年十字軍的孩子們，個個心裡滿溢著喜悅、滿足和虛榮，可憐的小靈魂。他們以為自己身負上帝的使命要去解放耶路撒冷，以為他們面前的大海會分開讓自己走過去，就像《聖經》裡的摩西一樣。而現在，法庭上常會出現稱頭體面的年輕男女，因為攻擊了某個靠年金過著清貧生活或是剛從銀行裡領出一點錢的老人而受審。過去發生過聖巴塞洛繆大屠殺[10]，你知道，這些事

10　聖巴塞洛繆大屠殺（St. Bartholomew's Day Massacre）是一場發生於法國中世紀的屠殺事件，一五七二年八月二十四日，聖巴塞洛繆節前夕和凌晨，天主教徒在巴黎殺死胡格諾派教徒兩千餘人。

到今天還在上演。前幾天新聞才提到新法西斯份子，聽說和一所頗有聲望的大學有關。噢，我想不會有人告訴我們這種事的真相。你真的認為克里斯彬先生會找到一個從來沒人發現過的隱藏地點嗎？蓄水池。你知道，銀行搶匪常常把東西藏在蓄水池裡。我的想法是，那裡藏東西恐怕太潮溼了。你認為克里斯彬先生在偵查結束後會回來繼續照顧我……和你嗎，湯米？」

「我不需要他照顧。」湯米說。

「啊，真傲慢。」陶品絲說。

「我想他會來說再見。」湯米說。

「噢，沒錯，他的禮貌非常周到，對吧？」

「他會來確定一下你是不是完全康復了。」

「我只是受了傷，醫生也診斷過了。」

「他其實對園藝很感興趣，」湯米說，「我知道。他以前曾為一個朋友工作過，那個朋友就是若干年前去世的索羅門先生。我想那是很好的護身符，因為他可以說他曾為索羅門先生工作過，讓大家都知道。這麼一來，他就能以真實的身分出現。」

「沒錯。我想他是得考慮到那種事。」陶品絲說。

前門的門鈴響了，漢尼拔猛虎般飛奔出去，準備咬死任何想侵入牠守護聖地的人。湯米帶著一封信回到房間。

「收信人是我們兩個，」湯米說，「要不要我來拆？」
「儘管拆。」陶品絲說。
他拆開信封。
「噢，」他說，「未來出現了曙光。」
「什麼事？」
「是羅賓森先生的邀請函。他預計你下下個星期就會完全康復，所以邀請你和我到他的鄉間宅邸共進晚餐。我想是在蘇塞克斯郡。」
「你認為到時候他會告訴我們一些內情嗎？」陶品絲說。
「我想他會。」湯米說。
「要不要我把那份清單帶去？」陶品絲說，「我已經背下來了。」
她飛快地唸著：「《烏箭》、亞歷山大．帕金森、維多利亞時代的瓷凳牛津和劍橋、格林、亨、羅、KK、馬蒂德的肚子、凱恩和埃布爾、愛人……」
「夠了，」湯米說，「聽起來好瘋狂。」
「噢，是很瘋狂。這件事從頭到尾都很瘋狂。你想羅賓森還邀請了別人吧？」
「也許還有派克威上校。」
「那麼，」陶品絲說，「我最好把止咳藥帶著，對吧？不管怎麼說，我真的想見見羅賓森先生。我不相信他像你說的那麼胖又那麼黃……噢，可是，湯米，下下星期黛博拉不是要帶孩子們來這裡小住嗎？」

「不是，」湯米說，「早就說好是下個星期。」

「感謝老天，那就好了。」陶品絲說。

30 鳥兒南飛

「車子來了嗎？」

陶品絲步出前門，充滿期盼地望著車道彎處。她正殷殷等著女兒黛博拉和三個外孫到來。

艾柏從邊門走出來。

「他們還沒到。不，那是雜貨店的貨車，夫人。您一定不會相信……雞蛋又漲價了。我再也不投票給執政黨了。我要投自由黨一票。」

「要不要我去看看今晚大黃加草莓的那道甜點？」

「我來就好，夫人。我常看您做，知道怎麼做。」

「你會成為大廚師的，艾柏，」陶品絲說，「珍妮特最喜歡這道甜點。」

「是的，我還做了蜜糖餡餅。安德魯少爺愛吃蜜糖餡餅。」

「房間收拾好了嗎？」

「好了。今天早上莎珂伯瑞太太正好來過。我在黛博拉小姐的浴室放了嬌蘭的檀香皂。我知道她喜歡這種肥皂。」

陶品絲得知一切俱已就緒，不覺舒了一口氣。現在，只等著女兒一家光臨了。

他們聽到汽車喇叭的聲音，幾分鐘後，湯米駕著汽車沿著車道開來。片刻後，客人已群聚在石階前，有年近四十依然手姿綽約的女兒黛博拉、十五歲的安德魯、十一歲的珍妮特和七歲的羅莎莉。

「外婆好！」安德魯叫道。

「漢尼拔在哪裡？」珍妮特說。

「我要喝茶。」羅莎莉說，好像隨時要哭出來似的。

一家人互道問候。艾柏接過全家的寶貝，包括一隻鸚鵡、一缸金魚和一隻關在籠裡的天竺鼠。

「這就是新家，」黛博拉抱著母親，口中說道，「我喜歡。我很喜歡。」

「我們可不可以到院子去？」珍妮特問。

「喝完茶再去。」湯米說。

「我要喝茶。」羅莎莉又說了一遍，一副「凡事要分出輕重緩急」的表情。

他們走進餐廳，茶已備妥，大家都很滿意。

「媽，我聽說你的事了，這到底是怎麼回事？」黛博拉問。

這時候大家已喝完茶走到屋外，孩子們在湯米的陪同下跑來跑去，充分享受著庭院冒險的樂趣。漢尼拔也跑了出來，分享這裡的歡樂。

黛博拉對母親總是不假辭色。她認為她這個母親很需要細心戒護。她這麼問：「你到底做了什麼？」

「噢，我們現在已經舒舒服服地安定下來了。」陶品絲說。

黛博拉露出不相信的表情。

「你一直在做東做西。媽還是跟以前一樣，是不是，爸爸？」

湯米肩上騎著羅莎莉走了回來，珍妮特在仔細觀察著自己的新地盤，安德魯則環顧四望，像個小大人。

「你又在做東做西，」黛博拉再度開始攻擊。「你又在耍把戲，又開始扮演班金索夫人了。你的問題就是管不住你自己，所以又開始N或M起來。德瑞克聽到一些風聲，他寫信告訴了我。」她一面祭出哥哥的名字，一面點頭。

「德瑞克？他可能知道什麼？」陶品絲問。

「德瑞克向來什麼都知道。」

「爸爸，你也是，」黛博拉轉向父親。「你把自己也捲進去了。我還以為你們兩老退休搬到這裡是想平靜度日、享受生活的。」

「這是我們的本意，」湯米說，「可是命運另有安排。」

「命運之門，」陶品絲說，「災難之洞，恐怖之塞……」

「是弗萊克的詩。」

安德魯有意炫耀自己的博學。他熱愛詩詞，希望有朝一日成為詩人。他繼續把詩背完：

大馬士革城有四座大門，

命運之門，毀滅之門，災難之洞，恐怖之塞。

啊，商隊，不要從它下面穿越，也別唱著歌穿越。

你聽見了嗎？

在這片群鳥死域的靜默中，還有鳥鳴般的聲音？

奇妙的巧合發生了，一群鳥兒突然從屋頂飛出，飛過他們頭上。

「那些是什麼鳥，外婆？」珍妮特問。

「是飛往南方的燕子。」陶品絲說。

「牠們還會不會回來？」

「會的，牠們明年夏天還會回來。」

「還會穿越命運之門！」安德魯得意地說。

「這棟房子以前叫作『燕巢居』。」陶品絲說。

「不過你們不會住在這裡了吧？」黛博拉說，「爸爸寫信來，說你們在找別的房子。」

「為什麼？」珍妮特問。她最愛問問題。「我喜歡這個房子。」

「我告訴你幾個原因。」湯米從口袋裡掏出一張紙片，大聲唸道：「烏箭，亞歷山大．帕金森，牛津和劍橋，維多利亞時代的瓷凳，格林、亨、羅，KK，馬蒂德的肚子，凱恩和埃布爾，勇敢的愛人。」

「別念了，湯米。那是我的清單，與你無關。」陶品絲說。

「可是它代表什麼呢？」珍妮特繼續追問。

「聽起來像是偵探小說的線索清單。」安德魯說。

他在比較不詩意的時候也很醉心於這種文學體裁。

「它確實是線索清單。這就是我們想另找房子的原因。」湯米說。

「可是我喜歡這裡，」珍妮特說，「房子很漂亮。」

「這房子很好，」羅莎莉說。「巧克力餅乾。」她想起剛喝過的茶，又加上一句。

「我喜歡這裡。」安德魯說，口氣有如專制的俄國沙皇。

「你為什麼不喜歡，外婆？」珍妮特問。

「我也喜歡，」陶品絲以一種出人意料的熱情說，「我想住在這裡，而且一直住下去。」

「命運之門，」安德魯說，「好刺激的名字。」

「這裡以前叫作『燕巢居』，」陶品絲說，「我們可以再改回這個名字……」

「那些線索，」安德魯說，「你可以用來寫一個故事，甚至一本書。」

「名字太多，太複雜，」黛博拉說，「誰會讀那種書？」

「你會很驚訝，」湯米說，「大家都讀這種書，而且樂在其中。」

湯米和陶品絲四目相望。

「我明天可以去買些油漆嗎？」安德魯問，「要不然艾柏去買，再當我的幫手。我們應該在門上漆上它的新名字。」

「這麼一來，燕子就知道明年夏天牠們可以回到這裡。」珍妮特說。

她望著她的母親。

「非常好的點子。」黛博拉說。

「多謝女王陛下敕許！」

湯米邊說邊向女兒鞠躬。他這個女兒一向認為她在家中有特權給予最後的首肯。

31 最後的話：和羅賓森先生共進晚餐

「很棒的餐宴。」陶品絲說。她環視著同桌的客人。

此時大家已離開餐桌來到書房，圍著咖啡桌而坐。

比陶品絲想像中更黃、更胖的羅賓森先生臉上帶著微笑，坐在一個喬治二世時期的漂亮大咖啡壺後面，他身旁是克里斯彬先生，現在的名字好像已改為霍斯漢。派克威上校坐在湯米旁邊。

湯米遞給上校一根菸，狀甚猶豫。而派克威上校帶著驚訝的表情說道：「晚飯後我從不抽菸。」

珂羅登小姐說（陶品絲覺得她的模樣挺駭人）：「派克威上校，真的嗎？真是非常、非常有意思。」她轉過頭對陶品絲說：「貝里福太太，你的狗真有教養！」

把頭放在陶品絲腳上正躺在桌下睡覺的漢尼拔，這時帶著牠最容易令人上當的天使表情探出頭來，輕輕搖了搖尾巴。

「聽說牠非常凶猛。」羅賓森先生說，以玩笑的眼神望了陶品絲一眼。

「你應該看看牠當時的模樣。」別名為霍斯漢的克里斯彬先生說。

「牠應邀出去參加晚宴的時候，很懂得宴會禮儀，」陶品絲解釋，「牠喜歡宴會，覺得自己是隻尊貴的狗，能夠出入上流社會。」她轉向羅賓森先生。「我們真的非常感謝你邀請牠，還為牠準備了整整一盤肝臟。牠最喜歡吃肝臟。」

「所有的狗都喜歡肝臟，」羅賓森先生說，「我想，」他望著克里斯彬（霍斯漢）。「如果我到貝里福夫婦家登門拜訪，我很可能會被撕成碎片。」

「漢尼拔非常盡責，」克里斯彬先生說，「牠絕對不會忘記，自己是一隻教養良好的看門狗。」

「你是安全人員，當然了解牠的感覺。」羅賓森先生說，一面眨眨眼。

「貝里福太太，賢伉儷完成了一項非常出色的任務，」羅賓森先生說，「我們欠你們一份情。派克威上校告訴我，說這件事完全是因你而起。」

「純屬偶然，」陶品絲說，覺得有點不好意思。「我……呃，是因為好奇。我本來想找出關於某個……」

「沒錯，我想也是。現在，也許你對這起案子也感到同樣的好奇，對吧？」

陶品絲愈來愈不好意思，開始有點語無倫次。

「噢，當然。我的意思是，我深知這一切都是機密……我是說這一切祕而不宣的事，而且我們不該問問題，因為你不能告訴我們。我完全理解。」

「恰恰相反，我倒有個問題想請教你。如果你能回答，為我指點迷津，我會非常感激。」

陶品絲瞪大眼睛望著他。

「我無法想像……」她的話沒說完。

「你有張清單……至少你丈夫告訴過我。他沒有告訴我那是什麼樣的清單。沒錯，那張清單是你的祕密資產，不過，我也有好奇心重的痛苦。」

他又眨眨眼。陶品絲突然發現自己很喜歡羅賓森先生。

她沉默片刻，接著咳了一聲，打開自己的晚宴皮包。

「很蠢的清單，」她說，「事實上，是蠢透了。」

羅賓森的回答出乎她的意料。

「『瘋狂，瘋狂，整個世界就是瘋狂。』漢斯・薩克斯[11]在我最喜歡的歌劇《邁斯特辛格》裡坐在他的老樹下這麼說過。他說得真對。」

他接過陶品絲遞過來的一頁紙。

11 漢斯・薩克斯（Hans Sachs, 1494-1576），德國詩人及劇作家。

「如果你願意，可以大聲唸出來，」陶品絲說，「我不介意。」

羅賓森先生瀏覽了一遍，隨即遞給克里斯彬。

「安格斯，你的聲音比我清楚。」

克里斯彬先生接過紙頁，以悅耳的男高音清晰唸道：「烏箭，亞歷山大．帕金森，瑪麗．喬丹並非自然死亡，牛津和劍橋，維多利亞時代的瓷凳，格林、亨、羅，KK，馬蒂德的肚子，凱恩和埃布爾，愛人。」

他停下來，望望主人羅賓森先生。羅賓森先生轉頭看著陶品絲。

「老天，」羅賓森先生說，「我必須恭喜你……你一定具有非凡的心智。以這樣的線索清單竟然能夠完成你最終的發現，真是了不起。」

「湯米也很努力。」陶品絲說。

「我是受不了你的嘮叨才捲進去的。」湯米說。

「你的調查做得很好。」派克威上校說，口氣甚是欣賞。

「人口普查的日期是個很好的指點。」

「你們這一對真是天賦異稟，」羅賓森先生說。他又看了陶品絲一眼，對她綻開微笑。

「我想，雖然你沒有表露出好奇，不過你其實很想知道這件案子究竟是怎麼回事，對吧？」

「噢，」陶品絲叫了起來。「你真的要告訴我們一些內情？太好了！」

「這件案子，一如你的揣測，部分得從帕金森家說起，」羅賓森先生說，「換句話說，是很遙遠的過去。我的曾祖母就是帕金森家族的人，有些事我是從她那裡聽來的。

「那個被大家稱為瑪麗・喬丹的女孩是我們情報機構的人。她在海軍有些關係……她母親是奧地利人，所以她可以說一口流利的德語。」

「你或許知道——你丈夫一定知道——有幾份文件不久將會公諸於眾。」

「目前政治思維的趨勢是：一些基於當時需要而被列為高度機密的事，不該永久保密下去。祕錄中有些事情應該公諸於眾，因為那是我國歷史中不可磨滅的一部分。」

「未來幾年內，將會有三、四本有文件佐證的書籍出版。而『燕巢居』（亦即你家當時的名稱）附近發生的事，勢必會收錄在內。」

「當時發生了洩密事件……在戰爭期間或戰爭即將爆發之前，這種事總會發生。」

「當時有幾個既有威望又受人稱道的政治人物，也有一兩個深具影響力卻未善加利用的新聞界巨擘，還有第一次世界大戰前就密謀反對自己祖國的人。戰後，有些剛從大學畢業的年輕人成了共產黨的虔誠信徒和積極的行動份子，只是他們的真面目往往不為人知。更危險的是，法西斯主義因為提出一個和希特勒聯合的激進方案，偽裝成世界和平的愛好者且促使戰爭盡快結束而贏得了人心。」

「其他不勝枚舉。幕後活動不絕如縷。這種事情在人類過去的歷史中發生過，今後勢必還會發生：第五縱隊（泛指敵人派入的間諜和資敵內奸）依然會活躍，也依然危險，因為掌控它的不乏暴力的信徒……還有那些貪錢圖利、企圖在最後掌權的人。其中有些內幕讀來一定很有意思。下面這些話不知曾被不知情的人說過多少次：『騙子？賣國賊？胡說八道。那人絕不可能！他絕對可以信任！』

「這完全是信任的把戲。老掉牙的故事，情節永遠不變。

「商界、軍界、政界，莫不如此。永遠會有一個人長了張誠實的面孔，讓你情不自禁地喜歡他、信任他，毫不懷疑。『那個人？絕不可能！』有些人是這方面的天生好手，就像那個可以在麗緻飯店外面賣給你金磚的人一樣。

「貝里福太太，你現在那個村子，在第一次世界大戰以前是某個團體的總部。那是舊世界留下來的美好村莊，許多善良的人都住在那裡，他們都是愛國者，從事各種不同的戰事任務。有個海軍軍官——一個年輕英俊的海軍中校——出身名門，父親曾任海軍上將。還有一個備受病人敬愛的醫生在那裡行醫，大家都樂於向他傾訴自己心中的塊壘。他只是一般的開業醫師，幾乎沒人知道他受過化學武器……毒氣的特殊訓練。

「二次世界大戰之前，凱恩先生——有個字母唸K，住在港口邊一個漂亮小屋中，他信奉一種獨特的政治信條——他不是法西斯份子，噢，不是的！他只是個和平第一、企圖拯救世界的人。這種思維很快就在歐陸和海外無數國家中贏得了廣大信徒。

「貝里福太太，你真正想知道的不是這些，不過你必須先了解故事的背景，精心設計的背景。這就是瑪麗．喬丹之所以被送到那裡去探測情報的緣由。

「瑪麗在我這個時代之前出生。我聽到她的故事，對她為我們所做的工作大為佩服。我很想認識她。她顯然是個有個性、有格調的人。

「瑪麗是她原來的教名，不過一般人都稱她為莫麗。她的表現出色，可惜年紀輕輕就死了。」

陶品絲望著牆上的畫像，覺得似曾相識。是個男孩頭部的簡單素描。

「那一定是……」

「沒錯，」羅賓森先生說，「是亞歷山大・帕金森。當時他只有十一歲。他是我一個姨婆的孫子，莫麗才得以用保母的身分進入帕金森家。那似乎是個很安全的觀察位置。誰也沒料到……」他頓了頓。「後果竟是如此。」

「凶手不是帕金森家的人？」陶品絲問。

「噢，不是。據我所知，帕金森家族完全沒有捲入這件事。可是當晚有其他人——客人和朋友——在那裡過夜。根據你的另一半湯瑪士的查證，那天是人口普查的申報日。凡是在帕金森家住宿的人都必須和一般居民一樣，把名字登記下來。其中一個名字和這起案件有密切關係。我剛才提到的那個醫生，他女兒一如往常也來拜訪。那晚她帶來兩個朋友，要求借宿在帕金森家。她的朋友沒有問題，可是後來大家發現，她父親和當地發生的一切都有密切關聯。她自己在幾個星期前也幫帕金森家做過庭院工作，當時正好負責種植毛地黃和菠菜的工作。那個不幸的日子，就是她把毛地黃葉和菠菜葉混在一起拿去廚房的。所有用餐的人都中了毒，所以這件事被視為是偶發的普通意外。醫生解釋，他知道這種事以前也發生過。他在死因調查庭訊的證詞使得陪審團做出該案為意外事故的判決。事實上，當晚有一杯雞尾酒不小心被人從桌子上掃落而摔得粉碎，卻沒有引起注意。

「貝里福太太，你可能會想知道，歷史會不會重演。你被人從銀葦叢中射傷，後來那個自稱莫琳思小姐的女人又企圖在你的咖啡裡下毒。我知道她其實就是那個令人髮指的醫生的孫女或孫侄女。而第二次世界大戰以前，她是喬納森．凱恩的信徒。當然，克里斯彬就是因為這樣才識破了她。你家的狗對她也極不信任，而且立即採取了行動。我們現在知道，用棍棒打死老伊薩克的其實就是她。

「現在，我們必須說到一個更邪惡的人。那個溫和仁慈的醫生被村民普遍當成偶像崇拜，可是以證據來看，應該對瑪麗．喬丹的死負責的人最有可能就是那個醫生，不過當時沒有人會相信。他對科學有廣泛的興趣，具備毒藥方面的專業知識，在細菌學領域可謂先鋒。六十年後真相才大白，而當時還只是學生的亞歷山大．帕金森已經有所察覺。」

「『瑪麗．喬丹並非自然死亡，』」陶品絲柔聲說道，「『凶手是我們當中的一個』。」

她問：「那個醫生發現了瑪麗．喬丹的身分？」

「沒有。那個醫生並沒有起疑，可是有人察覺到了。在此之前，她的偽裝非常成功。那個海軍上校一如計畫跟她合作。她給他的情報貨真價實，只是他並不知道，那些情報多半都無足輕重，只是看似重要而已。而他給她的所謂海軍的計畫和機密，她每個假日都會按照指定的時間地點，到倫敦來傳送。我想攝政公園裡的瑪麗女王花園是個接頭地點，肯辛頓公園的彼得潘塑像是另一個。我們從這些會面和某些大使館的小職員口中得知了很多情報。

「不過，這一切都過去了，貝里福太太，而且過去很久了。」

派克威上校咳了一下，突然接過話來。

「只是歷史會重演，貝里福太太。大家遲早會體認到這一點。最近，霍洛圭又有一個核心組織成立。那些知道過去那件事的人又開始活動了。這可能就是莫琳思小姐東山再起的原因。某些隱蔽場所又開始啟用，祕密聚會也多了起來。金錢再度變得舉足輕重……從哪裡來，往何處去等等，羅賓森先生因此被徵召進來。這時候我們的老朋友貝里福先生正好來訪，為我帶來一些非常有趣的情報。這些情報和我們已經知道的完全一致。背景已經就緒，未來則準備由我國某個政治人物來控制和操縱。這人已經有名有望，而皈依者和信徒與日俱增。信任把戲又上場了。一個誠信之士、和平愛好者、非法西斯主義者……噢，不是！只是看來像是而已。他會為眾人帶來和平，也會為那些和他合作的人帶來金錢報償。」

「你的意思是這種事還在繼續？」陶品絲瞪大眼睛。

「噢，我們想知道、該知道的或多或少已經知道了。有一部分是由於兩位的貢獻。那個搖擺木馬的外科手術為我們帶來更多情報。」

「馬蒂德！」陶品絲叫道，「我真高興！我簡直不敢相信。馬蒂德的肚子竟然這麼有用！」

「馬真了不起，」派克威上校說，「你永遠不知道它們哪天會不會派上用場。從特洛伊木馬以來就是如此。」

「我想連愛人也幫了點忙，」陶品絲說，「不過，如果這種事還會繼續下去，那麼孩子們……」

「不會繼續下去，」克里斯彬說，「你不用擔心。英國那個地區已經靖平，蜂窩已經掃除，大家又可以平靜度日了。我們有理由相信那些人已經把活動轉往貝利·聖埃德蒙附近去了。我們會照顧你，所以你根本不必擔心。」

陶品絲鬆了一口氣。

「謝謝你告訴我。你知道，我女兒黛博拉經常來小住，還帶著三個孩子……」

「你不必擔心，」羅賓森先生說，「順便問一聲，在『N或M』事件以後，你們是不是領養了那個案件當事人的孩子……那個擁有『母鵝，母鵝，公鵝』等童謠書的孩子？」

「你是說貝蒂？」陶品絲說，「是的。她的大學成績非常好，現在去了非洲，研究當地人的生活種種。很多年輕人都熱中於那種事。她很貼心，也很快樂。」

羅賓森先生清清喉嚨，站起身來。

「我提議大家乾一杯。感謝貝里福伉儷對國家的貢獻。」

大家熱烈乾杯。

「如果可以，我建議大家再乾一杯，」羅賓森先生說，「為漢尼拔乾杯。」

「噢，漢尼拔，」陶品絲撫摩著牠的頭。「大家在為你的健康乾杯呢。這幾乎和被封為騎士或榮獲勳章一樣好。前幾天我才在讀史坦利．韋曼的《漢尼拔伯爵》。」

「我記得小時候讀過，」羅賓森先生說，「『傷害我哥哥就是傷害我塔凡納，』我記得沒錯吧？派克威，你認為怎麼樣？漢尼拔，我可以拍拍你的肩膀嗎？」

漢尼拔向他走近一步，不但讓他拍肩膀，還輕輕搖了搖尾巴。

「我特此封你為這個王國的伯爵。」

「漢尼拔伯爵。這個封號是不是很可愛？」陶品絲說，「你這隻值得驕傲的狗兒！」

專文推薦

藏在日常細節中的冒險

楊照（作家）

一開始，就都在那裡了。

一九二〇年，阿嘉莎．克莉絲蒂出版了《史岱爾莊謀殺案》，神探白羅就已經退休了。而且在這個案子裡，藉由敘述者海斯汀的轉述，就鋪陳出克莉絲蒂小說最基本的偵探原則：

「那些看來或許無關緊要的小細節……它們才是重要的關鍵，它們才是偉大的線索！」

「豐富的想像力就像洪水一樣，既能載舟亦能覆舟，而且，最簡單直接的解釋，往往就是最可能的答案。」

「沒有任何謀殺行為是沒有動機的。」

還有，一個不討人喜歡的死者，一群各有理由不喜歡死者、因而也就都有殺人動機的人，這些人彼此之間構成複雜的關係，有的互相仇視，有的互相愛戀，麻煩的是，有些愛人其實貌合神離，有些仇人其實私下愛慕；更麻煩的是，不論是愛或是仇，都有可能是扮演出來的。

一個外來的偵探必須周旋在這些嫌疑者之間，從他們口中獲取對於案情的了解，換句話說，他必須在很短的時間內，搞清楚誰是誰、誰跟誰吵架、誰跟誰偷情，然後判斷誰說的哪一句是實話、哪一句是謊言。常常謊言比實話對於破案更有幫助。

再偷偷透露一下，如果要和小說裡的凶手及小說背後的作者鬥智，就像克莉絲蒂對英國社會的了解，祕訣就在於要去追究小說裡的人物背景，尤其是他們的階級地位。基本上，階級地位愈高、權力愈大、愈有錢者，說的話就愈不要相信。例如在《史岱爾莊謀殺案》中，僕人、園丁說的話遠比有頭有臉的人說的要可信多了。就算要說謊，他們的謊言也比較天真，而且往往出於善良動機。當你歸納線索時，就會知道他們並非故意說謊，那是因為他們的認知受到蒙蔽或誤導，而你慢慢就從這蒙蔽或誤導中被引導到真相。

《史岱爾莊謀殺案》出版那年，克莉絲蒂三十歲，但書稿其實早在五年前就寫好了，畢竟要找到有人願意出版一個看來再平凡不過的家庭主婦寫的小說，並不是那麼容易。

所有和克莉絲蒂接觸過的人，都對於她的「正常」留下深刻印象。她看起來就和她那個年紀的典型英國家庭主婦一樣，害羞、靦腆，只能在社交場合勉強跟人聊些瑣事話題，完全無法演講，甚至連只是站起來對眾賓客說幾句客套話，請大家一起舉杯，她都做不到。她不演講，也很少答應接受採訪，就算採訪到她也很難從她口中得到有趣的內容。她會講的，幾乎都是記者本來就知道、或者自己就可以想得出來的。

例如說白羅這個神探的來歷。克莉絲蒂回答：他應該是個外國人，這樣就能在英國日常生活中看出英國人自己看不出的線索。她自己碰過的外國人，只有第一次大戰剛爆發時到英國避難的比利時人。比利時警察怎麼能跑到英國來？那一定是因為他已經退休了。他有潔癖，所以對於現場會有特殊的直覺，馬上感受到不對勁的地方。一個有潔癖的人，好像應該長得矮小些才相稱，一個矮小有潔癖的人最適當的名字，就是希臘神話裡的大力士「赫丘勒斯（Hercules）」，製造出荒唐的對比趣味。那白羅這個姓是怎麼來的呢？克莉絲蒂很誠實地說：「我不記得了。」

一切都如此順理成章，一切都如此合邏輯，不是嗎？有記者問她怎麼看自己的舞台劇〈捕鼠器〉，創下了英國劇場、甚至全世界劇場連演最多場紀錄的名劇？克莉絲蒂的回答也還是中規中矩，合理合節：那是一齣小戲，在一個小劇院演出，成本很低，任何人想到了都可以帶家人或朋友去看，老少咸宜，並不恐怖，也不特別荒謬打鬧，可是又什麼都有一點，包括恐怖和荒謬打鬧的成分。

她的身上找不出一點傳奇、怪誕色彩，那她為什麼能在五十年間持續寫偵探小說，創造了那麼多謀殺，還創造了那麼多詭計？

首先因為她是女性，以及她的身世，包括她的階級身分，使得她在描寫故事場景時比一般男性作者來得敏感。因為在她之前的偵探推理小說男性作家的階級身分都是高高在上，基本上他們會從較高的角度看社會，比較看不到底層的感受。

而她的婚變以及婚變中遭逢的痛苦，都使她更能體會與觀察，將英國社會的複雜細節融入小說的核心情節，讓探案與線索分析結合在一起。

克莉絲蒂一生結過兩次婚，第一次在一九一四年，婚後不久，丈夫就參加了歐戰，是英國皇家空軍最早一批飛行員。一九二六年，這個丈夫有了外遇，直率地向克莉絲蒂要求離婚，在那之前，克莉絲蒂的媽媽才剛過世，雙重打擊之下，又遇到車子無法發動，克莉絲蒂崩潰了，她棄車而走，忘記了自己究竟是誰，躲進一家鄉間旅館，登記時寫了她心裡唯一有印象的名字——她丈夫情婦的名字。

離婚後，一次在晚宴中，有人提起近東烏爾考古的最新收穫，克莉絲蒂就取消了原定要去西印度群島的計畫，改訂了跨越歐洲到君士坦丁堡的「東方快車」，是的，就是這趟旅程給了她寫《東方快車謀殺案》的靈感。不過更重要的是，在烏爾，她認識了一位年輕的考古學家，比她小十四歲，這個人後來成了她的第二任丈夫。

這位考古學家陪她去參觀在沙漠中的烏克海迪爾城，卻在沙漠中迷路困陷了。幾小時中克莉絲蒂卻沒有一點驚慌不安，當下考古學家就決定要向她求婚。

原來，克莉絲蒂的內心是有這種冒險成分的。要不然她不會兩次選到的，都是喜愛冒險的丈夫，而她本身大概也不會吸引一個在各種危險情境下挖掘古代寶藏的人，讓他願意向一個大他十四歲的女人求婚。

這樣說吧，維多利亞時代後期的英國環境，壓抑限制了克莉絲蒂冒險、追求傳奇的內在衝動，她只好將這樣的衝動寄託在丈夫和寫作上。她一邊陪著第二任丈夫在近東漫走，一邊在小說中寫各式各樣的謀殺與探案。謀殺和探案都是冒險，還有，偵探偵查中做的事——蒐集線索，還原命案過程——其實和考古學家的考掘，如此相似！

克莉絲蒂寫得最好的，正是「藏在日常中的冒險」。她個性中的雙面成分，造就了特殊的偵探魅力。既嚮往非常傳奇，卻又有根深柢固的日常邏輯信念，兩者都在克莉絲蒂的小說中扮演了重要角色。她的謀殺案幾乎都和日常習慣緊密編織在一起，日常環境成了凶手最重要的掩護。有些日常規律明顯地被破壞了，讓我們很自然以為那會是謀殺的線索，沿著這些線索形成了閱讀中的推理猜測，然而白羅早就提醒了，真正重要的反而是那些「細節」，也就是看來像是依隨日常邏輯進行的事，或說藏在日常邏輯中因而不被看重的事，那裡要嘛藏著凶手的核心詭計、煙幕，要嘛藏著凶手致命的破綻。

凶案的構想，就是如何讓異常蓋上日常、正常的面貌，又如何故意將日常、正常予以扭曲，製造假象；那麼偵探要做的，就是如何準確地在日常中分辨出真正的異常，將假的、明顯的異常撥開來，找出細節堆疊起來的異常真相。

此外，克莉絲蒂的小說裡隱藏著極其曖昧的情感價值觀，最典型、最有名的就是《東方快車謀殺案》。透過追查過程，讓讀者知道為什麼凶手要訴諸於這種手段，其動機具有可同情之處，再加上克莉絲蒂對身分階級的觀察，她比較相信或讓讀者相信那些沒有權力、地位的人，隨著偵查節奏去認識可能或必須懷疑的人。克莉絲蒂最擅長營造「多重嫌疑犯」的小說特質，因為讀者在閱讀時必須被迫去認識很多不一樣的人。在她最受歡迎的作品，大概都具備這樣的特質。

當然，她的作品中還有兩個最突出的神探，即白羅和瑪波。白羅是比利時人，但為什麼必須是外國人？這是因為英國人具有高度階級意識，這種觀念一路滲透到所有互動細節，包括人與人之間如何說話。而白羅因為不是英國人，他會發現一般英國人不太看得出來的東西，以及兩個人互動的方法哪裡不正常。至於瑪波為什麼得是老太太？她一如那個年代的老人家，總是靜靜坐著打毛線，因為不起眼，自然讓人放鬆防備，所以瑪波探案的線索都是來自於這樣的互動模式。

然而，白羅有很明顯的優勢，瑪波的身分使她基本上只能進行「靜態」的辦案，案子的空間受到侷限，白羅卻可以跨越各種空間，恣意揮灑。而且白羅擁有警官身分，可以合理出現在各種犯罪現場，瑪波能出現的地方，相形之下就勉強、不自然多了。白羅是明白的outsider，在英國，只要他出現，就會覺得有外人在而感到緊張，於是很容易露出平常不會表現的行為；瑪波則看起來是insider，但實質上是outsider，因為總是沒人發現她、當她空氣人。這兩人的探案，是兩個極端。雖然讀者最愛白羅，但克莉絲蒂自己偏愛瑪波勝於白羅。

不管後來的偵探、推理小說發展了多少巧妙詭計，克莉絲蒂卻不會過時，因為她的推理如此密切地和日常纏繞在一起；活在日常中，我們就無可避免被克莉絲蒂的「日常細節推理」吸引，隨時讀來都充滿驚奇趣味。

名家盛讚克莉絲蒂（依推薦時間排序）

金庸（作家）

克莉絲蒂的寫作功力一流，內容寫實，邏輯性順暢，也很會運用語言的趣味。閱讀她的小說，在謎底沒有揭露之前，我會與作者鬥智，這種過程非常令人享受。其作品的高明之處在於：布局的巧妙完全意想不到，而謎底揭穿時又十分合理，讓人不得不信服。

詹宏志（作家、PChome網路家庭董事長）

推理小說在從先輩柯南．道爾等人的發明中出現力量時，誕生了一位《天方夜譚》故事中每天說故事說個不停的王妃薛斐拉．柴德，也就是「謀殺天后」克莉絲蒂，整個世界對聽這些故事才有如此的熱情。他們捨不得睡覺，每天問後來還有嗎、還有嗎，永遠不肯離去，這就是克莉絲蒂對推理小說的最大貢獻。

可樂王（藝術家）

所謂「克莉絲蒂式」的推理小說，就是一場和一個天才的寫作者或高明的恐怖份子在紙上捕掠捉殺的戰事。即便是一列火車、一處飯店或一間酒吧，在克莉絲蒂寫來皆充滿神祕和猜謎。在人生適合的下午裡，我總是一面嚼著口香糖，一面跟著矮子偵探白羅穿梭謀殺現場，克莉絲蒂的推理作品無疑是推理世界中最充滿「魔術性」的小說。

吳若權（作家、節目主持人）

我從小就對推理小說情有獨鍾，克莉絲蒂一系列的作品尤其令我愛不釋手。多年來，閱讀推理小說的經驗讓我覺悟：讀者在文字情節中推展開來的驚嘆，不只是因緣於故事的本身，而是自我性格的投射。從這個觀點來看克莉絲蒂一系列的作品，她簡直就是洞徹人性的算命師。而讀者，在她的文字中，發現了自己無可奉告的命運。

藍祖蔚（國家電影及視聽文化中心董事長）

做過藥劑師，難免懂得毒藥；嫁給考古學家，難免也就嫻熟文明的神祕；再加上曾經失蹤九天，一切不復記憶的離奇經驗，的確提供了寫作靈感，但若少了想像力，那些片羽靈光縱使辛辣如辣椒，卻不足以成菜。

推理小說重布局、重人物描寫，克莉絲蒂最厲害的卻是犀利的人性觀察，她一手創造的白羅探長，潔癖個性完全和她相反，更將她所憎厭的人格特質集於一身，殊不知，唯有不對著鏡子寫作，才能夠跳出框架與制式反應，開闢無限寬廣的新世界，建構多面向的詭異迷宮。

看完她的小說，你只會更加訝異，到底是什麼樣的心靈才能成就這般視野？

李家同（作家、前暨南大學校長）

克莉絲蒂的整體布局十分細膩，最後案情也都講解得非常詳細，回頭去看，在書中都找得到線索。故事的情節與內容也很好看，不是像一個流氓在街上被殺掉那麼單調。……看小說應該要花腦筋、要思考，從小就要養成思辨的能力，看她的小說，就是對邏輯思考能力極佳的訓練。

袁瓊瓊（作家）

雖然被公認是冷靜理性的謀殺天后，但是在理性之下，克莉絲蒂的底色依舊是感情。克莉絲蒂很明白，所有的慾望之後，都無非是某種愛情。在以性命相搏的犯罪世界裡，凶手以終結他人的性命來遂私欲，不過是為了成全自己的愛，或者是成全自己的恨。

鄧惠文（精神科醫師）

以推理小說作家而言，克莉絲蒂的風格相當獨樹一格。她的偵探在辦案時，靠的不光是科學證據的搜集，而是大量運用犯罪心理學，及對人性的深刻了解。例如在《五隻小豬之歌》中，白羅便是藉由聽取嫌疑犯訴說案情時所不自覺顯露的主觀意識及中心思想，而看出其中破綻，找出真凶。白羅是靠腦袋辦案，以心理層面去剖析案情，即使人們敘述的是同一件事，他可以聽出不同角色因出發點及看待角度不同所透露的情緒觀感，從而抽絲剝繭，還原事實真相。

克莉絲蒂所塑造的人物也生動且各具特色，不同個性所出現的情緒反應描寫，皆細膩而準確，讓讀者產生豐富的想像空間，一展卷便欲罷而不能。

吳曉樂（作家）

克莉絲蒂使用的語言平易近人，主要是以角色與情節的對應來斧鑿出故事的深度，堆疊出讓讀者回味的迂迴空間。而她筆下的角色往往性別、階級、性格、族群各異，塑造出多元又豐富的人物群像。

文學作品不問類型，若要流傳於世，最終仍得上溯至「人性」的理解與反思。而阿嘉莎・克莉絲蒂的作品中，我們可以看到人類屢屢得和自己的人生討價還價，或千方百計讓主觀意識與客觀條件達成某種程度的整合，讀者在重建人物的心理軌跡時，也見識到自身的是非成敗，我認為，這也是克莉絲蒂的作品能夠璀璨經年、暢銷不衰的主因。

許皓宜（心理學作家）

克莉絲蒂筆下的故事看似在談人性的醜惡，實則像一位披著小說家靈魂的心靈引導者，用她的文字訴說著人們得不到「愛」時的痛苦。於是在故事終了的剎那，你不得不對人生多了幾分「看透感」：原來，我們心裡的那些痛苦、報復與自我折磨的慾望，不是因為「憤恨」，而是起於對「愛的失落」。這或許是我們在情感世界中最珍貴且深刻的一種覺察了。

推理小說荒謬驚悚嗎？不，它其實很寫實。它幫我們說出心裡的苦、怨、醜陋的慾望，於是，我們可以重新學習愛了。

一頁華爾滋 Kristin（影評人）

從有記憶以來，閱讀克莉絲蒂最迷人之處往往不在真正的凶手是誰，而是在於「Why」（為什麼）與「How」（如何進行），在於人性與心理描摹的故事肌理。依循其書寫脈絡，會發覺不只是邏輯清晰、布局縝密、著重細節，她總能完美掌握敘事節奏，書中人物彷彿真實存在般鮮明躍然紙上，讀者情緒會隨精準文字保持流轉、跳動、收放，掩卷時並無太多真相水落石出的暢快，反倒淡淡的惆悵化為餘韻襲上心頭，原來還是種種意料之外，卻屬情理之中的人性盲目使然。私以為，那成就了克莉絲蒂的推理故事之所以無比迷人的主因之一。

冬陽（推理評論人）

雖然阿嘉莎．克莉絲蒂的作品並非我的推理閱讀啟蒙，卻是養成閱讀不輟的重要推手。首先，她無庸置疑是個說故事能手，打開我名為好奇的開關；其次是設計犯罪事件的巧妙多元，既日常又異常，凶手更是叫人意想不到。沒錯，我相信每個當讀者的都忍不住想破案，想早偵探一步識破詭計，或者像考試結束鈴響前一秒，瞎猜都要指著某個角色大喊「你就是犯人」！然後會忍不住作弊——不是翻到最後幾頁窺探真凶身分，而是往前翻查讓人起疑的段落、偵探顯然掌握重要線索的時刻，直到忍不住豎白旗投降，看神探（我知道啦，真正把我耍得團團轉的聰明人是作者）頭頭是道地分析我遺漏錯置的片片拼圖，終於看清真相全貌。這，就是偵探推理，我因此熟悉遊戲規則、沉醉在每一場迷人故事裡，成為這個類型書寫的俘虜，享受至今不疲的美好滋味。

石芳瑜（作家、永樂座書店店主）

布局細膩、處處留下線索，破案解說詳細，說明了這位安靜、害羞的推理小說女王心思縝密，且充滿想像力。密室殺人，完美犯罪，《東方快車謀殺案》不愧為古典推理小說的經典。再加上神祕的東方色彩，隨著火車抵達的迫切時間感，連非推理小說迷都會神經拉緊，讀完大呼過癮。

家庭主婦缺少人生經驗？處女座的阿嘉莎．克莉絲蒂充分展現她過人的寫作天分，靠得是從小開始的閱讀，以及對偵探小說的著迷。三十歲寫下第一本偵探小說《史岱爾莊謀殺案》的克莉絲蒂，在那個時代並不能說是「早慧」，但寫作生涯五十五年中，共創作了八十部偵探小說，卻令人難以企及。這位害羞靦腆的小說女神，大概是相信只要有足夠的理由，每個人都有殺人的可能！

余小芳（暨南大學推理研究社指導老師、台灣推理作家協會常務理事）

學生時代加入推理社團，社課指定讀物便是經典作品《一個都不留》，成為我對克莉絲蒂的初步印象，自此沉浸於推理小說的世界。隔年寒假陪同學參與轉學考，在斜風細雨的走廊中，滿足讀完《東方快車謀殺案》。隨著歲月遠走，已昇華成趣味回憶。

踏入推理文學領域需要認識的作家，阿嘉莎．克莉絲蒂絕對名列其中，她的作品常有英國小鎮風光、莊園式的謀殺、設備豪華的交通工具等，還有特色鮮明的偵探活躍其中。書中少有血腥、暴力的橋段，布局巧妙且結構嚴密，手法純粹、知性，故事內容與人物性格融為一體，以高超的想像力結合說好故事的能耐，為推理小說開創新局面。克莉絲蒂推理全集重編改版，值得新舊讀者一起探索。

林怡辰（國小教師、教育部閱讀推手）

多年後，還是難忘第一次閱讀阿嘉莎．克莉絲蒂作品的感動和激動。

這套將近一世紀的作品，文筆流暢，邏輯縝密，過程中不斷與作者較量、猜出凶手，直到最後解答不禁佩服，蛛絲馬跡處處展現作者的精妙手法，於是又拿起另一部作品，再次沉溺在謀殺天后所編織的日常世界中的奇幻，無可自拔。犯罪動機和手法穿越時空限制，如今讀來合理且依舊令人感動，閱讀中趣味橫生，難怪成為後來諸多偵探小說的原型。

克莉絲蒂創作生涯中產出的八十部推理作品，至今多部躍上大銀幕，無怪乎被稱之為「經典」，喜愛推理偵探作品的人不可不讀，你會驚異於她在文字中施展的魔法！

張東君（推理評論家、科普作家）

我愛克莉絲蒂！這位在台灣有時會被稱為克奶奶的超級暢銷推理小說家，即使是自認沒讀過她的書的人，也都會在各種書籍或影視作品中看到對她致敬的片段。由於她喜歡旅行和冒險，那些經驗與體驗都成為書中的場景，因此閱讀她的作品時，不只是雀躍地跟著偵探推理，也有了虛擬的旅行體驗。或者當成旅遊導覽書，在出發去尼羅河、去英國鄉間、去搭船搭火車時，就塞一本克奶奶的作品到隨身背包中。

我還是大學新生時，就聽學姐說她哥哥經常看克奶奶的小說，而且邊看邊狂笑。於是我跟著效仿，在某次搭飛機之前買了第一本小說當旅伴，不只看得超開心，看完後還到處找尋書中出現的那種有兜帽的斗篷，當成出門時的必備用品。克奶奶的作品是跨越文字、國界的。只要看過一本，就會不停地追下去。還好，真的是還好只有八十本。何況這次是全新校訂的紀念珍藏版，當然不能錯過！

發光小魚（呂湘瑜）（文史作家、助理教授）

一部好的偵探小說，除了情節設計巧妙之外，還需要洞悉人性，如此方能合理地交代人物的言行舉止與動機。阿嘉莎．克莉絲蒂便是其中翹楚，她的作品不管是偵探、愛情小說或戲劇，必要元素都是謎題與人性。在寧靜無波的場景下暗潮洶湧，永遠都有意料之外，讀者的情緒也會隨著劇情的進行起伏糾結。克莉絲蒂觀察到時代的變化，將犯罪心理融入作品中，於是，看她的小說不只能得到解謎的快樂，同時對人性也能夠有所省思。

此外，克莉絲蒂豐富的人生歷練及旅行經歷，例如一九二二年的環球之旅、居住過也旅行過的巴黎和埃及，甚至是追隨考古學家丈夫前往的中東，都讓她的小說讀來更加充滿異國情調。如果你也愛旅行，不如就讓我們一同搭上那一班南法的藍色列車，或由伊斯坦堡出發的東方快車，跟著白羅鑽進一樁奇案，一嘗旅程中破解謎題的快感吧。

盧郁佳（作家）

國小時，家裡買了一套阿嘉莎．克莉絲蒂全集，從此成了我的毒品，在白癡課本將我的腦袋啃嚙成海綿般空洞時，撫慰受創的心靈，那時我仍對人心險惡一無所知。

數學課教你列算式，樂趣遠不如克莉絲蒂教你住宅平面圖、偷換時序的密室魔術，你從庭園長窗進房間，我從房門直通鄰房，他從走廊進房……從而學會故事是建構邏輯。她文風多變，時而《四大天王》中讓神探白羅向助手海斯汀大賣關子，眉頭緊皺，山雨欲來，預示天翻地覆，只能靠他拯救世界；時而用維吉尼亞．吳爾芙《自己的房間》中俏皮的語言，讓貧苦村姑安妮在《褐衣男子》中回憶南非出生入死的冒險，竟源於她耽讀村裡圖書館爛舊的冒險愛情小說，還有戲院每週末放映〈帕米拉歷險記〉，帕米拉每集從飛機跳落高空、搭潛艇、爬上摩天大樓，每次被黑幫老大抓到總不一刀斃命，卻老要用瓦斯毒死她，暗示續集又會逃出生天。

長大才發現，克莉絲蒂小說就是我的〈帕米拉歷險記〉：它以歌劇般輝煌龐大的天真陰謀、精細的人際觀察（一句話重音放在哪個字、從膝蓋鑑定女人的年齡等），召喚年輕讀者抱持浪漫精神投入未知的壯遊，瘋魔、衝撞、冒犯，傷痕累累毫無懼色。正如瓦斯在冒險片中太多、現實中卻太少；陰謀在現實中沒有克莉絲蒂寫得那麼複雜，但她刻畫的心理卻是現實中解謎的試金石。

賴以威（臺灣師範大學電機系副教授）

或許可以為經典下幾個定義：該領域的愛好者更都讀過；不是這個領域的愛好者，許多人也都聽過；影響後續的作品，在很多著作中都可以看到它的影子；值得反覆再三閱讀，每隔一陣子再讀都可以獲得閱讀的樂趣，有更多的體悟。我永遠記得第一次讀《東方快車謀殺案》時，被那宛如嚴謹設計數學謎題的鋪陳、推進給深深吸引、震撼。從這幾個角度來說，克莉絲蒂的推理小說被稱之為「經典」，可說是當之無愧。

謝哲青（作家、旅行家、知名節目主持人）

克莉絲蒂小說的魅力在於透過每個角色的對白，藉由不斷的說話來表現人物的個性，以彰顯其人格特質中一些無法被忽略的事實。我們從他們的言語、講話的過程和字裡行間，竟然就能知道誰是兇手。

我從克莉絲蒂的小說學到很多，除了推理小說有趣的事實之外，最重要的是，我在工作的職場跟人應對的時候，如何從語言和對話裡去捕捉某些隱而不顯的事實。許多人們欲蓋彌彰的東西，無論心事也好、祕密也好，克莉絲蒂都會用文學的手法，讓你理解語言的奧妙和魅力。

克莉絲蒂的書寫會讓你覺得彷彿自己也在現場，你可以從聽到的對話當中，學會如何理解人心的一些小技巧，這是小說家最出色、最偉大的地方。我們必須學習傾聽別人說話——這些人講話是真誠的嗎？他想要跟你分享什麼資訊？這些資訊可靠嗎？——這是我在閱讀推理小說時，最大的收穫和理解。

阿嘉莎・克莉絲蒂大事記

1890 • 九月十五日出生於英格蘭德文郡托基鎮。

1894 4 歲 • 開始在家自學，父母親、姐姐教導閱讀、寫作、算術和彈鋼琴。

1895 5 歲 • 家中經濟走下坡，舉家搬至法國，學會流利的法語。

1905 15 歲 • 在巴黎寄宿學校學鋼琴和聲樂，但生性極度害羞，未成為職業鋼琴家，最終回到英國。

1907 17 歲 • 陪同母親前往埃及調養身體，對社交活動充滿興趣，但尚未對日後感興趣的埃及古物點燃熱情。
• 回英國後繼續寫作、參與業餘戲劇表演。

1908 18 歲 • 寫出第一篇短篇小説〈麗人之屋〉，同時也寫出第一部愛情小説《白雪黃漠》，以筆名向出版社投稿，但屢遭退稿。

1912 22 歲 • 與英國皇家軍官亞契・克莉絲蒂（Archibald Christie）熱戀。
• 八月爆發第一次世界大戰，亞契奉派到法國作戰。

1914 24 歲 • 耶誕夜結婚，亞契隨即返回戰場。克莉絲蒂參與紅十字會工作，在醫院擔任護士和藥劑師，因此對藥理和毒物非常熟悉，造就後來多部推理小説情節都以毒藥殺人。

1916 26 歲 • 開始嘗試寫推理小説，寫出第一部小説《史岱爾莊謀殺案》，主角偵探赫丘勒・白羅的靈感，來自於大戰期間英國鄉間的比利時難民營。本書歷經數家出版社退稿後，終獲柏德雷・海德（The Bodley Head）圖書公司的出版機會，之後並簽下另五本小説的合約。

1919 29 歲 • 前一年亞契返回英國，八月生下女兒露莎琳。

1920	30 歲	• 出版《史岱爾莊謀殺案》。
1922	32 歲	• 出版第二部小說《隱身魔鬼》，主角是夫妻檔偵探湯米和陶品絲。 • 與亞契至南非、澳洲、紐西蘭、夏威夷和加拿大等國旅行十個月，在南非得到《褐衣男子》的靈感。
1923	33 歲	• 三月出版第三部小說《高爾夫球場命案》，白羅再度登場。
1926	36 歲	• 四月母親過世，克莉絲蒂陷入憂鬱。 • 六月在「威廉．柯林斯父子出版社」出版《羅傑艾克洛命案》。 • 八月亞契因外遇提出離婚，十二月初一次爭吵後，克莉絲蒂離家棄車失蹤，消息登上全國新聞。
1927	37 歲	• 一月在悲痛心情中寫出《藍色列車之謎》，第一次創造出聖瑪莉米德村，即後來瑪波小姐居住的村子。 • 分居期間在雜誌刊登以白羅為主角的短篇小說，後來集結出版《四大天王》。 • 十二月在雜誌刊登短篇小說〈週二夜間俱樂部〉，瑪波小姐初登場，後來收錄在一九三二年出版的短篇小說集《十三個難題》。
1928	38 歲	• 十月正式離婚，仍保留「克莉絲蒂」姓氏。 • 秋天搭乘「東方快車」前往土耳其的伊斯坦堡，再轉往伊拉克首都巴格達，參觀考古現場烏爾，認識考古學家伍利夫婦（Leonard and Katharine Woolley）。
1930	40 歲	• 二月應伍利夫婦之邀再訪烏爾，認識考古學家麥克斯．馬龍（Max Mallowan），九月於英國愛丁堡結婚。這段婚姻開啟克莉絲蒂旺盛的創作生涯，兩人到中東考古現場的旅行為許多作品帶來靈感。

- 婚後克莉絲蒂開始維持固定的寫作行程。十月出版《牧師公館謀殺案》，是第一部以瑪波小姐為主角的小說。
- 出版第一部以「瑪麗・魏斯麥珂特」（Mary Westmacott）為筆名的《撒旦的情歌》，並陸續發表了五部非犯罪小說。

1932　42歲
- 出版《危機四伏》。

1934　44歲
- 出版《東方快車謀殺案》，是白羅海外辦案三部曲之一，故事靈感來自中東的旅行經歷。一九七四年第一次改編成電影大獲好評。

1936　46歲
- 出版《美索不達米亞驚魂》，白羅海外辦案三部曲之二。

1937　47歲
- 出版《尼羅河謀殺案》，白羅海外辦案三部曲之三，故事背景是年輕時與母親同遊的埃及。一九七八年第一次改編成電影大受歡迎。

1939　49歲
- 二次大戰期間，克莉絲蒂在大學學院醫院擔任義務藥師，學習到最新的毒藥知識，對於推理小說寫作大有助益。
- 出版《一個都不留》，是克莉絲蒂最著名作品之一。

1941　51歲
- 出版《密碼》，呈現出克莉絲蒂對戰爭的看法。
- 出版《豔陽下的謀殺案》。

1942　52歲
- 出版《藏書室的陌生人》、《五隻小豬之歌》等名作。

1944　54歲
- 以「瑪麗・魏斯麥珂特」為筆名出版第三部作品《幸福假面》，被美國書評人發現是克莉絲蒂的作品，讓她從此失去匿名創作的自在樂趣。

1950	60 歲	• 獲選為皇家文學學會的會員。
1953	63 歲	• 出版《葬禮變奏曲》。
1956	66 歲	• 一月獲頒大英帝國爵級大十字勳章（GBE）。 • 十一月以「瑪麗・魏斯麥珂特」為筆名出版《愛的重量》，是這個筆名的最後一部作品。
1958	68 歲	• 成為「偵探作家俱樂部」主席。
1960	70 歲	• 馬龍獲頒大英帝國爵級大十字勳章。
1961	71 歲	• 獲得艾克塞特大學頒發榮譽文學博士學位。
1968	78 歲	• 馬龍獲封為爵士，克莉絲蒂亦被稱為馬龍爵士夫人。
1971	81 歲	• 獲頒大英帝國爵級司令勳章（DBE），獲封為女爵士。
1973	83 歲	• 出版最後一部創作《死亡暗道》，亦為湯米和陶品絲最後一次辦案。
1974	84 歲	• 最後一次公開露面，出席電影《東方快車謀殺案》首映會。
1975	85 歲	• 八月六日，白羅成為有史以來第一次在《紐約時報》頭版刊出訃聞的小說主角，宣傳九月即將出版的《謝幕》，這也是白羅最後一次辦案。
1976	86 歲	• 一月十二日去世。 • 十月出版《死亡不長眠》，瑪波小姐的最後一次辦案。

克莉絲蒂推理原著出版年表

1920　史岱爾莊謀殺案 The Mysterious Affair at Styles（神探白羅系列）
1922　隱身魔鬼 The Secret Adversary（神探湯米＆陶品絲系列）
1923　高爾夫球場命案 The Murder on the Links（神探白羅系列）
1924　白羅出擊 Poirot Investigates（神探白羅系列）
1924　褐衣男子 The Man in the Brown Suit（神探雷斯上校系列）
1925　煙囪的祕密 The Secret of Chimneys（神探巴鬥主任系列）
1926　羅傑艾克洛命案 The Murder of Roger Ackroyd（神探白羅系列）
1927　四大天王 The Big Four（神探白羅系列）
1928　藍色列車之謎 The Mystery of the Blue Train（神探白羅系列）
1929　七鐘面 The Seven Dials Mystery（神探巴鬥主任系列）
1929　鴛鴦神探 Partners in Crime（神探湯米＆陶品絲系列）
1930　牧師公館謀殺案 The Murder at the Vicarage（神探瑪波系列）
1930　謎樣的鬼豔先生 The Mysterious Mr. Quin（神探鬼豔先生系列）
1931　西塔佛祕案 The Sittaford Mystery
1932　十三個難題 The Thirteen Problems（神探瑪波系列）
1932　危機四伏 Peril at End House（神探白羅系列）
1933　十三人的晚宴 Lord Edgware Dies（神探白羅系列）
1933　死亡之犬 The Hound of Death
1934　三幕悲劇 Three Act Tragedy（神探白羅系列）
1934　李斯特岱奇案 The Listerdale Mystery
1934　帕克潘調查簿 Parker Pyne Investigates（神探帕克潘系列）
1934　東方快車謀殺案 Murder on the Orient Express（神探白羅系列）
1934　為什麼不找伊文斯？ Why Didn't They Ask Evans?
1935　謀殺在雲端 Death in the Clouds（神探白羅系列）
1936　ABC 謀殺案 The A.B.C. Murders（神探白羅系列）
1936　底牌 Cards on the Table（神探白羅系列）
1936　美索不達米亞驚魂 Murder in Mesopotamia（神探白羅系列）

1937 巴石立花園街謀殺案 Murder in the Mews（神探白羅系列）
1937 尼羅河謀殺案 Death on the Nile（神探白羅系列）
1937 死無對證 Dumb Witness（神探白羅系列）
1938 白羅的聖誕假期 Hercule Poirot's Christmas（神探白羅系列）
1938 死亡約會 Appointment with Death（神探白羅系列）
1939 一個都不留 And Then There Were None
1939 殺人不難 Murder Is Easy/Easy to Kill（神探巴鬥主任系列）
1940 一，二，縫好鞋釦 One, Two, Buckle My Shoe（神探白羅系列）
1940 絲柏的哀歌 Sad Cypress（神探白羅系列）
1941 密碼 N Or M?（神探湯米＆陶品絲系列）
1941 豔陽下的謀殺案 Evil Under the Sun（神探白羅系列）
1942 五隻小豬之歌 Five Little Pigs（神探白羅系列）
1942 藏書室的陌生人 The Body in the Library（神探瑪波系列）
1942 幕後黑手 The Moving Finger（神探瑪波系列）
1944 本末倒置 Towards Zero（神探巴鬥主任系列）
1945 死亡終有時 Death Comes as the End
1945 魂縈舊恨 Sparkling Cyanide（神探雷斯上校系列）
1946 池邊的幻影 The Hollow（神探白羅系列）
1947 赫丘勒的十二道任務 The Labours of Hercules（神探白羅系列）
1948 順水推舟 Taken at the Flood（神探白羅系列）
1949 畸屋 Crooked House
1950 謀殺啟事 A Murder Is Announced（神探瑪波系列）
1951 巴格達風雲 They Came to Baghdad
1952 殺手魔術 They Do It with Mirrors（神探瑪波系列）
1952 麥金堤太太之死 Mrs. McGinty's Dead（神探白羅系列）
1953 黑麥滿口袋 A Pocket Full of Rye（神探瑪波系列）
1953 葬禮變奏曲 After the Funeral（神探白羅系列）

1954　未知的旅途 Destination Unknown
1955　國際學舍謀殺案 Hickory, Dickory, Dock（神探白羅系列）
1956　弄假成真 Dead Man's Folly（神探白羅系列）
1957　殺人一瞬間 4:50 from Paddington（神探瑪波系列）
1958　無辜者的試煉 Ordeal by Innocence
1959　鴿群裡的貓 Cat Among the Pigeons（神探白羅系列）
1960　哪個聖誕布丁？ The Adventure of the Christmas Pudding（神探白羅系列）
1961　白馬酒館 The Pale Horse
1962　破鏡謀殺案 The Mirror Crack'd from Side to Side（神探瑪波系列）
1963　怪鐘 The Clocks（神探白羅系列）
1964　加勒比海疑雲 A Caribbean Mystery（神探瑪波系列）
1965　柏翠門旅館 At Bertram's Hotel（神探瑪波系列）
1966　第三個單身女郎 Third Girl（神探白羅系列）
1967　無盡的夜 Endless Night
1968　顫刺的預兆 By the Pricking of My Thumbs（神探湯米＆陶品絲系列）
1969　萬聖節派對 Hallowe'en Party（神探白羅系列）
1970　法蘭克福機場怪客 Passengers to Frankfurt
1971　復仇女神 Nemesis（神探瑪波系列）
1972　問大象去吧 Elephants Can Remember（神探白羅系列）
1973　死亡暗道 Postern of Fate（神探湯米＆陶品絲系列）
1974　白羅的初期探案 Poirot's Early Cases（神探白羅系列）
1975　謝幕 Curtain: Hercule Poirot's Last Case（神探白羅系列）
1976　死亡不長眠 Sleeping Murder（神探瑪波系列）
1979　瑪波小姐的完結篇 Miss Marple's Final Cases（神探瑪波系列）
1991　情牽波倫沙 Problem at Pollensa Bay
1997　殘光夜影 While the Light Lasts

國家圖書館出版品預行編目（CIP）資料

死亡暗道 / 阿嘉莎・克莉絲蒂（Agatha Christie）
著 ; 姚虹譯. -- 二版.-- 臺北市 : 遠流出版事業
股份有限公司, 2024.04
面 ;　公分. -- (克莉絲蒂繁體中文版20週年
紀念珍藏 ; 60)
譯自 : Postern of Fate
ISBN 978-626-361-531-1(平裝)

873.57　　113001926

克莉絲蒂繁體中文版 20 週年紀念珍藏 60

死亡暗道

作者 / 阿嘉莎・克莉絲蒂
譯者 / 姚虹

主編 / 陳懿文、余式恕　校對 / 呂佳真
封面、內頁設計 / 謝佳穎　排版 / 連紫吟、曹任華
行銷企劃 / 舒意雯　出版一部總編輯暨總監 / 王明雪

發行人 / 王榮文
出版發行 / 遠流出版事業股份有限公司
地址 / 104005臺北市中山北路一段11號13樓
電話 / (02)2571-0297　傳真 / (02)2571-0197　郵撥 / 0189456-1
著作權顧問 / 蕭雄淋律師

2003年10月1日 初版一刷
2024年4月1日 二版一刷
定價 / 新臺幣380元 (缺頁或破損的書，請寄回更換)

ISBN 978-626-361-531-1

遠流博識網 http://www.ylib.com　E-mail: ylib@ylib.com
遠流粉絲團 https://www.facebook.com/ylibfans